读客®文化

夜火车

徐则臣 著

江苏凤凰文艺出版社
JIANGSU PHOENIX LITERATURE AND ART PUBLISHING

图书在版编目（CIP）数据

夜火车 / 徐则臣著 . -- 南京 : 江苏凤凰文艺出版社 , 2022.9

ISBN 978-7-5594-6436-1

Ⅰ . ①夜… Ⅱ . ①徐… Ⅲ . ①长篇小说 - 中国 - 当代
Ⅳ . ① I247.5

中国版本图书馆 CIP 数据核字 (2022) 第 009848 号

夜火车

徐则臣 著

责任编辑 丁小卉
特约编辑 景柯庆 孙汉果 李玉洁
封面设计 章婉蓓
责任印制 刘 巍
出版发行 江苏凤凰文艺出版社
南京市中央路 165 号，邮编：210009
网 址 http://www.jswenyi.com
印 刷 嘉业印刷（天津）有限公司
开 本 890 毫米 ×1270 毫米 1/32
印 张 7.5
字 数 168 千字
版 次 2022 年 9 月第 1 版
印 次 2022 年 9 月第 1 次印刷
标准书号 ISBN 978-7-5594-6436-1
定 价 49.90 元

1

房间里是黑的，陈木年睁开眼看向天花板。他等着一双拖鞋走过来，在天花板的背面，鞋子里是六楼上金老师的两只脚。陈木年从未见过金老师，但他熟悉他的拖鞋，很多个夜晚他都听见那双拖鞋在他头顶上走，或者是掉在地板上，拖拖拉拉，噼噼啪啪。最初，他根据拖鞋与地板摩擦的声音，来判断它们走到了天花板的哪个角落；后来，他推测这双拖鞋的质地、材料和形状；半年之后，陈木年认为金老师的拖鞋是塑料的，硬底，四十码，中跟，方形跟，中空，市场上最便宜的那种。然后陈木年就仿佛在黑暗里看见了它们，底儿朝他，在他的天花板的背面起起落落。一过晚上十一点，它们就开始像伟人一样焦虑和愤怒，在陈木年的睡眠之上运动不止，直到他在后半夜的某个时刻疲惫不堪地睡着。

现在，他等着一双新的拖鞋走过来。在他的想象里，这双拖鞋和地板的关系是和谐的，它们经过地面如同松鼠的尾巴温柔地扫过。当然会有声音，但对陈木年的睡眠来说，完全可以忽略不计，甚至可以用来催眠，像清风拂过花朵和树叶，是一种别开生面的旋律。他对此有信心。

可是天花板一声不吭，像不存在一样安静。陈木年只好想象自己的脚，光溜溜地经过天花板。若干时间以前，他希望楼上的金老师也能光脚走路，向猫学习，那样他就可以夜夜安眠。当然这是不可能的。他看着自己的脚走在黑暗的天花板上，脚印明亮，发出淡淡的银光，一个摞着一个，直到无数的脚印把天花板踩白，金老师的拖鞋还没开始出场。陈木年扭动僵硬的脖子，看见月光从窗户外进来，升到了天花板上。隔壁室友的鼾声响起来。

也许金老师不在家。陈木年的眼睛发涩，忐忑地闭上眼，今夜不用数绵羊了。

像突然做了个噩梦，他看见了一双拖鞋经过天花板，然后经过脑门儿和眼皮，接着听见了声音，吧嗒吧嗒。塑料的，硬底，四十码，中跟，方形跟，中空。陈木年睁开眼，发现自己并没有睡着。金老师脚上的伟人开始焦虑了。陈木年仔细听，没错，还是它们。他睁着眼躺了一会儿，没开灯就起来，开门爬到了六楼。他敲门的声音把自己都吓了一跳。

半天门才开。陈木年看见传说中的金老师瘦小的身子堵在门口，右手开门，左右一把画笔，嘴里还叼着一支。他只听说金老师是搞美术的——油画，学校里的不少人都认为他是绘画天才，将来说不定可以成为大师。陈木年早就做好了接受艺术家形象的准备，但金大师还是让他的想象力感到吃力。头发比他在电视里看过的所有画家都乱，又长，卷曲，像一度流行过的爆炸款女式发型，一张三十多岁的小脸坚硬地藏在头发丛里。只在下巴上允许长胡子，照着绍兴师爷的造型修剪过的。身上是一件肥大的牛仔背带裤，胸前那块涂满了缤纷的颜料，看起来像一幅印象派大师的传世之作。金老师本人则像一个油漆匠，如果戴一顶白帽子，也可以直接去饭店里掌勺。他的背带裤太像一件围裙了。

“你是谁？”金老师把嘴里的画笔抽出来。

“五楼的。”

金老师伸头看了一下楼梯，说：“哦。有事？”声音怪怪的，听不出是哪个地方的口音。

陈木年看了一眼他的拖鞋，果然是塑料的，像那一款。“抬起你的拖鞋。”

金老师懵懂地跷起鞋子。相对于他的个头，脚倒挺争气的。硬底，中跟，方形跟，中空。陈木年说：“四十码？”

“四十码。”金老师说，把画笔从左手换到右手，把一块红颜料揉到了鼻子底下，胡子也成了红的。“你就来问这个？”

“棉拖鞋呢？怎么不穿？”

金老师说：“噢。”他弯腰从屋里拎出了一双棉拖鞋，“你的？”拖鞋上附的字条还在，上面写着：“送给你。今晚就可以穿。”金老师说：“我要棉拖鞋干什么？”

陈木年很失望：“不要你为什么拿进去？”

金老师不耐烦了：“不拿进屋早就湿透了。”他指指楼道的顶，还有一大片水渍没干。这栋破楼，下雨就漏水。“拿回去，我要工作了。”他把棉拖鞋塞给陈木年，关上了防盗门。关第二道门时，他又伸出头，说，“跟你说，我从来不穿棉拖鞋。不舒服。”陈木年想让他夜里动静小点儿，金老师的第二道门已经关上了。

已经是后半夜，陈木年拿着棉拖鞋回到自己的房间。上午买完棉拖鞋，他还自作聪明地请修鞋师傅给鞋底加了一层人造的皮毛。另外两个房间的呼噜声都在往高音上爬，他气得把棉拖鞋砸到他们门上，一扇门上一只。没有中断，呼噜声继续往高音上爬。

他知道明早自己即使起得来，也是神思恍惚，干脆把闹铃撤销了，睡到几点算几点。而下午沈镜白老师特地嘱咐他，明天的问话要认真对待，他也和总务处打个招呼，先留下来再说。陈木年坐在床上点着烟，在黑暗里抽。第二根刚抽上两口，感到胃有点儿疼，就打开窗户把烟头扔了出去。凉风灌进来，从他张着的嘴里进去。闭嘴，咽下，陈木年有种通体清凉透明的感觉。躺下去的时候说："去你的！"

六楼上的拖鞋在天花板背面转圈子。吧嗒。吧嗒。吧嗒吧嗒。

2

第二天早上，魏鸣老婆的干呕声把陈木年弄醒了。差三分钟上午九点。总务处通知八点开始谈话。陈木年快速地穿衣服，魏鸣的老婆还在呕，除了声音什么都没有吐出来。又得去医院了。这个可怜的中学体育老师，一副好身板就用来应付这事了。据魏鸣说，吃药解决的不算，这两年光医院就去过三次。魏鸣说的时候很得意。几年来，他一直对自己军训时的全脱靶耿耿于怀，他和陈木年大学同班，射击比赛的成绩差得不能看，子弹总是找不到靶子。现在好了，陈木年穿鞋子时想，枪枪十环了。

因为女体育老师占着水池"鞠躬尽瘁"，陈木年刷牙洗脸只好免了，含了一口隔夜的凉茶一边漱一边下楼。自行车钥匙忘了拿，就一路小跑到了总务处处长室。副处长张万福的脸色很不好看，下面的几个科长的脸也跟着越拉越长。

"几点了？"张副处长点着左手腕，点了几下才发现没戴表。“架子可真不小，我们四个人等你！”副处长的脸硬得发旧，像昨天的脸。这次中层干部调整，没爬上处长的位子，他连笑都不会了，见谁都板着脸。

陈木年知道他们也刚到，杯子里的茶叶还没泡开。

张副处长说：“这次谈话很重要，关系到你能否继续在我处工作的问题。”

陈木年说：“嗯。”

“照实说，杀没杀？”

还是老问题。同样的问题陈木年回答了二十次也不止。他开始心烦。

“没杀。”

“你要认识到问题的严重性。”张副处长说，“这么跟你说吧，要是别人，随便换哪个，即使他是学院的正式工，我也早让他滚蛋了。我们是大学，要每个人都干净。懂了？”

“懂了。”

科长甲说：“那好，实话实说，杀没杀？”

“没杀。”

科长乙说：“真的没杀？”

“没杀。”

科长丙说：“没杀你当初为什么说杀了？”

“说着玩的。”

科长丁说：“这事也能说着玩？再想想。”

“警察早就替我想过了。”

“这么说，”张副处长点上一根烟，提醒在一边走神的秘书小孙认真记录，“你没杀人？”

“没杀。”

“再好好回忆一下。你看，那天夜里，你走过水门桥，想抽根烟，就——”张副处长做了一个掐人的手势。

陈木年觉得胸口发闷，喘不过来气，全身的血疾速往头上跑，脸憋得要炸开，呕吐的感觉也上来了。“我，出去一下。”他站起来对审问的人说，没等他们回答，拉开门跑向洗手间。他顾不得洗手间里还有别人，趴在盥洗池上大声地呕吐。像魏鸣的老婆一样，他只呕出一串咕噜咕噜的声音，感觉却像五脏六腑都从嘴里出来了。

呕了一会儿，小孙进来，拍着他的后背问怎么回事，要不要去医院。

陈木年摇摇头。

“没事。领导也知道你没杀人，就是问问，走走形式。”

走走形式？他们似乎非要问出个杀人的结果来才罢休。陈木年又干呕了一声，把鼻涕眼泪都弄出来了。他抬起头，看着镜子里那张狼藉的脸。而他的同事小孙，脸比镜子还干净。四年前他们同时来到总务处，住一套房子，现在小孙是副科，单位里的什么好事都轮上一份，两居室的房子也到手了，他还是临时工，一年要接受三到四次不定期的审查盘问。

“放松一点儿，吐完了再进去。领导可能还有指示。”小孙拍拍他的肩膀，出了洗手间。

陈木年两手撑着盥洗池，继续看镜子里自己的脸。它怎么就脏成这样呢。然后看见牙龈流血了，开始漱口，血越漱越多，永远也漱不尽似的。后来干脆不漱了，闭着嘴，有什么东西都咽下去。他洗了脸，直接回了宿舍。

魏鸣的老婆还在呕，看样子一个上午都得在水池边待下去。女体育老师叫钟小铃，是魏鸣的女朋友，但大家都习惯叫她“魏鸣的老婆”，魏鸣也“我老婆”“我老婆”地叫。钟小铃本人也没什么意见，就老婆下去了。她的单位离学院不远，分到手的是集体宿舍，两人一间。人多就是麻烦，魏鸣说，和她亲个嘴都得睁着一只眼，就让她搬到这边住了。魏鸣也是集体宿舍，但好歹是一人一间，关上门就等于把全世界都拒之门外了，干什么都可以放心地闭上眼。

“下班了？”钟小铃腾出嘴来问陈木年。

“下了。”陈木年说，心想，岗都快下了。但他懒得说太多，开门进了自己的房间。他刚点上一根烟躺下，钟小铃敲门，隔着门说：“魏鸣刚才打来电话，说晚上你们有个老同学过来，叫你一块去吃饭。”声音有气无力，漫无尽头的干呕把她累坏了。

“谁啊？”

“他没说清楚，好像是‘一根筋’。”

陈木年“嗯”了一声，他不知道“一根筋”是谁。大学毕业的同学留在这个小城市的有好几个，大大小小的几乎在各个像点儿样子的部门都插了一腿。在这所大学里，准确地说是学院，只有他和魏鸣。魏鸣研究生毕业留校，现在教理科生的大学语文，还兼中文系的团总支书记。他，陈木年，从毕业的那一年起，就在后勤这一块做临时工，一直到现在还是临时工。他觉得除了沈镜白和他父亲之外，所有人都认为他会做一辈子临时工，包括他自己，一个月八百块钱，只要他不打算从这所鬼学校里滚蛋。现在，他盯着架子上的一大堆书抽烟，在考虑自己是不是要滚蛋。应该会的。他把领导像尿布一样晾在那里，他们不会无动于衷的。陈木年对着一本《楚辞集注》吐了口烟雾，用烟头往书里面烫。

烟头以每秒钟两页的速度穿过纸张，陈木年心中充满了新鲜的喜悦，有点儿像负重行军结束了，每脱掉一件东西就感到一点儿轻松，整个人又一寸一寸地活过来，回来了。烟头穿行过的地方，是一个黑的圆圈，中间是空的。那根烟烧完，《楚辞集注》上多了一个洞，就像在墙上钻了个孔。他翻动书页，无数个孔合成一个孔，一根烟就做到了。陈木年生出了巨大的成就感，比他当时花了两个月的时间把它吃透还要大的成就感。一本几百页的书呢。几百页呢？他去找页码，发现页码沉落在那个洞里，变成了灰烬。他把这本失去数量的书拿起来，通过那个洞看另外一本《白氏长庆集》，电话铃响了。然后钟小铃在外面喊他。

小孙打电话找他。

“你怎么回事？领导很不高兴！”小孙说，“算了，他们还是决定让你留下了。下午继续上班吧。”就挂了。

陈木年抓着电话站在那里，看钟小铃奇怪地瞅着他，才想起来要挂电话。电话刚放下又响了，是沈镜白老师。

“木年吗？”沈老师说，“张副处长刚给我电话，说你态度不太好啊！现在怎么样了？”

“还行。”

“不是还行的问题。要做好学问，得有个良好的心态。寂寞、功名、屈辱，算得了什么？让你看的书都看完了吗？嗯，好。应该这样。过两天把读书笔记交给我，想法和发现也告诉我。临时工有什么？韩信还要忍着胯下之辱。我当年整天割草喂牛，不也过来了？你能苦过我们？留在学校，就是图一个学习和看书的好环境。英语别丢。再忍忍，只要证书到了，就考。念好了书，做好了学问，谁还管你的过去？”

“他们还是揪着那事。”

“你说没杀不就是了。”

“我说了，他们还问。”

“现在呢？”

“刚打来电话，同意我留下了。”

“那就没事了。”

3

说好了傍晚老同学聚聚。见面之前，陈木年去了超市，拣合适体面的凉拖又买了一双，然后去修鞋的师傅那儿加了一层人造皮毛。准备晚上回去，给金老师再送过去。无论如何得说清楚，再折腾下去，要死人的。

聚会在校门口不远的“文苑居”，一家不错的小饭馆，从大学的时候他们就在那儿吃。饭馆在一条狭窄的小巷子里。大二的一个傍晚，陈木年的一个同学做完家教回来，骑自行车经过这条路，车把擦了一个小流氓的女朋友的胳膊，小流氓就伙同其他几个刚喝完酒的狐朋狗友，把那同学一顿痛打。速度之快，见义勇为的人还没来得及上去拉一把，同学就死了。陈木年记得同学像只大虾弯腰缩起来了，他闻讯赶到时，气儿都没了。地点就在“文苑居”门前。当时，陈木年正在楼上和几个老乡喝酒。后来他一坐进“文苑居”，就想起那个同学，如果当时能够及时见到他，自己会请他上来喝一杯，那样一杯酒就可以救他一条命，他们现在可能也会坐在一起。可是，为什么当时他没有看见呢？一杯酒，一条人命，陈木年觉得这两者之间完全有可能存在一种让人绝望的对等关系。

他们已经到了。魏鸣，另一个是“三条腿”。

陈木年说：“钟小铃给你改了名，叫‘一根筋’。”

他们俩都笑。魏鸣说：“她耳朵岔线了，这‘三条腿’怎么也跟‘一根筋’搭不上关系啊！”

“三条腿”说：“以后不能再叫了，都是有老婆的人了，说出去还以为我的那个东西大呢。”

陈木年说：“是，不能再说。要是那东西大也就认了，是不是？”

几人一起笑起来，“三条腿”骂陈木年不地道。“三条腿”的名字是陈木年最先说出来的。大一时“三条腿”走路总是踉踉跄跄，到哪儿都要靠着个东西才能站稳当，陈木年就笑他，得“三条腿”才牢靠。就叫开了。

魏鸣说：“总务处那边谈妥了？”

陈木年笑笑：“这年头，就剩下点儿让别人难堪的乐趣了。”

“三条腿”说：“兄弟，忍忍就过去了。”他已经听魏鸣说过了。

“不说这个。”陈木年说，给“三条腿”倒上酒，“说说你吧，工作、生活，还有，爱情又进展到哪个部位了？”

“就那样，哪件事干得都半死不活的。那小丫头，保守得像块石头，我现在的活动范围还在锁骨以上。”

“知足吧兄弟，”魏鸣说，“单位跟台榨油机似的，这才几年，就你脑满肠肥的。”

“三条腿”在交警大队工作，整天腿跷着在办公室里吹牛打牌，没钱花了，就找两个人到路口去拦车，没照的、违章驾驶的、骑反道的，抓到了就罚，然后找个饭店喝酒。没钱了再到路口守着。有一次他开玩笑说，他们单位有个老油子，拎个马扎坐在路口，见来了一个就说，嗯，啤酒来了，再看见一个，又说，酸菜鱼来了，见了第三个，甲鱼来了。一桌的酒菜说齐了，就捏着罚单去饭店了。

“是啊，看你那肚子，吊架子育肥法养出的猪都赶不上。”

“别对我有敌视情绪。”“三条腿”说，“知道兄弟们日子不好过，这不过来埋单了嘛。今天我请。”

陈木年说：“魏鸣也行，手里还攥着几千块钱学生活动经费，早晚都是吃掉。”

这倒提醒了魏鸣，他说：“你们谁有买书的发票？吃了几顿，得补个账。”

“三条腿”说：“这事儿找木年。就他买书。”

“他妈的，”陈木年说，“这日子没法过了，越没钱越买那些烂书。得革命！”

“三条腿”说：“你可别，沈老头还指望你继承他的衣钵呢。”

“屁！指望我？谁会指望一个本科都没毕业的人。”

“别身在福中不知福。”魏鸣说，“沈老头要是对我这么好，别说干几年临时工，就是做一辈子的清洁工，我也认。知遇之恩哪！”

陈木年不想和他们争辩。为这事他和很多人都争过。说到底不是能否回报知遇之恩的问题，而是怎样解决眼下备受压抑的问题。他相信，如果他们中的某个人像他一样，惴惴不安地待在一个临时工的位置上，每年还要等待隔三岔五的无聊审问，早卷铺盖走人了。他没杀人，已经对不同的人、不同的组织说过无数遍了，警察都不再问了，他们还锲而不舍地一次次审。他们到底想审出什么？每次审问，都说没问题了就可以补发毕业证和学位证，多少次问都审完了，两个证还是遥遥无期。陈木年在每一次谈话和审问前，都对能够证明自己学历身份的证件怀有希望，拿到证件他就可以考沈镜白的研究生了，但每次结束之后，他都觉得这辈子没希望看见属于他的证了。就像那个推石头的西西弗斯，他每次就努力把它推上去，然后发现又滚下来了。推上去就是为了滚下来，这就是他的现状。

他不想在这个话题上纠缠，就主动挑起其他话头，但聊着聊着又回来了，还是他。陈木年知道他们都关心自己，但他不喜欢这样的关心。魏鸣和“三条腿”不管，一个劲儿地劝他，像沈镜白那样语重心长。他们说，都忍了三四年了，不能功败垂成，想想，被沈老头看上容易嘛。

他们继续说，开始推而广之讨论偶然因素对人生的重要性。

“三条腿”说：“唉，人哪，就那么几步，走不好一辈子都得跟着擦屁股。当时幸亏没去中学当老师，不然早累死几百回了。”

魏鸣说：“没错。人一辈子做不成一件大对事，没问题，千万别做错，一次都不行。老陈，咱们自家兄弟，我可不是说酒话，你看，就一次，就要了你的命。可得长记性。”

他们说得相当不错。但陈木年不喜欢听。的确，他们俩都沾了没犯错误的光。“三条腿”走对了门，工作上别人干啥他干啥，坚决不去瞎胡搞，所以领导喜欢，日子过得一天比一天好。魏鸣也是，毕业留校不是因为他有多出色，而是因为他没犯过错误。谁能不出个意外？魏鸣就不出，小意外也不出，挑不出毛病，就留了。无过就是功。倒是陈木年，来了那么一下，就一下，逮个正着，死翘翘了。

4

本来陈木年是可以保送研究生的，可以直接做沈镜白教授的学生。他成绩不错，尤其专业，学问已经有点儿样子，文章写得也漂亮，沈镜白十分欣赏。在沈镜白找他谈话之前，陈木年一直想念的专业其实是比较文学，觉得东拉西扯地搞文学才有意思。保送名额下来之后，他已经有戏了，下午在图书馆里借书，碰到沈镜白教授也在找书。沈老师问他在找什么书，他说外国小说。

“想保送哪个专业？”

“比较文学。”

“比较文学？英语怎么样？”

“还行。”

“原著能读吗？”

“差不多吧。”

沈镜白让他等一下，去外文馆拿了一本原著回来，随手翻开一页，说：“这两段给我翻译一下。”

陈木年扫了两行，眼都蓝了。那东西简直是不同于英文的另外一种语言，整个两段他只看懂两个短句，还不敢肯定翻译一定准确。

“怎么样？”沈老师说，“我随便抽的一本。”

陈木年只会擦汗了。后来陈木年知道，那是本理论著作，看不懂也不是什么大罪过。但在当时，他一下子就被打蒙了，觉得要是这么闯进比较文学，真不知道到时候是怎么死的。

“不喜欢古代文学？你有几篇论文我看了，挺扎实，也有点儿想法。再慎重考虑一下。”

沈镜白走了，陈木年抱着找到的几本外国小说不知道该怎么办。都是翻译过的。他再去外文馆找刚才的那本书，怎么也找不到，最后就抱着几本翻译小说出了图书馆。

第二天，沈镜白让学生通知陈木年到他家里去一趟。陈木年到了他家，沈镜白正坐在老式藤椅上看一本英文书。看到陈木年来了，把书递过去，“这就是昨天那本。”

陈木年随便翻到一个地方，头脑中又是嗡的一声，还是不知所云。

“英语过了六级说明不了任何问题。”沈镜白说，抽烟的时候嘴张得很大。他六十岁出头，满嘴的牙齿都是黑的。“考虑得如何？马上就要填志愿了。我们是个小学校，条件有限。优秀的人才也不愿意来。每年考进来的，也就混个文凭，我也不打算指望他们了。”

陈木年还在翻那本英文原著。

“还要再考虑？我希望能招到一个各方面都不错的学生。”

沈镜白是学校的一块牌子，对先秦文学一块的研究在全国都是挂得上号的。不管是做学问还是其他方面，做沈镜白的研究生，在即将保送的学生眼里，都是一桩好买卖。陈木年知道，不少人在暗地里用劲儿。

当天晚上，陈木年打电话给沈镜白，说他报了古代文学。他觉得沈镜白的文人气比较足，他愿意挑一个真正的文人做自己的导师。沈镜白在电话那头哈哈笑了，说：“好。从明天起，你就开始背诵《论语》和《孟子》。”

照这样下去，陈木年就是相当地顺了，却在毕业前夕出了事。

课业结束，保送的事也确定了，被压抑了四年的出走欲望重新抬头。一抬头就不可遏抑，简直是揭竿而起。他就是想出去走走，走得越远越好，到一个陌生的地方，看那些从没见过的人和事。最好是白天步行，晚上扒火车，不要钱的那种夜火车，如同失去目标的子弹那样穿过黑夜，然后在第二天早上，停在一个破破烂烂不知名的小镇。他就从这个小镇开始一段新的生活，作为一个闯入者，一个异乡人，游走，听闻，凑上去说几句，摇摇晃晃经过高低不平的沙石路面，离开这里去下一个地方。接着步行，扒夜火车。他对夜火车情有独钟，觉得真正的旅途应该在黑夜的车厢里。拉煤的，运木材的，最好，找一个隐蔽的角落蜷缩起来，看着天越来越大，星星越来越近，世界越来越远，做几个空旷透明的梦，真要美得冒泡泡了。

这几乎是所有刚进大学的中文系学生的通病，浪漫得不乏矫情和作秀的成分。年龄大了，就忘了。陈木年忘不了，多少年来一直坚持着这样的愿望。有点儿莫名其妙，又觉得自己不可救药。

他从小幻想满世界晃荡。小时候老师让学生说长大以后的理想，大家都争着报上科学家、政治家、医生、教师、作家之类的职业，都和伟大、崇高沾边。轮到陈木年，他说：“我想做卡车司机。”他的话差点儿没把老师和同学们笑背过去，竟然有人立志要做卡车司机，头脑坏了。他是全班唯一胸无大志的人。他没笑，相反感到了恐惧。老师和同学们也就笑笑，他的父亲不笑，第一次听他正儿八经地说要当卡车司机，上来就是一记耳光，父亲说："妈的，我怎么养出你这么个不争气的东西！还当卡车司机，火车你想不想开？"

父亲是个蹬人力三轮车的，常年撅着屁股在小城的大街小巷转悠，几毛钱、一两块钱，别人就可以爬到他的车上坐着，像驾驭马牛那样催他快点儿，快点儿再快点儿。他觉得卡车司机比人力车夫也高明不到哪里去，手脚都得用来开车。他希望儿子成大器，当个国家总理都嫌小。他要儿子出人头地，把他这么多年被车上人使唤的恶气全吐出来。这小子竟然要开卡车！父亲想想越发恼火，三轮车推到了院门外又折回来，在儿子的左脸上又补上了一记耳光，打得陈木年耳鸣了好多天。

父亲说："再提什么卡车司机，我撕了你的嘴！"

那五官移位的表情让陈木年连做了好几夜噩梦，再不敢在家里提什么卡车司机。什么司机都不敢提。父亲说，火车你想不想开？多年前，陈木年生活的那个小城还不通火车，他不知道火车到底是个什么东西，否则他会说，想开。喜欢上火车是后来的事。那时候他专心致志地喜欢卡车，像电视里那样，一辆大卡车横穿野地，路边是浓绿的荒草或金黄的麦浪。他坐在驾驶室里，穿一身粗劣的劳动布工装，满脸胡子，风把头发吹乱，一路大声唱歌，抽烟，把左胳膊搭在车窗上，想去哪儿去哪儿。饿了就随便在路边的小饭店喝酒吃肉，困了就在驾驶室里歪倒，睡到精神和力气重新回到身体里，抓着方向盘继续跑。多么伟大的方向盘。管他晴天阴天冬天夏天，我纵横四海去。世界上最酷最快活的男人莫过如此。

后来他发现竟然还有比当卡车司机更有意思的事，就是坐火车。八岁的时候他牙疼，疼得怪异，满地打滚儿，刚出锅的嫩馒头都不能咬，把当地大大小小的几个医院全看遍了，还是不行。巷子那头有个神神道道的老太婆，说他后槽牙里有小虫子，母亲就请她过来帮忙杀虫子。老太婆在地上挖了一个坑，点上柴火，煮一小碗香油，让陈木年张大嘴趴在香油蒸出的香气上，耳朵眼里插一根中间畅通的细芦苇棒。他在香油碗上趴了一个钟头，从芦苇管里爬出来四只细小的黑虫子。尽管如此，牙疼病还是没有解决，继续疼。父亲打听到一个海边城市的一家军医院精于此病，就带他去。先坐汽车，再转火车。他第一次坐上了火车，在晚上。

火车里很多人，上来了就说话，吃东西，打瞌睡，父亲也又累又困，歪着脑袋犯迷糊。整个车厢只有陈木年一个人着急，都上车这么久了，为什么火车还不开。他一个一个地看周围的乘客，希望他们也能发现这个问题，催促司机赶快开车。没有人搭理他，他们浑然不觉。他急了，把父亲弄醒，质问火车为什么还不开。父亲半眯着眼说："看看窗外。"

窗外的灯光在向后快速地跑。灯光之外的夜是一块一块的，一块一块地外后撤，唰，唰，唰。火车早就在跑，他没有感觉到。竟如此奇妙。他一夜没睡，趴在窗户上看了一路夜景，牙疼都忘了。他觉得周围的人都不存在了，整列火车里就他一个人，整个世界就这一列火车在黑夜里穿行，像贴着地面飞翔。这个夜里，他一个人低低地在黑夜里飞。在黑夜里飞翔的感觉让他激动得浑身发抖。

那次夜火车之行陈木年回味了很多年，想起来就抖。很多年里他也再没有乘坐夜火车的经历，白天也没有，没机会。他的小城生活不需要火车。小学、中学，都在家门口不远，大学还是这座小城。而小城不通火车，他又没机会到其他城市去，想看都看不到。

大二下学期，陈木年一个人坐车到相邻的大城市，就为了坐一次火车。在白天，短途的。只坐了一站就下来，赶快坐汽车回到学校。他没胆量一个人长途跋涉地跑，也没有足够的钱去尽情感受火车里的天堂。但就这一次短暂的火车之旅，基本上平息了他大学四年的欲望。有时候他想，也许不是迷恋夜火车，而是想出去走走，撒开脚丫子在大地上疯狂地跑一跑。他常常产生狂奔的冲动，经常一个人在晚上到操场上跑步，一跑就是二十圈。大学四年，每年的运动会上他都能拿到长跑的冠军或者亚军。夜里也做出走的梦，梦见孤身一人到达不知名的地方，有山有水，有平坦的道路和奇形怪状的房子，当然还有小车站，所有的火车都在天黑之后出发，在黎明之前到达，可谓夕发朝至。

现在，大学快结束了，出走和夜火车重新找上了他的门。

父亲曾和他许诺："你只要考上研究生，要钱给钱，想去哪儿去哪儿。"

陈木年在保研确定以后，对父亲说："我只要五百块。"他通过当家教和写稿积累了一些钱，远行计划都准备好了，他想在毕业之前的一段空闲时间里，坐火车到外面疯狂地跑一把。根据打听到的消息，需要不少钱，但他只需要父亲给他五百块。

父亲的脸立马拉下来了，他看见父亲下巴上的那个小肉瘤开始发红变紫。这是个不祥的警报，父亲每次情绪激动要发火，小肉瘤就提前预告。果然，父亲把筷子啪地摔到饭碗上，"五百块？给你去坐火车游尸？你以为我的钱是吃饭吃出来的？”

“你答应过的。”

“我答应过？我还答应你要是你当了省长我给你五千块呢。你当了？”

“不就五百块嘛。”

“五百块少了？你有，还问我要干什么？五百块我有没有？有，我五千块都有，但也不能拿出来让你去糟蹋了！”

就是这句话最终惹恼了陈木年，他摔了筷子就出门回学校。

一周以后，陈木年半夜里跑回家，把父亲从床上揪起来，一个字一个字地说：“我，杀，人，了。我，得，逃。”父亲当时就瘫在床上，下巴上的小肉瘤不知道该变成什么颜色，只是一个劲儿钻心地疼。他还没听明白儿子描述的杀人过程，就对同样瘫在床上的老婆说：“快，快，把钱拿出来，让木年跑得远远的，先找个地方躲起来。多少？四五千块？都给他，都给他。”

又过了一周，整个学校都知道中文系的保研生陈木年出事了。

5

那晚陈木年喝得不少，四瓶啤酒。正常酒量是一瓶。整个过程中话少，只喝酒，沉默又悲壮。只是魏鸣和“三条腿”都没太在意。他们都忙，嘴没闲着，放下酒杯就说话，说各自的事，还有陈木年的事。他们的酒量都比陈木年好，所以也没觉得陈木年喝了多少酒，该怎么劝酒还怎么劝。此外，他们眼里的老陈这几年都这副半死不活的样儿，有点儿苦大仇深，但也没见他终于怎么着，所以对他的沉默也没当回事。他这状态是理所当然的，他不这样难道要像魏鸣和“三条腿”他们那样？没道理。所以，魏鸣说：“老陈，想开点儿。屎盆子扣得再大，还有个沈老头给你撑着。知足吧。喝酒喝酒。”

“三条腿”也说：“木年同志，人生不如意事十之八九。人生在世不称意，明朝散发弄扁舟。多大的事，哪天不死人。喝酒喝酒。”

然后，他们又说，当然了，一失足成千古恨，吃一堑得长一智。

陈木年本来就不痛快，觉得这两个家伙实在有点儿不地道，这哪像老同学说的话，分明是不痛不痒地拿别人开涮。但又不好说，就喝酒，他们端杯他也端，他们不端他也端。后来就记不清谁埋的单了。

喝完酒，他们去校园里坐了一会儿。在中文系楼前的草坪上。四年前，他们经常坐在上面，看女生一个个穿着超短裙从面前经过。现在坐下来还是说女生，准确地说，应该是女人。对魏鸣和“三条腿”来说，女人远比女生过瘾。陈木年还是一声不吭，被凉风吹着，想起“高台多悲风”的诗句。这草坪有点儿低。头脑渐渐好使了，已经晚上十一点半。三个人站起来告别，陈木年突然想起来新买的拖鞋忘在了“文苑居”，就一个人去找。

饭店正收拾准备打烊。陈木年拿了拖鞋往回走，校园里很安静，学校不大，管理又严，夜游的人不多。陈木年急匆匆地走，想抽根烟，口袋里空了。到了宿舍，其他人都在自己的房子里。魏鸣和他老婆好像在吵架，门关着，可能钟小铃嫌他喝多了。另外一个房间住着教日语的宋权，长得也像个日本人，个头不高，有点儿黑，一年四季顶着方方正正的板寸头。大家都叫他“小日本”。陈木年住三居中带阳台的一间。

本来那是个双人间，他和小孙合住，小孙在校外分到了房子，一直没住，但留了一个床位，说什么时候天不好或者工作太忙，没准儿也会睡上一两个晚上。但到目前为止，天气还没坏到他回不了家，工作也没多到必须在学校睡才能干完的程度。所以基本上是陈木年一个人住。在这之前，陈木年住在朝北的一个房间，面积不大，但是个独立的小世界，后来“小日本”来了，他就从单间里让出来了。“小日本”原来住楼下，和另一个老师合住，那老师结婚了，学校就把那整套房子都给了他，“小日本”是光棍，就让出来了。陈木年也得让，“小日本”是正式在编的老师。

陈木年撒了一泡尿，一头倒在床上，很想痛快地睡一觉。刚闭上眼，金老师就开始带着他的拖鞋彷徨了。陈木年觉得血往头上蹿，爬起来，抓着拖鞋就出了门。他把六楼上的门敲得像打雷，半个学校都听得见。他听见楼下某个房门口有人说，谁呀，几点了还玩！陈木年没理他。

艺术家终于蓬头垢面地开了门。“你，毛病呀？”金老师用画笔对着陈木年指指点点，油彩都碰到了陈木年的鼻子。“你知不知道我在工作！”

“不知道！”陈木年说，一把将金老师的画笔抓过来扔掉，将拖鞋塞到了他手里。“穿这个，现在就穿！”

金老师一下子没反应过来，回过神来也火了，一把抓住陈木年的衣领，“神经病吧你！想打架还是怎么着？”

陈木年没挣脱，冷着脸说：“穿上，现在就给我穿上！”

金老师没吭声，他确定这小子是来惹事的，也不管自己能耐有多大，抓着陈木年的衣服就前后摇荡。除了这个他干不了别的，陈木年比他高一头还多。陈木年的脑袋在他面前晃来晃去，突然哇的一声，吐了金老师一头一脸。他忍了很久终于吐酒了，酒劲也跟着上来，身子晃了几下，抱着金老师一起倒在门槛里的瓷砖地面上。然后稀里糊涂就不清楚了。

睁开眼的时候，他看到金老师端着一盆凉水在往自己头上浇。陈木年把头歪到一边，找不到起来的力气。金老师嘿嘿地笑着，说："刚才的本事哪儿去了？使出来啊！"他洗过澡换过衣服了才来收拾陈木年，鸡窝头上的水滴还没有擦干净，跟着盆里的凉水一起落到陈木年的脸上。

"小子，你到底想干什么？你给我说清楚。"金老师把盆移到一边，让陈木年的头脸闪出来。他看起来很高兴。"快说，要不我还倒。我能用凉水把你浇死，你信不信？"

陈木年擦掉脸上的水，看着俯在他上方的那张皮包骨头的男人的脸，又是哇的一声，这回是哭了。这招出乎金老师意料，他怎么就哭了呢。老老实实说不就不浇了嘛。他把盆放下，半夜三更忍不住笑起来。大男人了，还咧着嘴哭，的确太可笑了。他把门关上，拖了把椅子坐下，就看着陈木年哭。陈木年的嘴越咧越小，声音也越来越小，但悲伤是越来越大了。他觉得自己哭得理所当然，哭得及时，哭得舒服，哭得让自己都忍不住悲伤了。他就一直哭。金老师换了两次二郎腿，抽了三根烟，陈木年才停下来。

"好了，你哭完了。"金老师把烟头准确地扔进垃圾桶里，"说说你是谁？三番五次给我送拖鞋到底是为什么？"

陈木年不说话。

“没名字？还是哑巴了？”

“陈木年。”

“还挺刺。陈木年？哦，知道了，大名鼎鼎的陈木年，就是说自己杀人的那个？”

陈木年噌地坐起来，眉毛也竖了起来。金老师看苗头不对，赶紧说：“对不起，对不起，不该揭别人的短。你别激动，我知道，你没杀人。没杀。咱们有话好好说。你可是先上门来耽误我创作的。”他给陈木年搬了张椅子。“坐下说。冷不冷？要不先拿毛巾擦把脸？”他又去拿毛巾。毛巾哪够，陈木年不仅头脸湿了，衣服也被水浇湿了。

“你知不知道，你的拖鞋每天夜里都弄得我睡不着觉。”

“原来是这种小事，”金老师如释重负，看看自己的拖鞋，又看看陈木年拿来的拖鞋，说，“早说不就完了嘛。嗯，这拖鞋不错，还有毛茸茸的底儿，你在哪儿买的？”

“你把它穿上再在屋里转悠。”

“你！算了，不跟你一般见识。我告诉你，以后不许诋毁我的创作，包括和创作有关的一切事！”

“我什么时候诋毁你了？”

“现在！我转悠？你的意思是我画不出来了！”

“没那个意思。”

“算了算了，反正也画不出来了。”金老师又坐下来，面对陈木年，像小孩看着玩具一样看陈木年，“咱们说点儿别的。你说，你是怎么没杀人的？”

陈木年站起来要走，金老师把他拉住了。“别急，要不我们喝两杯？”他去柜子里拿了一瓶二锅头和两只杯子，又拿了半只烤鸡和一瓶辣椒酱。“陪我聊聊吧，我也实在画不动了。对，还有，你知道我叫什么名字吗？金小异，异常的异，以后就叫我小异，别叫金老师啊，不喜欢。学生都这么叫，烦死了。”

6

陈木年也没客气，跟金小异继续喝。他吐完了就跟没喝过酒似的。金小异是个大大咧咧的人，上来就自报家门。金小异，男，汉族，三十五岁，光棍，和四个女人同居过，都好景不长，不是踹人就是被人踹，最后一次和女人上床是在一年前，现在都忘了啥感觉了。搞油画，偶尔也弄点儿其他的。原来在南京一所艺术院校教书，因为搞了一次行为艺术，让领导很不喜欢，待下去也不痛快，就在一年前自愿下放到这个小城，教一群三流的学生。其实那次行为艺术很有意义，人道。金小异至今得意。他觉得大学里长得不好看的女生总是被压抑，就自己出钱租了一次大学生活动中心，开舞会。然后在门口守着，长得漂亮的女生必须买票，丑的免费，还可以得到一枝开得正好的玫瑰。那是全校长相丑的女生翻身获得解放的好日子。但校方不这么看，认为他在侮辱相貌不出众的女同胞，舞会快结束的时候砸了他的场子。紧接着找他谈话，从系里到学校，一级级谈上去，做检讨，实在把他弄烦了，就到这里来了。

“我的目标是成为大师。没问题。”

金小异说这话时没有任何羞愧之色，反而目光纯净得像意气风发的少年。陈木年喜欢这种放旷干净的神态。他顺着金小异的手指，发现墙上贴满了大师的画像和作品。梵高，塞尚，毕加索，达·芬奇，等等。其他的大部分都不认识。梵高的画和像最多。金小异说梵高是他的导师，他的神。陈木年觉得有点儿滑稽，缺了一只耳朵的梵高跟金小异还真有点儿像，只少了一撮绍兴师爷的山羊胡子。

陈木年倾诉的欲望就这么被激活了。轮到他，就开始说整个学校都知道的虚拟杀人事件。

“那些天我真想出去，”陈木年捏着酒杯两眼发直，“再不出去我觉得我就会死掉。可我爸不给我钱，五百块也不给。其实没有那五百块也无所谓。我就是怕，没出过远门，不知道深浅。我当时也一根筋，生我爸的气。不就五百块嘛，至于气成那样？但我得出去，一定得出去。都准备好了。就想怎么才能从我爸兜里掏出钱来。”

按当初那夜他对父亲的说法，他是在做家教回来的路上，经过水门桥时勒死了人。

那晚上他给城南的一个孩子做家教。那小孩过两天要月考，辅导的时间长了点儿，离开的时候已经十一点多了。公交车都收工了，出租车也很少，陈木年也不愿花这个钱，就步行。从城南到学校要一个多小时。他走到水门桥时大约午夜十二点，路上基本上见不到行人。要在平时，陈木年会很高兴，他喜欢一个人走在路灯下空旷的街道上，今夜不行，他想抽烟了。烟在，打火机丢在那学生的桌子上了。一路上的店铺没一个开门的，他想找人借个火。

在水门桥上终于碰到了一个瘦小的男人，三十来岁，从运河边上走过来。水门桥底下是里运河，过去大运河行经小城时的一条分支。多少年前，里运河也风光一时，货船、客船和竹排都打桥下经过，给小城带来了不小的热闹和收益。现在河边还有很多大大小小的石码头，依然有船经里运河驶向远处，打沙的，运货的，偶尔也有送人的。在汽车、火车和飞机之类的东西盛行之前，水路的繁华可想而知。因为南来北往的野游客多了，河边滋生了一系列相关的生意，妓女即为其中之一。水门桥南，贴着运河往东走不远，有一处相当大的石码头，拐一个弯往码头边的巷子里走，有一条街专门经营男女身体的生意。很多年前叫水边巷，后来大家都叫“花街”，意思很明了。街上云集了不少本地的和外地的女人，租了房子，在屋子里接客。来往的水手和船老大在码头上停下来，都去找相好的。现在水运衰败了，但花街还在，花街的女人还在，只要嘴馋的男人还没绝种，她们就时刻准备开门迎接。

陈木年碰到的那个男人，看他的来路和软不拉几的走路姿势，很可能是刚从花街上出来。

“喂，先生。”陈木年在后面客气地跟他打招呼。

那人停下来，回头看他，说：“干什么？”

“借个火，抽根烟。”陈木年把烟掏出来对他晃晃。

陈木年的块头让他警觉，周围没有其他人。他开始加快脚步，边走边说：“没有。我没火。”

“你刚才不是丢了一个烟头吗？没火怎么点上的？”

“没有。就是没有。”他竟然要跑起来。

陈木年突然就生气了，三两步追上去，从后面一胳膊夹住他的脖子。“有没有？”

“快放开！我没有！”

胳膊又紧了一点儿。“有没有？”他已经在对方的口袋里摸到一个打火机形状的硬物。

“没有！再不放手我就喊人了！”那人开始挣扎，声音被勒得已经变了形。

“打火机拿出来。”

“有也不给！”他接着就喊，“抢劫啦！杀人啦！”

这个说法把陈木年吓了一跳，胳膊下意识地又紧了一圈，他不想让那人难听的声音惊动别人和这个安静的夜晚。“抢劫”和“杀人”这类词也让他本能地紧张。不能让他发出声音。胳膊再紧一下。只有咝咝啦啦出气的声音了。喊不出来了。陈木年很高兴，终于制止了这个多嘴的家伙。胳膊再用一点劲儿。两个人相持着。陈木年感到了某种难以名状的隐秘快感，掌控的或者施压的，如此自如。水门桥上也安宁平和，桥下运河的水声都消失了。静美的夜晚。那人的脑袋一歪，搭在了陈木年的胳膊上。陈木年动一下身子，那颗脑袋也跟着晃荡一下。陈木年突然觉得不对劲儿，左手放到男人的鼻子前，什么动静都没有，鼻子成了没用的装饰。陈木年慌了，把他转过来，左右开弓打他的脸，手都打痛了他还是没反应。他终于知道这个小个子男人再也不会有什么反应了，就更慌了。

陈木年前后左右慌张地看，怕被别人发现，整个人剧烈地哆嗦起来。他不知道该怎么办。什么事都需要经验，没错。然后看到了运河。手脚从来没有如此不听使唤，好像用的是别人的。他连拖带拽总算把那人拖到了水边，累得一身汗。那家伙个头不大，重量倒不轻。为了防止被过路人看到，他把那人继续往桥底下拖。路灯照不到了，世界暗下来。陈木年就着朦胧的光，把那人抱起来，用力抛进水中。只三四秒钟，就不见了。运河水总是流得激情澎湃。

他又在桥底下等了一会儿，确定尸体已经被水冲走了才上到路面。到了桥上，世界还是亮的，水面上几十米之内清晰可见，但是没有一个人在起起伏伏。运河水什么可疑的迹象都没有，和多年前一样坦荡地奔流向前不复回。陈木年松了口气，掏了一根烟叼着，没火也吧嗒吧嗒地吸着，开始向学校走去。路上还是没有一个人。快到学校了，他进了“文苑居”的那条巷子，路边到处都是垃圾，煤渣、烂菜叶、油腻腻的洗碗水，满街飘的白色塑料袋。他听到了身后有脚步声，回过头，一个人也没有。继续走，又听见了。回头看还是没有。恐惧再次袭来，他撒腿就跑，经过校门也没进去，而是继续跑，一口气不歇地跑。

陈木年那天夜里对他爸妈说，他是一口气跑回家的，奔跑的时候也没想要到哪儿去，但跑着跑着一抬头，就到家门口了。他爸妈也吓坏了，根本没想到，从学校跑到家，即使是自行车的速度，也得一个多小时。也就是从市中心到郊区的距离。

“就这样杀了？”金小异搓着手掌心问。

“就这样。”

“真的杀了？”

“假的。”

“操，假的你讲得跟真的似的干什么！”金小异听进去了，一直在紧张，两手心都是冷汗。“早说啊，”他抹了一把额头上的细汗，“把我吓得，跟自己杀了人似的。喝酒喝酒！”

“不像真的，我爸妈能信吗？”

“那倒是。那人是真的假的？”

“真的。他借了火给我，还跟我说，有空去花街转转，那地方好。”

金小异呵呵地笑，说：“嗯，我听说了，那地方不错。后来你怎么弄的？如愿以偿了？”

“你让我喝两口行不行？”

“好，喝酒喝酒。你还挺能吃辣。”

7

两人喝得很投入，你来我往，把“后来的事”都忘了。一瓶二锅头喝完了，烤鸡和辣椒酱吃光了，两个人也喝得不行了。眼睛睁不开，只想睡觉。迷迷糊糊爬到床上，一人抱着半边被子就什么都不知道了。

醒来已经快十点了。陈木年出了一身的汗，这是新一拨领导上任后，他获准继续干下去的第一天。他又起迟了，随便洗了把脸就下楼往单位跑。金小异还在睡，陈木年跟他告别也没听见，嘴里还在咕噜咕噜地说着梦话。说：“梵高。梵高。大师。大师。”

到了单位，顶头的余科长正转着茶杯，看里面的茉莉花茶在哪个方位上才能更好看。看到陈木年，就说：“是不是张副处又找你谈话了？”

陈木年顺势撒了个谎，“刚谈完。”

“是吗？张副处刚打电话过来，要你带几个工人帮他一个亲戚搬家。”

陈木年知道穿帮了，就说：“余科长，昨天张副处长说相信我是清白的，一高兴，喝多了。睡过头了。”说完感到一股火辣辣的疼痛从小腹蹿上来，脸上的表情僵硬得几乎动不了。

“算了，老陈，啥也别说了。干活儿去吧，这是他亲戚的电话，你联系一下。工人在仓库里等着你哪。还有，搬完家我再跟你说，你的工作以后比较机动，后勤总务这块，都是你的工作范围。去吧。”

陈木年知道余科长的意思，就是从今天开始，他就是一个标准的工人了。过去好歹还坐坐办公室，现在是什么事都得做，随叫随到。他捏着那个号码，一看就是健康新村的电话。所谓张副处长家的亲戚，就是张万福的弟弟，在环保局上班，因为哥哥的关系，优惠得到了一套学校在健康新村的房子。

工人横七竖八地躺在仓库里，搬家的车已经准备好了，就等他领路。见了面，都亲切地叫他“老陈”。

在二十五岁那一年，别人开始叫他“老陈”。现在二十六岁，大家已经叫顺了嘴，四十岁的人也叫。去年，别人一个接一个地叫他“老陈”时，他觉得自己不是二十五岁，而是五十二岁。已经老得不行了，都老得懒得跟他们矫正，老得心灰意懒。他不喜欢别人这么称呼自己，但不得不承认，老陈可能更符合他目前的心境。就让他们叫吧。

老陈说：“起来走吧。”

这群工人里，唯一不叫他“老陈”的，是教工家属区的清洁工老秦，他平时打扫卫生，工人不够了就来凑个数，挣点儿力气钱零花。老秦五十多岁，跟陈木年的父亲差不多大。他们两家距离也近，前后两条巷子。老秦的老婆十年前死了，一直没再娶，也没钱再娶。后来就托关系在这所大学里找了个清洁工的差事做，钱挣得不多，但生活多少有保证了。现在老秦住学校里，就在陈木年那栋楼前面的一栋破楼里，学校里都叫“老三楼”。很多年前建的，设计简单粗糙，主要是给青年教师过渡用的。大多数是一居室的格局。现在老秦就住一居室，在二楼，陈木年站在阳台上就能看见他家洗手间的窗户。老秦和女儿秦可一起住，女儿住里面的一室，老秦住外面的小厅。

陈木年当然也认识秦可，她现在在这所大学里念化学系大三，如果不是中间休学两年，早毕业了。秦可小时候经常和陈木年玩，上学、放学都有陈木年保护，否则会有小流氓欺负。她长得好，身材也好，一米七的个头，该鼓的地方鼓，该凹的地方凹。后来小伙子和小姑娘都长大了，就不再一起玩了，不好意思，男生女生流行陌生，见面低下头，躲开了各走各的。陈木年大三的时候，倒是和秦可常见面的，后来也生疏了。现在陈木年还是能经常见到秦可，见面招呼一声。也仅止于招呼，笑一下就散开。

车往健康新村跑，陈木年和老秦面对面坐在车厢里。

老秦说：“木年，昨天我回去，见着你爸了。他让我带个话给你，想着沈教授，好好干。”

“嗯。谢谢秦叔。”

接着都没话。过了一会儿，陈木年说：“秦叔，秦可功课还忙吧？”

“还行，没什么问题。女大不由人，有话也不跟当爹的说了。”

“都一样。都是大人了。我也不常和爸妈交流。”

车子晃荡晃荡就到了健康新村，陈木年打了电话，张副处的弟弟说马上下来，带他们去原来的房子里搬家具。这是个胖子，长一张标准的官僚脸，而且是官不大僚不小的那种，上来就哈哈哈，和陈木年握手。他们互通了姓名，张副处的弟弟说：“哦，听说了。你就是陈木年？看起来就不像杀人的人嘛。”

陈木年说：“那没准儿。”

张副处的弟弟说：“你看看，到底是小伙子，脾气杠。”

“从哪儿搬？我们现在就去。”陈木年不想和他啰唆。

“你说你，当初撒个什么谎呀？”

老秦上来说：“木年那会儿还小，谁年轻时还不犯一两个错误。咱别说这事了，搬家。各位，上车走。”

“那倒是，可就是你这错误犯大了，它不值。你说是不是？”

陈木年的脸挂不住了：“你还有完没完？不搬，我们走了。”

张副处弟弟的脸也挂不住了，好歹是副处长的弟弟，陈木年说到底就一个出苦力的工人，甩脸子给他看，他当然不乐意。张副处的弟弟说：“脾气不小啊，我哥就是让你这样来干活儿的？要走你就走，我再打个电话，要多少人有多少人！杀没杀人自己都搞不清楚，还在这儿哼哼哈哈的！”

陈木年一声不吭，转身就走。老秦和一帮熟悉的工人上来又拦又劝，没用。他把他们一胳膊送到一边，跨着大步子走了。

他们在后边喊：“老陈！老陈！”

陈木年已经出了小区大门。出去看见路左边一个收拾了半截的早点摊子，感到了饥饿，过去要了一碗豆浆和两根油条，咬牙切齿地吃下去。吃完了还饿，又要，最后把摊子上卖剩的十根油条全吃了下去。吃完早点天就晌了。

8

下午上班，陈木年来到单位，余科长还在抱着他的宝贝茶杯看里面的茉莉花。陈木年不记得余科长什么时候喝过杯子里的水，他的茶杯似乎就是用来观赏的。

“上午怎么回事？”余科长说，“张副处在电话里把我训了一顿。你就不能老老实实地给我干活儿，少惹点儿麻烦吗？算我求你了好不好？”

“对不起。”陈木年觉得连累了余科长。

“好了好了，训也训了。就是你得为自己考虑一下，别老让领导不高兴。”

“嗯，下不为例。”

“你去花房帮帮忙。”余科长说。坐下来把杯子放在一张报纸上，低下头不知道是看花茶还是看报纸。“学校开会要用花，这两天那里忙不过来。找老周。”

陈木年就去了。见了老周，都认识。老周很高兴，表示热烈欢迎，说张副处真为我们花房着想，上午听说缺人，下午就把你调过来了。原来调过来不只是帮两天忙，是要待这里不动了。陈木年心想，余科长犯不着曲里拐弯的，直说就是了。

老周把花房的其他人都喊过来，介绍给陈木年。三个，一个大林；一个杜凯，外号“二椰子”，都二三十岁，脸膛黑黑的，肉也结实，能干活儿；还有一个是老头，斜着眼看陈木年，手里拿一把松土的铲子，左手缺了半截食指和中指。陈木年一愣。这老头是他对门，姓什么、叫什么不知道，但见过，一周能碰上三两次，迎头撞上也不说话。生活在楼上的人好像都这样，如果不认识，住一个楼道都不打招呼。老周说，这是许老师。陈木年恭恭敬敬叫了一声“许老师”。许老师头发胡子都乱，看不出准确的年龄，说六十岁行，七十岁好像也可以。整个身子也是斜的，总之怪怪的，但不讨厌。大林和二梆子都跟着羞涩地欢迎，许老师不说话。

“现在人手差不多，”老周说，“老陈，你现在就得上阵了。开始摆花吧，两人一组，老陈你看看，跟谁一组合适？”

“我和许老师一组吧。”

大林和二梆子很高兴，谁愿意跟一个糟老头子一起干活儿。尤其摆花这种事，力气活儿，要从花房里把花一盆盆用平板车拖出来，再一盆盆挨着摆在通往校门的主干道两边。许老师只能摆摆花，还缺了两根比较关键的手指。所以，拖空平板车过来时，大林对陈木年说，跟许老头做搭档，你得多吃两个馒头。

他们背后都叫他“许老头”。

“我叫许如竹，”许老头带陈木年取花时对他说，“你叫陈？”

“木年。陈木年。”

“哦，陈木年。”许老头若有所思，歪着头看一盆花，“我有个同学，叫陈木天。不过早死了，三十年前的事了。”

“怎么死的？”

“被人打死的，”许老头又停下来，把花盆抱在怀里不往下放，好像他没能力同时做两件事，“那会儿有你吗？”

“什么时候？”

“‘文革’。”

“我还没出生呢。”

许老头呵呵地笑，说是啊，你才多大。他对他们早就是邻居似乎没什么感觉。两个人往车上装了四十盆花，拖着往主干道走。他们的花运到主干道，大林和二梆子的一车花都摆好了。大林和二梆子对陈木年笑，许老头说，就摆摆花，又不是赌钱抢银行。

许老头的速度的确够慢，也快不了。年纪大了，左手又不完整，搬起花来很吃力，颤颤巍巍地老抖，每次花盆都要贴身才能端稳，前襟沾了一块块土。陈木年让他别搬了，衣服都弄脏了，只管摆就行了。他也担心许老头把花盆给砸了。老周说，花是集体财产，砸了是要赔的。许老头就笑笑，说廉颇老矣，只能吃饭。

陈木年本能地纠正："廉颇老矣，尚能饭否？"纠正完了才发觉自己的可笑，然后开始惊讶，一个花房的老工人竟能说出这样的话。他转头看看许老头，许老头蹲在地上摆花，很认真地把枝叶和花朵繁茂的一边都朝向道路。从已经摆过的花看，他们这边的好看多了，大林那边只顾着快，显出了凌乱和衰败。

整个速度他们慢了一半，大林和二梆子运两趟，他们运一趟。许老头不着急，也不让陈木年着急。摆完了两车，对陈木年说："慢工出细活儿。来，坐下歇会儿。"陈木年不想坐在马路牙子上。在后勤这一块做临时工就够没面子了，现在成了花房工人，就更不愿意招摇地让所有人瞻仰了。他找棵树背对着路倚着，掏出烟来抽，递给许老头。"不要。"许老头说，"十年前就不抽了。"

"戒了？"

"不想抽。"

"酒呢？"

"也不喝了。"

“那多没意思。”

“年轻时觉得不抽烟不喝酒就解不了闷儿，老了才发现，要是愁烦，把树枝砍了当烟抽，喝敌敌畏都不管用。管用的不是真的愁烦。你说呢？人哪，争得自由的方法没有想象的那么多。”

还一套一套的。陈木年慢慢地转过了身，不得不刮目相看。他磨磨蹭蹭地挨着许老头坐下来。“许老师，”他说，“能问你个事儿吗？”

许老头看看他，说：“差不多了，该干活儿了。”

“许老师，还是想问一下。”

“这种活儿没什么好问的，走吧。”

陈木年又被堵回去了，下一趟运花和摆花，他就在心里嘀咕，这老头哪像个花房工人。最后一趟花摆完了，他们又在路边休息，陈木年忍不住又问了：“许老师，以前您是干什么的？”

“一直在这学校里，半辈子了。挣钱吃饭，还能干什么。”

“就在花房？”

“那不可能，原来哪有这些东西。过去领导开会不需要花，连话筒和喇叭都不要。”

他还想再问，金小异拎着一堆东西从校门口进来，见了他，老远就喊木年木年，走，喝酒去。陈木年只好去搭理他，看他走近了，手提袋里油画的颜料、火腿、二锅头都有，还有一本书，抽出来看一眼，是欧文·斯通写的《梵高传》。

“新买的？你床头好像有一本。”

“那本旧了。新的看了更有感觉。你又被下放了？”

“是啊，要努力活得比底层还低。”

“吃晚饭了，走，一块喝两杯。拖鞋我试了，感觉还真不错，穿坏了你再给我买一双吧。”然后笑起来，让陈木年现在就跟他走，“下午我画了一点儿，绝对天才。去看看。”

许老头站起来：“该收工了，回去吧。”

陈木年说：“那好，许老师，您先回去，板车我送到花房去。”

许老头也没客气，背着手就走了。陈木年看着他往校门走，问金小异认不认识他，金小异说：“你以为我是人口普查员啊！”

9

进了门，金小异就穿上了毛底的拖鞋。陈木年想，这下好了，以后可以睡个好觉了。“小日本”在五楼的厨房里唱歌，好像是一首和西藏有关的歌。“小日本”喜欢唱歌和打篮球，再就是谈女人和看毛片，此外没有爱好。应该说，这几个爱好他玩得都不错。现在歌声激昂响亮，传到家属区路边的公共厕所应该不会有问题。但金小异烦，骂了一句：“这谁啊？整天吊着个乌鸦嗓子乱叫！”进了门就把窗户都关上了。

“我室友，教日语的老师。”

“性压抑。一定是。”

这个陈木年说不好，压抑是一定的，哪个年轻的光棍儿不压抑。至于是否因为压抑才唱歌，陈木年就没有研究了。“小日本”是那种狂热的滥唱之徒，逮着机会就唱。陈木年和魏鸣都纳闷儿，这“小日本”都不小了，几年前就三十岁开外了，谈了五个都熄火了，就是一个下岗的女工，和他交往了一周也不再联系了，而且这么多年他一直在考研，一直没考上，他哪儿来那么多高亢的情绪需要抒发？但“小日本”就是唱，哪天要是听不到他的男高音，一定是人不在学校里。

“你性压抑吗？”陈木年开玩笑地问金小异。

“我？”金小异嘿嘿地笑，“哪有时间整那事儿。你过来看看就知道了。”

他让陈木年跟他进了自己的画室，就是陈木年头顶上的那个房间。一进去就看到墙角堆着花花绿绿的纸和布，一层摞着一层，那么多画，怕要一两年才能画出来。空闲的地方支着一个大画架子，画布上的人像只完成了鼻子以上。地上乱七八糟地丢着画笔和颜料，还有烟头、酒瓶和被茶垢染得乌黑的大茶杯。墙上也贴了一些，都有点儿眼熟，陈木年想了想，觉得那些应该都是梵高的作品，至少是像梵高的画，其中还有几幅经典的梵高自画像。

“看看这个。”金小异指着画架上的半个头像，“天才之作！我都舍不得画完了。”陈木年看了看，也没看出什么大的名堂，就觉得那双眼有点儿像梵高，怯生生的，偏执，忧郁，有点儿疯狂，看人的时候像在偷窥。

“啥意思？”他问金小异。

“你看看色彩和线条，金黄的，所有的线条都是成熟的麦子。你看过梵高的画吧，他用无数的箭头来画自己的脸，我用的是麦子。麦穗，麦芒，麦秸，金黄的麦叶。再仔细看看。”

陈木年趴上去看，更看不清楚了。退远几步，还真是那么回事，那半边脸就像农民用收割过的麦子搭建和摆设而成。浑然天成，妙不可言。虽然陈木年对绘画基本是外行，但还是能看出那些麦子像燃烧一样的金黄。

陈木年说：“好。”

“岂止是好？是天才之作！想起来我就想哭，梵高创作出了如此伟大的作品，为什么整个世界同时都瞎了眼。这是我向梵高致敬的作品之一，也是目前我最满意的一幅。”

“要多久才能画完？”

“不知道。我要等他的灵魂降临到我身上时再接着画。”

“谁？梵高？”

“梵高。我的精神导师，我的宗教。”

这话实在太酸了，陈木年这样一个背诵过数不清的诗赋的人都扛不住了。他见过几个所谓的艺术家，他们的言行似乎都是这样，有时候真诚得让人觉得难为情。金小异在半个头像前抱着下巴一声不吭地站了足足五分钟，像一个自恋的人在照镜子。照完了，他从墙角的一堆画里拽出了一沓画让陈木年看。他说，这些他都不是很满意，但和其他画家比，还是能看的。陈木年就一张一张翻看，发现了很多熟悉的景物，比如学校里的主教学楼、行政办公楼、校门、喷泉、小松林、师陶园、老三楼，甚至还有很多人，看样子也挺眼熟。还有一个鲜艳快乐的女孩转身回眸，像是秦可。他很认真地在画中找起人物来，他没法像金小异说的那样，从技术上和思想上去欣赏它们。干不了。但他认真的样子让金小异以为是在欣赏，金小异很满意地说：“你慢慢看，我去搞点儿吃的。”

金小异做起吃食来远没有画画时有耐心。不到二十分钟就搞好了，没有扯嗓子喊，而是静悄悄地走进画室，让陈木年出来喝酒吃饭。陈木年已经把墙角的那一堆画翻得差不多了，觉得是找到了几个熟人，但认真推敲，又不像。

三个菜：黄酒烧肉、片状火腿、凉拌海带丝。每一种菜的量都很大，足够两人吃的。还有辣椒酱，一瓶新开的“老干妈”。然后是二锅头。米饭还在电饭煲里煮。

“怎么样？”

陈木年说：“嗯，看起来不错，味道一定很好。”

“不是菜。我说的是画。”

“比菜更好，非常好。”

金小异倒了一大杯二锅头给陈木年，说：“好，知音。今晚多喝点儿。”

陈木年想起许如竹的话，争得自由的办法没有想象的那么多。酒也不是通往自由之路。他端详那杯透明的液体，他需要它把他送到自由之境吗？金小异说，喝，喝呀。陈木年把酒杯送到嘴边，喝了自己的酒史上最大的一口白酒，如同喝一口白开水。都让金小异刮目相看了，以为他海量。只是酒下了肚，他的脸就开始红了。

“小日本”的歌声更大了，换了一首《草原之夜》，拐弯抹角的地方处理得挺不错。但金小异不爱听，他把酒杯啪地蹾到饭桌上，问陈木年，用什么方法才能让“小日本”住嘴？

“请他吃饭，堵上他的嘴。”他知道“小日本”喜欢占点儿小便宜，平常在一起生活，能用别人的就省自己的。喜欢就着别人的大腿搓绳子。陈木年这么说也是开玩笑。金小异当真了，坚持让陈木年把“小日本”叫上来，他要灌死这个乌鸦。

陈木年下去了，“小日本”正在吃饭。从食堂买来的馒头，自己炒的一个摊鸡蛋，还有一袋榨菜，喝白开水。这样简单的饭菜更适合他这个花房的工人来吃。

“楼上的金老师请你喝酒。”

“小日本”很高兴，但很快又觉得可惜。“今天不行，下次再请吧。晚上有事。”

“给学生补课？”

“不是。相亲去也！听说长得不比李玟差。”

李玟是他的梦中情人，多少年了。一看到李玟的笑和她优美的大腿和屁股，他就哆嗦，手就不知道往哪儿放合适，最后往往只好随便地放在裆部。陈木年也没强求，他知道楼上就是一桌满汉全席，也比不上李玟的半个饱满性感的屁股。上了楼，他告诉金小异，“小日本”要去相亲，来不了。金小异不关心能不能来，只要不再唱，“小日本”跳楼跟他也没关系。

“小日本”果然就不唱了，去见李玟了。金小异的谈兴慢慢上来了，加上二锅头的刺激，重新对这个世界产生了浓厚的兴趣。首先是陈木年，他念念不忘陈木年“后来的事”。

10

那天夜里回到家里，陈木年气喘吁吁地告诉父母，他杀人了。为了让他能顺利逃脱，父亲把家里所有的现金都拿了出来。大宗的整钱四千五百块，父母又从口袋里找出了三十多块零钱，都给了他。陈木年当时有点儿后悔，不应该把父母吓成这样，父亲抠门是有点儿抠门，但他们的生活一直都很俭朴，拼命干活儿，要买新房子，还要为以后他读研究生、结婚之类的事情存钱。说到底，可怜天下父母心，不容易。他们没错。但没办法，已经箭在弦上，没办法撤了。

陈木年就握着父母的手，一个劲儿地掉眼泪。这么多年，他很少和父母如此亲密地接触，他们都不是情感强烈和外露的人。他甚至从记事起，就没看过父亲和母亲的手拉在一起。他们没有亲昵的表现，反倒经常吵架。一度，陈木年觉得父母之所以还能一起生活下去，除了因为他，还在于他们可以相互折磨。他们似乎都想打败对方，在一方倒下之前，他们就会牢固地维持着这种相互折磨的局面。在这个夜里，他看到爸爸和妈妈是空前团结的，而且因为他，他们也把手相互紧紧地缠绕在一起。母亲没有责怪他，只是哭，担心，她不知道儿子应该逃到哪个地方去。如果有可能，她一定希望木年能够到地球的另一面，或者干脆离开地球，到一个谁也不知道陈木年和水门桥的地方。父亲也一改常态，没有教训他半句，只说，快走，快走，迟了就来不及了。完全不像多少年来教育他的那样：做人要诚实、正义，不能逃脱责任，更不能做违法乱纪的事。

开始是狂喜，然后陈木年感到了悲哀。他就这么轻易地将他们骗了。父亲大大小小骗了他好多次，但他骗这一次就足以把所有的委屈全赚回来了。他装好钱，随便找了几件衣服，拎着包就出了门。不让父母送。出门的时候他回头，看到父母谨慎地站在门口看他，连门灯都不敢开。父亲的腰都弓下去了，一会儿的工夫弯下去就直不起来了。为了不让自己反悔，陈木年坚持没回第二次头。出了巷子，又经过一条巷子，才站住。按照计划，应该先回学校，把整理好的行李和装备带上再出远门，现在看来回去有点儿不合适了。他也被父母弄得有点儿紧张，像一个真正的杀人犯那样，迫切地需要现在就开始逃亡。

他就上路了。一直往东走，小城的边缘有条高速路，他到那里去拦车。走到高速路边，天早就亮了，很多客车行驶在路上。他拦了一辆到南京的车。南京，他稍微了解一点儿，南京有火车站，可以把火车开往全国各地。坐在车上，他想到终于可以如想象中和梦里的那样漫游，又兴奋起来。马上就实现了，或者说，已经在实现了。陈木年激动得面目通红，看着窗外掠过的景物，忘了饥饿和睡眠，有种正在飞起来的感觉，整个人都变得轻盈了。

在南京，他随便找了一趟车，去四川的。等车的当儿，他在候车室睡了一觉。他发现第一次出远门并不害怕。还做了一个梦，梦见马群跑在尘土飞扬的道路上，还有大山、古寺和大森林。穿越森林的道路有点儿像马尔罗笔下的“王家大道”，充满了新奇、神秘、死亡和磨难，以及热带的丛林风光。

买的是硬座。陈木年喜欢硬座。在他看来，若是赶着时间去目的地，卧铺比较合适，因为睡眠好，下了车不耽误干正事；若是旅行游历，硬座更合适，拣一个靠窗的位子坐下，一路好景尽收眼底。白天看见大地、草木和村庄，晚上看见黑夜、灯光和星星。如果不是上厕所，他能呆呆地对着车窗外看五六个小时，不和陌生人说话。不想说，一个人就够了，他把浑身的感觉细胞都调动起来，感觉火车，感受它的一静一动，听它的声音，想象火车穿过大地的样子，甚至想象他驾驶火车是何种感觉。很多想法在大脑里高速运转，传到舌头上和手指上，但他没法说，跟着也后悔没带上纸和笔。他决定下了车第一件事就是买一套纸笔。

在火车上，陈木年零零散散写了一些东西，记录当时的所思所感。比较完整的，是一篇叫《开往黑夜的火车》的小散文。那时候他已经坐了不少次火车了，在四川、湖南、湖北、江西、北京转了一圈，尽管省吃俭用，钱还是花得差不多了。从北京回来，他坐的是卧铺，就着床头的灯光写下了《开往黑夜的火车》。

开往黑夜的火车

车过济南，透过窗帘的浅浅的灯光就把我惊醒了。也不算惊醒，一直是浅眠，耳朵里的车轮声半个晚上都清晰地响着。我撩开窗帘，凌晨两点的济南站冷冷清清，没有见到下铺预言的那种拥挤，他说济南是个大站，上车的人常常要把车门给挤破。我看到几个乘客拎着包袱，摇摇摆摆地向车门走，瞌睡和等待把他们折磨坏了。火车安静地停在昏黄的灯光底下，像一头不喘气的动物，同样无精打采。车厢里也很安静，其他人都睡着了，对面的上铺在打呼噜，有那么一会儿我觉得是在家里。风卷起的纸片和塑料袋在站台上飘，然后火车叹了一口气，动了。灯光向后走，黑夜又来了。窗外是缓慢移动的墨块，树也像山，远远近近，重重叠叠。我放下窗帘，躺下来，感觉重新飘在了夜里，像一片树叶漂在水上。

接下来连浅眠也没有了，我精神很好，像是在黑夜里突然睁开了眼。坐夜车我很少能正儿八经地睡点儿觉，要么趴在床上看窗外，要么躺在床上胡思乱想，至多是浅眠，好像是睡了，又好像没睡，翻一下身心里都明明白白。车轮犇动就在身底下，头脑里没来由地替它一尺一尺地向前丈量。在夜车上我心里很平静，可以说是平和，对失眠毫无恐惧，有种心安理得的家的感觉，安详地飘动的感觉。我常常觉得只有在夜车上，而且是躺着，才能真正感受到黑夜。

四肢伸展。大地也如此，火车在上面奔跑，听不见声音。黑夜此刻开始开放，像一块永远也铺展不到尽头的布匹，在火车前头远远地招引着，如同波浪被逐渐熨得平整。黑暗再次从大地上升起来，清爽地包容了一辆寂静穿行的火车。我躺在其中的一个角落里，平稳地浮起来。黑夜里的火车我只能想见它的头和一部分身子，没有尾巴，我看不见的后半个身子只是隐没在黑暗里，而不是断绝，它是不可断绝的。甚至我也想不到还有铁轨的存在，因为它像两条明亮的线，与黑夜和沉静的大地格格不入。那些阴影似的群山远远地避开。如果夜色不是浓黑，就让十几户矮小的房屋和院落来到路边，我能看见窗户里一点儿让人身子发暖的灯光，看不见人，或者只有人影在窗户纸上半梦半醒地晃动。我想象出了没来得及收拾的饭桌，他们的轻微而又散漫的脚步声，一条卧在筐子里无所事事的狗，还有他们平凡狭隘的生活。

这些安宁的感受和想象是在白天里无法得到的。我总觉得阳光底下的世界繁乱不堪，所有的东西都拥挤到你面前，把大地瓜分得七零八落，找不到一块可以安坐的地方。他们为什么都那么忙呢。他们就不能安静一下，让世界大起来。他们停不下来，一个比一个跑得快。

而在他们顾不上的地方，一辆火车整装待发，只等阳光和尘土落下去，在看不见的时间里。它从城市的边缘启动，一路都在扔掉那些忙来忙去的累赘，见到第一片野地时，夜晚开始降临，火车一头扎进去。耳朵突然安宁，世界大起来。

我就在这一辆辆傍晚开出的火车里，因为我不喜欢在白天坐车。它们从傍晚出发，开往黑夜。俄罗斯作家维·佩列文有部名叫《黄色箭头》的中篇小说，讲的是一辆名叫“黄色箭头”的火车再也停不下来，带着一火车的人永远奔跑下去，失去了终点。想逃离的人要么被扔出窗外，要么跳车摔死。当然这只是一个有关人类的寓言，作家要表达的是，世界有一天真的疯了我们该怎么办。我不知道人类该怎么办。我只是想，如果我就在这辆名叫“黄色箭头”的火车里，只要它永远行驶在夜里，我一定会是那个甘愿留在其中的人，因为对我来说，“黄色箭头”并没有把世界变小，恰恰相反，它让世界变得更大了。

现在让陈木年说出游历各处的感受，他会觉得有很多话要说，但真正张开嘴了，又感到了虚空和无有。他说不出，或者说，说不清楚，也不想说。那一趟为期二十一天的走世界，无异于一场恶补，他消化不良地回来了。夜火车的兴奋，自由舒展的生活的实现，置身于陌生地方的新鲜感受，让陈木年激动得几乎夜夜失眠。终于，兜里的钱要见底了。他不懂得理财，按他后来的一次出走的经验，根本花不了这么多钱，但他还是花了，去的地方的确相当多。学校里的事情也要开始忙了，论文答辩、毕业什么的。另外，促使陈木年做出立即回来的决定的，是一个在火车站追着火车奔跑的母亲。

那个黄昏，在河北某个小镇的火车站上。车缓慢地停靠在那里。陈木年伸出头，看到几个小孩在旁边的铁轨上玩，一只脚踩着一条铁轨，看谁走得更远。黄昏的天光把他们的影子拉得细长，跟着他们一起沿铁路向前走。还有孩子在捡小石头和煤渣。另外一个女孩坐在车站的墙脚下，眯缝着眼看火车里陌生的客人。卖瓜子、火腿肠和矿泉水的小个子老大妈在车边走，眼巴巴地叫卖篮子里的东西。车站上没几个人，一个下来的乘客都没有，冷冷清清的。一个十八九岁的男孩子拎着一个老式的皮箱从陈木年的窗口下经过，后面跟着一个中年女人，应该是他的母亲。母亲说，“慢点儿，慢点儿，非要走吗？”

儿子说：“走！走！这辈子都不回来了！”

母子俩经过了车窗，陈木年听声音知道母亲在哭。母亲还在说：“慢点儿，慢点儿，非得走吗？”

停车三分钟，然后开了。儿子上了车。陈木年看到那个母亲站在铁轨边上，向正在前行的儿子挥手。火车一下子就快起来，把母亲甩到了后面。陈木年扭回头继续看她，她跑起来了，喊什么听不太清楚。他不知道她儿子在哪节车厢，但他看见了她在跑，一直在跑，直到火车完全离开了月台，她停下来，高高举起的手僵在那里。

儿子说：“走！走！这辈子都不回来了！”

陈木年觉得自己好像在什么时候也说过类似的话。那天在去往南京的车上，他是否也这么想过？很小的时候，以为那个小城是世界的中心，这一遭出去了，发现这地方完全可以忽略不计。母亲为什么不想让儿子走呢？他为什么又要回去呢？就是为了把过去的生活重新再过上一遍？陈木年不知道那个男孩出走的原因，但还是觉得，他们的问题也许是相似的，每一个这个年龄的人，都将面临同样的问题。

但最后，陈木年还是决定现在就回去，他想他母亲也许也像这个母亲一样，站在哪个地方坚持把手高高地举起来。出来的这些天，他竟然一个电话都没打回去过。他决定回去。

到了南京，陈木年下了火车，在出站口遇到了盘查。一个警察抓着他的胳膊把他带到了一边。另外两个警察也跟过来。

警察说："你是陈木年？"

"是。"

"你涉嫌杀人，现在要拘捕你。"

明晃晃的手铐套上了他的手。他看见一个警察手里拿着一幅放大的照片，上面的人是他。

11

"然后呢？"金小异问。

然后我就被抓起来了，在南京关了一天，就被带回来了。坐了一趟免费车。

"怕不怕？"

怕，当然怕。没杀人我也怕，就是一个清白的人被警察盯上，也让你发毛啊！只是我不明白，他们怎么以这个罪名来拘捕我。我跟他们说，我没杀人，你们为什么抓我？

警察说："有人报告你杀了人，畏罪潜逃已经二十多天了。"

二十多天，我知道了。就是水门桥上的那桩虚构的杀人事件。我在车里和他们争辩，说那是闹着玩的，根本没有的事，只是为了向家里要钱，你们看我在外面旅行了一圈刚回来呢。

“别嚷嚷，有话回局里说！”

金小异说：“他们怎么知道的？”

我爸主动告发的。

我爸妈不是那种喜欢来事的人，多少年都谨小慎微地过日子。那夜里吓瘫以后，后半夜在床上坐到了天亮，不知道该怎么办。儿子杀人了。他们认定我已经杀了人。开始他们还相互埋怨，没有提供一个明确的地方让我去投奔，否则就可以及时得到我的消息。他们觉得我一个人在外面逃难，人生地不熟，还要担惊受怕，真不知道我的日子怎么过。而且，现在年纪轻轻，这样逃，哪天是个头。担心我出问题。他们也紧张，此后的几天我爸连三轮车也不蹬了，怕人看出来他儿子杀了人。明知道额头上没有标记，还是害怕。我妈也是，连着三天没出去买菜。两个人就窝在家里，蓬头垢面地坐着，大眼瞪小眼。“杀人”这两个字简直像每天早起的闹铃一样，时刻在他们脑袋里面响。他们觉得走路都跟平常不一样，整个人都变了，反正是不一样了。

除了因为我而恐惧，过两天他们接着因为法律而恐惧。我爸妈都是小民，一辈子干过最血腥的事就是杀鸡。像我爸，蹬三轮车从来不闯红灯，不骑反道，规定不能行驶的道路绝对不会冲进去，定期缴纳税金，就连淮海路上一个地头蛇每年搜刮的非法保护费，他也保质保量地完成。儿子杀人，这是犯法的事儿，事儿大了。他们老觉得家里不安全，早就有很多双眼睛在暗中窥视我家，觉得在黑暗里，有人拿掉了大盖帽，脱掉了制服，把手枪和手铐藏在口袋里，他们不急于行动，而是就这么看，看他们到底会把杀人的事掩藏到什么时候。法律那是多大的一个东西啊！我爸妈难以形容地恐惧，甚至比儿子杀人本身还要恐惧。一听到警笛响，整个人都会从床上掉下来，救护车声音也能让他们心惊肉跳。他们又想得到我的消息，就看电视上的新闻。一有犯事的，他们连呼吸都停住了，想看又不敢看，不看又不放心。每次都没有看到我，他们松了一口气，同时又把心悬得更高。按我妈后来说的，他们都不知道是希望能在电视里看到我好，还是看不到我好。他们的胆子几乎要给一惊一乍的折腾弄碎了。

一周过去，爸妈终于扛不住了，再不说出来他们可能会活活把自己整死。两人商量了一下，决定报案。我爸说，国家这么大，能逃到哪儿呢？在哪儿都会被抓住。我妈说，抓住了是不是判得更重？我爸说，当然，自首还能争取宽大处理。还有，木年的研究生怎么办？争取宽大处理了，学校应该能网开一面吧，以后让他继续念书。他们把能想到的都列出来，觉得差不多了，我爸就去了派出所。

他把我描述的杀人经过按照他的记忆力和表达重新叙述一遍，大体上说清楚了。告诉警察，我已经逃跑了，但是现在他代我主动自首，希望政府能宽大处理。警察说好，尽量宽大处理。

我爸说："不能尽量，一定要宽大处理。"

警察说："那好，一定宽大处理。"

出了派出所，我爸扭着麻花又跑回来："还有，还有，警察同志！"

"还有什么？"

"还有，我已经代我儿子自首了。你们也得帮我一个忙。"

"说。"

“别跟我儿子的学校说，他马上毕业了，已经保送研究生了。千万得把这研究生保住。”

“我们尽量吧。”

“不是尽量，是一定要！我儿子的前途不能就这样毁了。”

警察说：“好。一定保密。”

我爸觉得踏实了，回到家端起饭就吃，他已经一周没正经地吃几个米粒了，一边吃一边对我妈说：“保住了，保住了。我们儿子保住了。我们儿子的研究生也保住了。”笃定的神态让我妈以为，事情这样就可以结束了。

我爸前脚走，派出所后脚就把这事报到了局里，跟着就派人到学校去调查我的情况。学校提供的情况没什么大问题，从宿舍里了解到我好多天不在，给他提供了一个佐证。他们一边在水门桥附近的运河里打捞，一边四处联络各地的兄弟单位，请求协助搜捕犯罪嫌疑人。学校里开始还比较隐秘，几天过后就变得公开，不知谁传出来的，反正大家都知道我在水门桥上杀了人，现在畏罪潜逃。

我被带回来时，案情的疑点已经越来越大，很多人对案子的真实性产生了怀疑，为此他们找了我爸妈三次，以证明事情的真实性。通过调查，本城最近一个月内没有任何人失踪，也没听说有外地人在这里找不到下落。另外，他们一直在运河里打捞，以水门桥为起点，往下游打捞了十公里，只找到几只死狗死猫和一些瓶瓶罐罐。我爸妈只能转述，他们也辨不清真假。所以我被带回来后，直接去了审讯室。他们让我回忆当时的情况，我直截了当地说，只借了个火，点上烟就走了，那个人的脸甚至都没看清。我没杀人。

“也就是说，”一个警察站起来，“杀人事件是你编造的？”

“是。我就是想从父亲那里拿到一点儿钱。”

“真没杀？”

“没杀。”

“真的没杀？”

“没杀。”

“没杀人你他妈的为什么说杀了？”

“我已经说了，我想出去走走，想从父亲那里拿一点儿钱。”

几乎所有的审讯都是这个程序。先是让我回忆，然后审问，结果相同。不同在于，以后就不再打了。第二次学校和系里的领导，还有沈镜白老师和我爸妈都来了。他们分别由警务人员陪同着，变相地审问我。我的回答都一样。

案子就这么悬着，没有证据证明我杀了人，但也没有证据证明我一定没杀人。后来他们怀疑我有精神和心理问题，就找了心理医生给我检查。检查的结果完全正常，医生对他们说：“比正常人还正常。”大家都没辙了，耗下去也没什么意思。学校为了维护自身的声誉，也要求早点儿放人。这件事已经闹到举城皆知了。公安局也想早点儿放，没理由地关着一个大学生不是个事儿，他们也顶不住舆论的压力。我就被放出来了。

学校对我的处理决定让我始料不及。据说主要压力来自省教委。省教委对此也很重视，认为是我们大学教育存在漏洞的明证，并且面向全省高校发文，要从“陈木年虚构杀人事件”中吸取教训，及早做好大学生心理健康咨询和治疗工作。文中的锋芒所向，让我们学校很没面子，领导很火，为了挽回一点儿面子，几个人一拍桌子，处理决定就下来了：

留校察看。剥夺保研的资格。毕业证和学位证暂不发放，视其反省和改正情况再行决定。

“就这样。”我对金小异说，“你看，我现在是典型的三无人员。”

“那你为什么还要留在学校里？到社会上，随便干点儿什么一个月也挣八百块钱了。”

沈老师希望我能留在学校里，坚持看书思考，以后有机会继续念他的研究生。要不是沈老师，我早就走了。文凭这个东西，你看重它，它就有用，不看重，就是一张废纸。沈镜白老师是我在这学校里唯一敬重的先生，他希望我能摒除杂念和纷扰，潜心做点儿学问，他觉得我的资质还不错。而且，在学校对我的处理上，沈老师也做了相当多的工作，否则，我极有可能被开除，那样毕业证和学位证就永远没有希望了。我爸妈也赞同沈老师的意见，他们都很敬重沈老师。我爸甚至还用了一句不知什么时候学来的话教育我：“士为知己者死。”他说你看，沈老师跟咱们没亲没故，对你没偏见，和过去一样好，帮了这么大的忙，还指导你看书做学问，将来还要留你做研究生，别说让你留在学校做个临时工，就是脑袋掉了，也应该！士为知己者死嘛！

我就这么留下了，漫无边际地等着学校对我两证的解禁。

“什么时候能解禁？”

“领导高兴的时候。”

可是，领导什么时候会高兴呢？

12

这一夜果然没有了拖鞋的踢踏声，陈木年还是没睡安实，魏鸣和钟小铃在吵架。不知道为什么吵，两口子关起门来斗气，贴门上听不好。“小日本”兴奋，半夜了还不睡，哼哼哈哈地唱歌，声音不大，只在他们的三室一厅里飘荡。看来他对李玟挺满意，人家也给了他一个好脸。要在前几次，他早就跑到陈木年这边来倾诉了，他会说那个骚婆娘脸长得跟个马桶盖似的，还跩，好像中国男人都配不上她。这么说，陈木年就知道人家没给他好脸了，或者在他的理解能力范围内，已经委婉地拒绝了。陈木年就开他玩笑，你跟她说，我是日本男人呢。“小日本”就说，日本男人更不行，那娘儿们可能喜欢高头大马的洋鬼子。陈木年听着“小日本”唱一首缠绵悱恻的流行歌曲，好像是《真的好想你》，觉得就是上帝再有偏见，也该照顾一下“小日本”了。他太不容易了，对无比热爱婚姻的三十多岁的男人来说，失恋的次数实在是相当惊人了，而且这些年坚持考研，屡败屡战。这两种打击，任何一个意志稍微薄弱一点儿的人都是扛不住的，上吊都得上好几回了。而“小日本”还雄赳赳气昂昂地打球、唱歌，继续谈恋爱和进考场。凭这点，上帝也该给他开一回小灶，起码要在睁一只眼的同时闭一只眼。

祝愿他有戏吧。陈木年在对“小日本”美好的祝福里睡着了。第二天早上去花房上班，老周说，摆上去的花都得撤回来，领导不喜欢。老周没说清楚，不是一把手就是二把手。该领导晚饭后出来散步，走到主干道上，灯光底下花的颜色有说不出的怪异，一会儿黄的，一会儿蓝的，一会儿又红的，像什么？什么都像，就是不像迎接重大、喜庆的好日子。然后现场办公，直接给总务处处长打电话，让换掉。处长又找老周，原样传达，换掉。至于换成什么颜色和什么品种的花，处长没说，因为处长的领导也没说。

老周就问处长："那到底换什么样的花？"

处长说："我怎么知道。先换了再说。"

陈木年说："换完了还不满意怎么办？"

老周说："再换。"

大林和二梆子说："有道理。不行再换。"

接着开工。许老头还穿着昨天的那身衣服，反正也脏了。他们把花先搬上车，运回花房，再搬一车别样的花，拖到主干道摆上。陈木年和许老头这组的速度还和昨天一样，慢条斯理地干。大林和二梆子就不行了，明显在磨洋工，一盆花搬下车摆出来，花费的时间几乎赶上现场培育一盆花的时间了。摆得更凌乱。

陈木年摆得也乱。中间休息时，在路边上抽烟，看见许老头不仅把自己摆的花弄整齐了，把他摆的也收拾利索了。陈木年劝他别费那个神，万一领导不满意了，还得推倒重来，现在没必要操心，过了关再整不迟。

许老头说："干活儿得有干活儿的样，一遍净。"

"领导不满意还不得浪费时间吗？"

"你以为满意了就不是浪费时间？"

"但是要我们重摆。"

"重摆就重摆吧。"许老头说，手里的活儿没停，"不重摆这东西，就得重摆别的。不然时间怎么打发。"

陈木年越发对许老头肃然起敬，这个毫不起眼的花房工人，半天来一句，每一句都够你停下来想半天。往往一句话就是人一辈子过日子的心得。他想想这句话，的确有点儿道理，大家不都是在重摆嘛。不是这样，就是那样。形式主义的表面文章重摆就不说了，那是最简单的重摆，就像眼下重新摆放主干道两边的花。一辈子也是在重摆，一遍遍地跟自己较劲儿，横着不行竖着，竖着不行再横过来，一辈子就打发了。陈木年觉得自己也是在重摆自己，现在的生活，在某种意义上就是大学四年的生活。他把自己重新摆进了大学，再来一遍。但是，许老头有句话还没有说，那就是：重摆也得认真摆。否则连重摆的意义都没有了。

陈木年想起沈镜白曾跟他说过的一句话：民间有高人。没错。沈镜白把陈木年叫到他家，告诉陈木年，即使在大学里做个临时工也是值得的。沈镜白说，别以为只有书本上的学问是学问，民间里更有大学问。当年他下放在农村，一直坚持自学吟诵，但很多韵律就是把握不好，不知道一些诗词在当时应该发什么样的音。有一天他跟别人去荒草甸里放牛，在树底下睡着了。迷迷糊糊听见有人吟诵，声音高亢悠远，韵律几乎与他一直寻找的别无二致，立刻就醒了，睁开眼到处找吟诵的声音和人。四围静寂，只有夏天里的蝉声和空气的燥热声，以及牛和几个放牛的农民。此外什么都没有。他真以为是梦中开了窍，试图重新回到梦里，这时又听到了吟诵。他看到一个放牛的老头拿着柳枝给牛赶苍蝇，嘴里发出的声音就是他听到的吟诵。他激动坏了，赶快去请教。老农很难为情，说他哪里知道什么吟诵，连自己的名字都不会写，就是瞎哼哼，小时候听别人哼，就学会了，没事的时候一个人哼给自己听，也不懂说的是什么，因为根本就没词，只剩下了调调。沈镜白继续打听老人小时候的住址，后来，他经过研究发现，那地方古时候的确是辞章盛行，文人骚客穿游如织，一些失传的音律还一定程度地通过这些民间调调保存了下来。沈镜白还说，他不仅从老人那里受到启发，还得到了很多第一手的珍贵资料。

由此他告诫陈木年，不要因为是一个临时工就有什么情绪，苦其心智、劳其筋骨是必要的，甚至要看作天赐的。不能因为工作环境不好，就以为周围一无是处，很可能就会遇到意想不到的收获。民间有高人啊！

陈木年左看右看许老头，不像高人。这样的老头，在城市十有八九也就扫扫马路，在农村，就去溜墙根儿了，在暖洋洋的太阳底下等死。别的干不了。许老头在花房挺合适，闷声不吭地摆弄一下花草，半天不抬一下眼皮，弄不死花，也累不着人。他看着许老头看了一根烟的时间，没看出什么名堂，就决定什么时候请他老人家吃顿饭，多聊几句。

饭是两天以后吃的。这两天一直都忙，忙着摆花。真让陈木年他们说着了，还真又摆了第三次。有点儿过分，谁都想不到领导竟然就无聊到这种地步。但是没办法，这回是另一个领导下的旨，换了重摆。他们把花搬回花房，又搬了一些回来，摆完了，老周请示处长，处长再请示领导，两个领导都下了楼，勉强通过。大家无话可说，这花有一半就是原来的花，原封不动地摆过来再搬回去，再搬过来再搬回去。只有这么多花了。摆法都没怎么变，但是领导满意了。这就好。为这几盆花，他们折腾了差不多四天。大林找老周诉苦，老周说，别找我，按领导说的办。不摆花，反正还要干别的，其他的活儿更重，捡了便宜还叫。这就没有许老头总结得好：“不重摆这东西，就要重摆别的。不然时间怎么打发。”陈木年倒是想，幸亏庆祝的大日子马上就要到了，要不，没准儿还有领导站出来说话，让来第四遍。

第三天中午终于摆完了，陈木年请许老头吃饭。有点儿熟了，请吃饭开得了口了。之前几天不行，陈木年有想法，又觉得不妥，冒冒失失地请，有刻意巴结和图谋不轨的嫌疑。许老头还愣了一下，竟然有人请他吃饭，他说都十几年没这待遇了。不吃。

陈木年说："许老师，你看，我一个光棍儿，回去也得吃食堂，您就当陪我吃一顿。"

"这样，要陪算你陪我的，我请。"

"许老师，您得让我尊老，您也得爱幼啊！这样的机会总得给我吧。"

许老头后来妥协了，但必须他点饭菜。陈木年说没问题，跟着许老头走。进了小饭馆云集的那条巷子，饭馆里坐满了学生和社会上的人。许老头把他领进了一家店面寒碜的包子铺，陈木年不进，许老头说，那你回去吧，我自己吃。陈木年只好找个地方坐下来。

陈木年其实对这家包子店很熟，老板什么的都认识。早饭晚饭经常在这里吃。水煎包子、豆腐卷子、稀饭、辣汤，外加一碟辣椒和小咸菜。这个连名字都没有的小吃铺子，早晚的客人还行，简单便宜，中午就没什么人了，都去吃四碟八碗的大餐了。现在铺子里就三个人，他们俩，还有一个学生模样的，看样子是从农村考上来的，还穿着千层底的黑布鞋。老板也认识许老头，拿着抹布在桌子上舞了一圈，说："许老师，老规矩？"

"老规矩。再加五个包子，一碗辣汤。"

煎包子的平底大锅在铺子外面，老板叫着来了，包子先到，接着是辣汤。所谓的老规矩，是四个包子和一碗辣汤。另外的五个包子和一碗辣汤是陈木年的。陈木年一看吓坏了，五个包子！这东西一个个又大又圆，饿极了也不过吃四个，许老头竟然给他要了五个。

“吃不完啊，许老师。”

“吃得完。我这糟老头子都吃四个，你个小年轻的，吃不了五个？怕不够呢。”

陈木年又吃惊了，许老头干干瘦瘦的，竟能吃四个包子。他能吃下四个，我就能吃五个。耗上了。那学生吃完了，付账时发现缺了三毛钱，脸一下子红到脖子。许老头头也没回，对老板说：“算我的。”那学生尴尬得都不知道说谢谢了。许老头摆摆手让他走，然后问陈木年：“喜欢水煎包子和辣汤？”

“挺喜欢的。从小就吃。”水煎包子和辣汤是当地的特色小吃，虽然名气不大，但的确是独一无二的，其他地方没有。陈木年在外面转了一圈，都没见过哪个地方也有这东西。

“哦，你是本地的。”许老头说，“我也喜欢。三天吃不着，心就慌。就为了这点儿东西，一辈子都搭进去了。”

“许老师不是本地人？口音都听不出来了。”

“南京的。四十年了，一口弯弯曲曲的洋话也给你拉直了，何况还是南京话。”

“您就为这个留下了？”陈木年指着水煎包子和辣汤。

“就这个。”许老头呵呵地笑，“当然，还有老婆。人嘛，不就食和色两件事吗？大英雄都过不了这关，我小英雄都不是。”

陈木年也笑了：“原来许老师被师母拖累了。师母是个大美人吧。”

“不，是我拖累她。她还行吧，呵呵，看着能吃下饭。”

“有机会拜访一下师母。”

“她身体不太好。不说这个，吃包子吃包子。人是越活越简单了，越来越在乎这点儿口腹的乐趣了。”

陈木年就不再问。两人继续吃，许老头果然吃下了四个包子。陈木年硬塞，成功地把五个吃了下去。吃完了，许老头说坐着歇歇。也不说话，盯着门外看，来往的行人经过门前，太阳很好，所有的影子都是短的。陈木年看到许老师脸上的皱纹越来越松动了，一条接一条地舒展开来，如沐春风一般，不知在想什么好事。陈木年忍不住又问：“许老师，您为什么要来这？”

“陈年往事了，呵呵，说它干啥。”许老头回过神来，接着就站起来，要走，“我都想不起来了。”

陈木年也赶紧站起来，掏钱包准备付钱。许老头摆摆手，说付过了。陈木年没明白。老板乐呵呵地说，许老师一年放这里一笔钱，每次吃完了直接从钱里扣，用光了再放一笔，老顾客了。

13

回到宿舍，魏鸣和“小日本”出乎意料地站在阳台上。钟小铃去学校教孩子们跳舞了，她这体育老师当得值，不仅教体操、排球、篮球、乒乓球、单杠双杠和跑步，还教舞蹈。钟小铃身材不错，看走路就知道柔韧性不错，当时魏鸣就看上了这一点。如果说还有什么遗憾，那就是脸蛋还可以长得再漂亮点儿，比如两只眼睛不要离得太远，鼻子的位置再往上挪一寸，嘴巴适当地小一号。魏鸣对这点遗憾耿耿于怀，想起来心里不舒服了，就声讨陈木年。当时陈木年是他的主要参谋，陈木年点头了，说值。一声讨陈木年就说，知足吧，咱自己也就这么一块。你还有个人喜欢，我都没被哪个女孩正眼瞅过呢。魏鸣又找到一点儿优越感，就不提了。哪天又觉得不对劲了，再抱怨。陈木年是找到经验了，都不需要说别的，就把自己光棍儿的事实放大一下，魏鸣就满意了。

往常这个时候他们都在睡午觉。都是闲人，上班也不干力气活儿，漫长的中午只能在床上打发。现在他们一起站在阳台上。阳台就一个，在陈木年的房间里，晾衣服晒被子都过去，所以他的房间基本上等于第二个有阳光的客厅，除了晚上睡觉，随便进出。魏鸣、“小日本”他们都有他房间的钥匙，锁和不锁没任何区别，陈木年干脆就不锁门，一天到晚敞开着。

“干吗呢？”陈木年看到他们俩在太阳底下，亲密地交头接耳，声音不大，不时发出被魏鸣称为“淫荡”的笑声。

“看风景。”魏鸣说，“像卞之琳的诗里写的，当看者被看的时候。”

“小日本”说：“不就是中文系的吗？酸个锤子。看你的小邻居。”后一句是对陈木年说的。

陈木年明白了，他们在看秦可。他们经常看。值得看。“你应该说，不就是个教大学语文的吗？”陈木年说，走过去。哪有秦可的影子。二楼老秦家的窗户都关着。

“等会儿，说不定还会出来的。”魏鸣说。

“那你等吧。”陈木年脱掉外套，换上拖鞋，准备躺到床上歇一会儿。刚躺下，魏鸣说，快，出来了。

陈木年起来，看到秦可拎着一大袋垃圾从楼道里走出来。真是不错。女大十八变，当年跟在他屁股后头上学的小秦可漂亮是漂亮，比今天的可就差远了，都不像一个人了。秦可把头发披在肩膀上，从中间随便抄了两绺上去，夹一个简单的夹子，可就是好看。胸也挺起来了，腰也细下去了，屁股就只能撅起来了，走路还有弹性，装了弹簧似的。

“真不错，”魏鸣说，接着恶作剧地大喊一声，“陈木年！”

秦可听到声音转头往这边看，陈木年想躲都来不及。他想这下坏了，老秦要是知道了，一定以为他对秦可没安好心。他似乎还看见秦可对着他笑了一下，笑得他很难过。现在也就是笑一下了。小时候，放学晚了走黑路，她都紧紧地抓住他的胳膊。下大雨时运河涨水，他还背过她，她在他后背上睡着了，流了他一脖子口水。

“以后千万别这样，”陈木年说，“被秦叔叔知道，我跳进运河也洗不清了。还有，你们当老师的，也得注意一下师表形象。”

秦可丢完垃圾，走到楼的另一边去了。魏鸣和“小日本”从阳台上进了屋。“老师也是人啊，”魏鸣说，“这妮子可真不赖。说正经的，老陈，我们为你着想呢，你们两小无猜，有雄厚的情感基础，你就勇敢一点儿吧，出了校门就不一定有机会了。你说呢，‘小日本’？”

“还行吧，不过她比李玟，还是有一定差距的。”

“差你的大头鬼！我就等着，看你的李玟长得啥天仙样。”

“没问题，过几天搞定就带回来，让你们开开眼。”

陈木年懒得听他们神神道道，重新躺下去。“你们省省吧，留点儿力气在老婆身上使。”

“老陈，你不会看不上你的小邻居吧？”魏鸣还不死心。

“我说，你是哪儿跟哪儿呀？你让秦可过两天安生日子吧。”

“虚伪！”魏鸣说，“老陈，别不承认，男人都这德行。你嫌人家被开过了，名声不好是不是？说，直说！”

陈木年觉得这家伙简直是没事找事，他实在想安安静静躺一会儿，得想想手头上论文的事。沈老师布置的任务，时间快到了，他还没写完，烦着呢。他把他们两个推出门，跟魏鸣说：“不是，绝对不是。我不配，行了吧？好，下次再讨论，你让我睡一会儿。就半小时，拜托。”好歹把他们弄出去了。

前些日子，陈木年去沈镜白家，谈一些读书方面的问题。沈镜白问他最近在看什么书，他说苏曼殊。大一的时候读过一些，读完就忘了。刚读了一本苏曼殊的传记，突然又有了兴趣，就把苏曼殊所有的文字都找来重读了一遍，又查阅了相关的资料和研究文章，越发觉得这个和尚有意思。沈镜白说，那好，你就好好看，完了写个东西，谈谈你对苏曼殊悲剧性格成因的思考。任务就这么下来了。陈木年还是比较乐于接受这样的任务。沈镜白虽然是先秦方面的专家，但从不固守一隅、厚古薄今，而是广泛涉猎，甚至对当代文学的某些问题都有自己精辟的见解。对陈木年也是，从不把他关在某个历史时段里做书虫，随陈木年的兴趣，想看什么就看什么。他的想法是，先让陈木年打好基础，锻炼好独立思考和科研的能力。这是做学问的童子功。陈木年这段时间又集中地把相关书籍资料重读了一遍，有了些头绪，开始下笔。前半截都挺顺，满脑子的想法拦都拦不住，手追着大脑跑。过了一万字，大脑的速度慢下来，犹犹豫豫找不到路，就停下了。停下也有停下的惰性，像赶远路的人，歇倒了就不想爬起来，甚至对继续走下去产生了恐惧和焦虑。这几天忙着摆花，都被红红绿绿的弄晕了，闲下来就为苏曼殊焦虑。焦虑的结果只能是更焦虑。他在想，尽快接上个头，续一点儿地气再写，说不定就顺当了。问题就是接头这点，他得搞明白。

现在头脑里转的就是这个节骨眼。中午的校园安宁，窗帘拉上，阳光都进不来，陈木年喜欢这样类似黑夜的状态，他在夜晚的床上思维最活跃。闭着眼想。想着想着就走神了，一睁眼把自己吓了一跳，他根本就没想什么苏曼殊，满脑子都是小邻居秦可。

14

那个小姑娘秦可，已经不小了，现在二十三岁。她实际年龄比陈木年小三岁，因为上学早，念书的时候比陈木年只低两级。陈木年大三那年，秦可也考进这所大学。那会儿老秦已经在学校里当清洁工了，负责的是教学区的卫生。秦可报到那天，老秦不放心，提前跟陈木年打了招呼，让他领着秦可办理入学的有关手续。此前也找过，在秦可高考之前，让陈木年给她辅导一下语文和英语。时间不长，小时候的热乎劲还没能及时地恢复过来，高考就结束了。他们又变成了羞涩且相互本能地戒备的年轻人了。见了面笑笑，打个招呼就过去了。有时候甚至害怕碰面。报到那天，秦可一直叫他“木年哥”，这么多年都是这么叫的。因为行李多，陈木年找了一个同学帮忙，楼上楼下收拾停当了。老秦对陈木年说：“木年，秦可就交给你了。我是个粗人，什么都不懂，在学校跟不在学校没多大区别。秦可以后有什么难处，你要多帮帮。”

陈木年爽快地答应了。从小到大他都乐于帮助秦可，为什么，说不清。反正只要秦可有事，他能拉下来脸冲上去，就帮。为了让老秦放心，陈木年充着脸装洒脱，对秦可说："马上就是大学生了，大人了，得学会照顾自己了。有什么事就说，我帮你搞定，包括打架。"

秦可蹙着鼻子说："知道啦，木年同志！"

那是长大以后，陈木年和秦可感觉上最近的一次。他一直记得秦可撒娇的样子，鼻子、眼睛和眉毛都皱在一起，像只小猫，她说"木年同志"。事实上，从那次开始，秦可就不再叫"木年哥"，而是直呼"木年"。陈木年当时心里咯嘣响了一下，但是当同学取笑他时，他又反驳了。同学说："艳福不浅啊，都送上门了。'木年，秦可就交给你了'。"他学老秦的声音惟妙惟肖。陈木年本能地说："别瞎说，她是我妹妹。"同学说："唉，多好的事，让一个'妹妹'弄坏了。"

让同学说着了，就给一个"妹妹"弄坏了。秦可已经不叫"哥"了，他还在这里坚守着"妹妹"，跨不过去。后来他想过，这是个心理学问题，心理暗示。若当初不跟同学强调一下"妹妹"，说不定就坦荡荡地该干啥干啥了。他先弄个笼子把自己装进去了。后来秦可找过他很多次。化学楼和中文楼前后邻居，串门方便，秦可有事就上去找他，从家里带来什么好吃的也送给他一份。那时候老秦还不住在学校里，每天骑自行车来打扫卫生，也没人知道老秦是秦可的父亲。陈木年不常回家，他爸妈也托秦可给他捎东西，所以秦可找他的次数比较多。

陈木年读本科的时候，学生没现在这么多，每个班都有自己固定的教室。秦可在教室门口露头的机会多了，同学就开始开陈木年的玩笑，说陈木年，你的小媳妇又来了。陈木年就赶紧争辩，说那是他邻居，从小当“妹妹”看。说了大家还不信，有一次谁的声音大了，说“小媳妇”的时候被秦可听到了，秦可的脑袋立刻缩了回去，红着脸站在门外等。陈木年出来了，她低着头把东西往他手里一塞，一句话没说转身就跑下了楼。陈木年也没好意思在楼道里大声喊。回到教室，他脸红脖粗地跟惹事的同学急，搞得全班都相信了，那女孩的确是他的“妹妹”。此后，秦可就很少来找他了，他也不敢去找秦可，两个人就僵在那里，时间久了，大家都灰了心，觉得自己多情了。

这是后来魏鸣给他分析的。魏鸣说，你小子，简直是榆木脑袋，你非要“妹妹长妹妹短”的干吗？冲上去，主动点儿，就搞定了。你想想，人家一个女孩子，一个漂亮可爱的女孩子，都做到那样了，你还这么衰，我给你气死了！我真是给你气死了！这种好事儿我怎么就遇不到呢？你知不知道，她当年往我们班门口一站，多少男生想为她跳窗户。真不好说你了。要我说什么好呢。

陈木年觉得魏鸣说的有点儿道理。现在看来，只要当初秦可红脸之后，他主动出击几次，就搞定了。老秦的“托付”谁知道是不是这个意思呢。可惜啊，陈木年此后更加胆怯了，只好去看书，写东西，把自己全身心地塞进图书馆里，出了图书馆透口气时，又去想他的夜火车和小车站了。一年就过去了，大四了，忙着考试、保研，在想象的黑夜里出走，几乎都没时间想起秦可了。直到深秋的一个周末下午，他坐在图书馆的自修室里看书，一个同学告诉他，你的小邻居出事了。他当时没反应过来，哪个小邻居？

“秦可。原来经常找你的那个女孩。”

“出什么事？”

“大出血，正在医院里抢救呢。”

陈木年的脑袋嗡地响起来，隐藏了多年的小蜜蜂一起飞出来，绕啊绕，绕得他满头满眼的灿烂金光。他在想该怎么办，在图书馆楼前的草坪上转来转去。找不到探望的可靠理由啊！正转着，“三条腿”到图书馆来还书，“三条腿”说，转什么转啊，你的小邻居出事了！

小邻居。陈木年终于找到让自己踏实的借口了。他只是以邻居的身份去探望。尽管当时秦可没有见他，但后来陈木年还是认为自己太不是个东西了，都这时候了，还找借口，真他妈的胆怯和虚荣。有多大自尊需要维护？为什么就不能把关心坦荡地表现出来？

他来到八二医院的急救室，看到老秦和秦可的同学守在门口，要么伸着脖子想看透被白布遮住的玻璃门，要么互相耳语，要么焦躁地在走廊里走来走去。老秦蹲在墙脚，抓着脑袋一声不吭地哭，头发乱得像爆炸过了似的。陈木年走过去，在老秦身边蹲下来，不知道说什么。说什么都没用，他从不相信劝慰，只相信事实，所以也不喜欢劝慰别人。老秦看到他，突然抓着陈木年的手，说：“小可她不会有事吧？”

陈木年说：“不会有事的。我问过了，我姑妈是妇科医生。”他根本就没问，哪来的时间打电话。他是从图书馆门口一路跑过来的。但他还是破例撒了一回谎。他觉得都不是他撒的，而是谎话自己迫不及待地跳出来的。

“真的不会有事？”

“真的。”

这个可怜的父亲害怕极了。他就这么一个女儿，如花似玉，也是他唯一的亲人。陈木年感到老秦的手在哆嗦，握得多紧都哆嗦。他治不了秦叔叔的哆嗦，只有秦可的大出血止住了才能治愈秦叔叔的哆嗦。他就那么握着老秦的手，老秦也甘愿让他握着。要在平常，两个男人的手如此长久地紧密相连，陈木年身上会爆起经久不息的鸡皮疙瘩的。但此刻他坚持握着，一直握了一个半小时。老秦也哆嗦了一个半小时。实际上哆嗦了两个多小时，从知道的时候就开始了。漫长的哆嗦给他留下了后遗症，以后一遇到紧张的事，手就不由自主地抖起来。

医生出来了，疲惫地说："没事了。哪位是病人的家属？"

老秦噌地站起来，大脑供血不足导致的眩晕都忘了。"我是。我是她父亲。"老秦是唯一获准进去的人。三分钟左右，出来了，站在门口对大家说："谢谢各位同学，小可已经没事了，你们先回去吧。谢谢大家的关心，谢谢啊！"老秦几乎要鞠躬了。

但大家都不想回去，想看看亲爱的同学秦可，一起拥到门口。一个大个子男生挤到老秦面前，说："叔叔，让我看一下可可吧。"老秦脸就拉下来了，什么也没说，把那男生推到了一边去。男生尴尬地跃跃欲试，但老秦冷着脸堵在门口，他也没办法。陈木年说："秦叔叔，我看看小可行吗？"老秦看看他，说你等一下。他关上门，进去了。一会儿又出来了，"小可有点儿累，下次吧。"陈木年讪讪地退后了。

大家陆续都走了，就剩下陈木年和那个男生。陈木年这才仔细看他，一下子想起来了，这家伙就是仇步云，体育系大四的学生，个头不是很高，一米七多一点儿，但长得不错。大家都知道他是舞场高手，也是个泡妞高手。传说学校里有四大泡妞高手，体育系两个，仇步云是其中之一。另外两个分别在中文系和历史系。陈木年也知道，这个仇步云就是秦可的男朋友。陈木年还想起来，他们一起踢过球，大二那年，系际足球赛，有个家伙在禁区前对他下了绊子，爽快地把他放倒了。裁判没看见，中文系领队去理论，差点儿被出示场外黄牌。原来放倒他的那家伙就是眼前的这个仇步云。

仇步云又蹭上前去，希望老秦能放他进去。老秦抬脚要踹，仇步云躲开了。仇步云说："可可一定愿意见我的，她需要我的安慰，不信您去问问可可。否则可可不仅会怪罪我，也会怪罪您的。"

老秦犹豫一下，还是进去了。陈木年找了个椅子悲哀地坐下来，觉得有点儿累。他觉得真正尴尬的是自己。算什么呢？现在走也不是留也不是了。老秦出来了，说："小可不想见。谁也不想见！"仇步云耸了耸肩，嘴里面不知道咕噜句什么，转身就走了。陈木年站起来，老秦说："木年，先回去吧，过两天小可好点儿了，她会想见你的。"

陈木年点点头，说："秦叔叔，没事的。您让小可好好养病，没事的。我让我爸妈过两天过来看她。"

"别，千万别让他们来。"老秦把手按在陈木年的肩膀上，"木年，你秦叔叔还是能分出个好歹的。这种事，祖上八辈子的脸都丢尽了，不能再丢人现眼了。最好不要让你爸妈知道。听见了吗？回去吧。好好看书，别想太多，你知道的，小可是个不坏的女孩。你们从小玩到大的。"

最后一句让陈木年心头一热，一下子就涌出了无限的沧桑感。从小玩到大的。他却觉得他们越来越远了。

15

陈木年惆怅地往外走，出了大楼，看见仇步云站在花坛左边。他从右边走。走过花坛时，仇步云也从左边走到了头，还是相遇了。

仇步云说："你就是陈木年？"

陈木年站着没动，看看他。

"听可可经常说起你。其实早就知道，中文系的大才子，文章写得一级棒。"

陈木年说："有事吗？"

"没什么事，我请你喝酒。"

"对不起，我还有事。"

"一两个小时，就当吃晚饭了。"

"我不习惯这么早吃晚饭。"陈木年说，转身就走。

"喂，你！我就想跟你说说秦可。"

陈木年站住了："有什么好说的？"

"这事真的不怪我，我早就跟她说了，她不听，所以——"

陈木年继续往前走。心里想，瞎了眼了，真是瞎了眼了。其实从开始知道秦可和仇步云好的时候起，陈木年酸的确是酸的，但更多的是不放心。虽然没有正面接触过仇步云，但他早有耳闻，大名鼎鼎的泡妞高手，听同学说，他在中文系就先后泡过三个女生。全校一共多少个系，多少个女生，这个比例相当惊人了。他还跟秦可有意无意地点拨过。那时候他们来往已经非常少了，只是偶尔秦可应陈木年爸妈要求带东西给他时，才见上一面。那次也是送东西，是一瓶自制的麻辣豆瓣酱。

陈木年对秦可说："听说仇步云经常找你？"

"你怎么知道的？"

"听说的。"

"消息很灵通啊！"

"呵呵。"陈木年尴尬地笑笑，"没别的意思，就是想告诉你，仇步云这人不太可信，喜欢和很多女生，那个，瞎搞。"

"就这事？那你多虑了。我走了。"

说完她就走了。陈木年看着秦可的马尾巴意气风发地摇来荡去，无话可说。有点儿扮演不光彩角色的感觉。这感觉让他发愣。然后豆瓣酱瓶子歪了，辣椒油流出来，滴了一裤腿。他用舌头抄了一下瓶口的油，被狠狠地呛了一下，咳嗽了好多下，鼻涕眼泪都下来了。所以他一直记得，那次手里还捧着一瓶麻辣豆瓣酱呢。

以后就没机会说了。见秦可的机会也少了，见了面点头笑笑，招呼一下，没有说点儿什么的机会，停顿的时间不够。接着就断断续续听到关于她和仇步云的消息。据一些八卦的同学透露，秦可刚入学时认识的仇步云，被泡上已经是大二的事了。

大一的新生要进行广播操比赛，这是这所大学多年来的革命传统。锻炼身体，报效祖国。要比赛就要训练，要训练就得有教练。教练就是体育系的学生。开学伊始，体育系的学生总是很风光，各个系都要低三下四地去请。秦可班上的广播操教练之一是仇步云，另一个是女生。以仇步云已达泡妞九段的眼力，从一个班的女生里把秦可挑出来太容易了。根本不要挑，往那儿一站，一动不动她就显出来了。仇步云从那会儿就两只眼皮直蹦跶，想找机会接近，找不到，想开小灶，秦可不需要。她怎么就做得那么好呢，不给仇步云一点儿机会，甚至都没怎么正眼瞧过他。她两眼看天，天上有她的木年哥哥。直到广播操结束了，仇步云还没有得手。但他不急。他不仅可以做广播操教练，还能做舞蹈教练，而且做得更好。从三步、四步到交谊舞、踢踏舞甚至草裙舞，都会，精不精谁也不知道，但对一群刚从中学试卷堆里爬出来的新生来说，够了，足以让他们干枯的眼睛一亮。那是自由舒展的新生活的惊艳。还有动人的音乐呢。

新生班上总要举行几次舞会，开始是学习跳舞，后来是娱乐活动。不想搞都不行，学生会不让。这是他们写进学生会工作日程里的，要在大学生中普及舞蹈——交谊舞，就是交际舞，以后要走向社会，展开交际，不会跳舞怎么行。而且，会跳舞是大学生确认自己成人的某种标志，它能把自己和中学生成功地区别开来。每年新生入学，一到周末的晚上，到处都是简陋的旋转彩灯在转，乱七八糟的音乐在吵。仇步云的好日子来了，到各个系去蹭舞，忙得不可开交。他存心蹭到化学系了，秦可的班上。

秦可本来不打算学跳舞的，陈木年就不会。陈木年说，没什么意思，要锻炼身体就到操场上跑几圈。说者无心，听者有意。木年都不会跳呢，秦可就没必要学了。但是不行，这是普及，是集体活动，不能开小差。她看也得看。不可能一直让你看下去的。学生会的领导主动要求要做你老师，不学不行。开始是女生教，后来男生上来了。跟一个男生跳过了，戒律就打破了。跟一个男生跳和跟十个男生跳已经没有本质区别了。

仇步云老来，开始从不找秦可跳，而是极尽舞蹈之能事，把舞跳成了舞场的焦点，把所有的眼珠子都抓过来。他成了所有女生最理想的舞伴。能不理想吗？他能带着你一起，把一个公共空间变成个人表演的舞台，那感觉很少有女生能扛得住。都想上，仇步云就开始挑挑拣拣了，他不表现出来，依然随意，转了几圈走到秦可旁边，优雅地伸出绅士的手。秦可可以拒绝一次，两次三次就没有理由了。一跳上了就下不来，移动、旋转、飞翔，简直成了《天鹅湖》。她只能是那只最漂亮、最高洁、最耀眼的天鹅。

因为陈木年，秦可天鹅的感觉出了舞会就没了。但是偏偏木年哥哥不争气，既不主动也不表示，让秦可觉得自己是剃头挑子一头热，就气。再跳舞就有种报仇和发泄的快感。转着转着就被仇步云转得恍兮惚兮了。到了大二，秦可对陈木年绝望了，被仇步云水到渠成地转晕了。仇步云什么事都抠门，泡妞不抠，大把大把的时间和耐心都可以拿出来。跳舞就是好，比体操高明多了。上了手仇步云就更有经验了，就不再跳舞了。他把秦可往黑暗的地方带，越黑的地方越去。让女孩子觉得危险和刺激，她们越是叫，就表明越喜欢。她们还越得依靠你，你说一就是一，说二就是二。她们在黑暗里闭着眼，看不见，全听你的。他就在学校东南角的小花园里，一个黑咕隆咚的角落里，把秦可那个了，像仇步云向舍友炫耀的那样，“办了”。他得意的不仅是把化学系的大美女“办了”，而是“又办了一个”。“办”一个美女并不难，难的是在同一个地方把很多的美女都“办”了。这是他的理想。他坚持要让小花园那个冷僻的角落成为他情欲的温床。

当然秦可不知道，她虽然恐惧和忧伤，依然以为自己是第一个从那里爬起来的女生。白天一个人去看了一趟，什么都没有，但她还是很幸福。她把自己交出去了，得到的是满身的小疙瘩。回到宿舍清洗的时候，舍友发现她身上起了很多红艳艳的小疙瘩。她吓坏了，以为是“那个”后的生理反应。她还太小，没有足够的知识准备就提前成了女人。这个没经验简直要了她的命。

她只好搪塞说，可能是过敏了，痒也不敢挠。一夜没睡好。第二天见到仇步云，仇步云把胳膊一伸，也有小疙瘩。他有经验，说，一天就消下去了，没事。都是小虫子闹的。这是个暧昧的双关，仇步云在“那个”的时候说，一想到她，他的小虫子就不老实了。秦可的脸一下子就红了。

此后，秦可身上经常“过敏”。“过敏”也不怕了，该挠就挠，反正第二天就会消掉。她愿意这么“过敏”下去，痒并快乐着。挠痒痒的时候再也想不起陈木年了。然后就出事了，同学告诉她，在生物系的舞会上经常看见“你们家的”仇步云，“你们家的”仇步云经常和一个苏州过来的大一女生跳舞。“经常”显然不是一次两次了。秦可心里抖了一下，上来就问：“那女生长得怎么样？”

同学说：“苏州的女孩，你想想。”

秦可心里又抖了几下。她对仇步云多少知道一点儿，那么大的大名人，不想知道都不行。陈木年也告诫过她，但是她觉得问题不大。所有女人都这么莫名其妙地自信，认为自己能把男人摆平，摆得直直的，一点儿脾气都没有。尽管是这样，秦可还是不放心，决定下周末去侦察一下。周末之前，她建议晚上去新亚商城逛街。仇步云说，到时再说，有时间就去找你，没时间就下次吧。秦可说，你忙什么呢？这段时间周末都没空。仇步云为难地说，人在江湖，身不由已啊，谁让俺是个部长呢。没错，他是体育系学生会宣传部部长。秦可心里有数了。

周末晚上，生物系的舞会开张了。秦可躲在走廊尽头看着有舞会的那间教室的门，开始快十五分钟了，仇步云还没到，她又去教室里找，也没找到，那个苏州的女生闲在那里，没事就往门外瞅，别人邀请她一概摇头。二十分钟了，秦可刚想离开，仇步云急匆匆来了，苏州女孩立马对他摇胳膊。他们在闪烁的彩灯里没有任何障碍就接上了头。秦可躲在人后，听见仇步云说，对不起，迟到了，找了半天才找到领带。苏州女孩说，讨厌，谁让你非要戴领带的。秦可整个人都凉了。她记得仇步云开始追她的时候一直坚持打领带，两人“那个”了之后，就很少见他的领带了。

仇步云和苏州女孩进了舞池，郎情妾意地跳起来，秦可从他们身边经过他都没看到。秦可凉飕飕地走出教室，心想，没错，他们说得都没错。一下子心如刀绞，觉得脚底下的生物楼都空了，一个人直往下坠，怎么坠都坠不完。不仅楼空了，大地也空了，世界都他妈的空了。她蹲在教室门口不远的地方，泪流满面。她想起自己的小红疙瘩，开始在肚子里笑，原来不是她秦可才有，很多女孩都有，或者将会有，她们一个个把自己交出去，换回来一身身小红疙瘩。想起那些小疙瘩，她觉得恶心，觉得肚子里难受，只想吐，迫不及待地跑进了女厕所。什么都没吐出来。能吐出来什么呢？小疙瘩在身上，又不在肚子里。

但她克服不了这种恶心呕吐的感觉，很多天都不能克服。觉得肚子里也不舒服，整个人从里到外都不舒服。都多余。这就是病了，起码是心理疾病。舍友建议她去校医院看看。

秦可挂了心理咨询门诊。四十多岁的女医生，短头发，有点儿胖。问明了情况，女医生竟然拿起了听诊器，先听，又把脉。都忙完了，医生严肃地说：“说实话。”

秦可点点头。

“大几？”

“大二。”

“有男朋友吗？”

没说话。

“有没有？”

“有。”

“‘那个’没有？”

“哪个？”

“性交。”女医生一点儿都不含糊，轻描淡写地就把这个词给说出来了。它像炮弹在秦可眼前炸响了，震得她身子剧烈地晃荡了几下，眼皮都忘了眨。她就是木头也明白医生的意思了。脖子像断了一样，怎么也抬不起来，眼泪跟着就吧嗒吧嗒往下掉。她数着自己的手指头，一个个掰，掰完了再掰。医生说：“你应该挂妇科的。”

“不！”秦可六神无主地叫起来，抖得像个永动机。“医生，求求您，我害怕。我该怎么办？”校规有一条，本科在校期间，凡怀有身孕者，一律开除。

医生看着她，让她先坐下。“你们这些孩子啊，说什么好呢。这种事，按规定要报到学校的，我们校医院有这个责任。”

“医生，求求您。我该怎么办？”除了这个，秦可就不知道说什么了。

“你和我女儿一样大。”医生敲着手中的笔，敲了半天，才说，“你回去吧，赶快去别的医院。谁都别告诉。这病历，我就随便写写了。快走。记着，谁都别说。”

出了校医院，秦可不觉得自己轻飘飘的了，而是觉得重了，身体有她无法承受的重量。她甚至都感受到了另一个生命的重量。她还是不知道该怎么办。只能找仇步云，是他惹的事。找了半天，总算找到了仇步云，秦可也镇定多了。她把他带到一个隐蔽的角落，直截了当地说：“我怀孕了。”

“我以为什么大不了的事，神神秘秘的。打掉就是了。”

“你好像很有经验啊？”

“怎么这么说话？”仇步云有点儿想撒手了，懒得争辩，“都是过去的事了，你不是说不提以前的事吗？”

“你以前跟我说过让人堕胎的事吗？”

“说了有意义吗？”仇步云说，“都过去了。好了，听话，过两天我陪你去医院打掉。”

“过两天？一分钟我都等不了！”

“没事的，多一天少一天都无所谓。这两天不是正忙着嘛。”

“忙着跟苏州女孩谈情说爱？”

“你怎么知道？”其实仇步云想说“你怎么知道苏州女孩”，但说了也就说了，也不打算更改。“别听别人瞎说。抽空打掉了再给你解释。”

“打掉你就没事了是不是？我还不打了，我就留着，让你去跟苏州女孩搞！”秦可说完眼泪就出来了，转身就跑，一口气跑回宿舍。六楼，从来没有这样一口气跑上去。到了宿舍就趴到床上哭。天已经黄昏了，太阳血红血红的。

秦可不是不想打掉，只是想气气仇步云，借此拉他回头。第二天周六，上午她一直赖在床上，等着仇步云服个软来找她，没等到。一气饭也不吃了，躺在床上哭。到了下午，突然大出血，把舍友都吓傻了，半天才想起来打“120”。

救护车一开进校园，整个学校的耳朵都竖了起来。

16

事儿闹大了，谁也藏不住。学校的领导都惊动了。据说女心理咨询医生都被罚了公开检讨。至于秦可和仇步云，按学校规定，开除，没有商量的余地。影响太恶劣了。但后来的结果是，仇步云被开除，秦可被劝休学一年。

原因之一是，秦可是学校艺术团舞蹈队的，各种演出都挑大梁，团长说了，艺术团可以没有团长，但不能没有秦可。离不开她。原因之二，老秦拼命地求学校领导，都给最高领导下跪了。他说女儿要是被开除，这辈子就毁了，女儿家声誉不好，在外面一辈子都抬不起头做人，开除只能把她往死路上逼。如果是这个结果，他也对不起死去的老婆，他答应要把女儿养育成人，开除了他就是死也没脸去见秦可的妈妈。老秦在领导面前声泪俱下，一个大男人哭成这样，那悲伤的劲儿，就是块石头也感动了。老秦还说，只要学校不开除秦可，他情愿下半辈子每天都给学校打扫卫生，一分钱不要。领导没招了，只好含混答应了。但更改校规师出无名，幸亏这时候仇步云主动向学校承认，责任全在他，都是他主动的，跟秦可没关系，要开除就开除他，千万别殃及秦可。他一个男孩子，到社会上照样能混口饭吃，女孩子就不同了。然后他对领导说，希望你们别把她逼到花街上去。这句话形象地表现了开除之后可能出现的后果。我们大学是培养人，不是坑人害人。领导正好借着仇步云的台阶下来了，最后决定：开除仇步云，同意秦可休学一年。

仇步云离校的前一天，陈木年请他吃了顿饭。仇步云对陈木年的行为大惑不解，秦可进医院的时候，他要请陈木年他都没答应。

“祝贺我被开除了？”仇步云说。

“不是，我宁愿你不被开除，这件事如果没发生最好。”

“为秦可？也是。不枉她喜欢你那么久。”

“别瞎说。你把她害苦了。”

“没瞎说。”仇步云大口地喝酒，酒量不错，“真的。她是我花时间最多的一个。因为你，她转变得可够慢的。当然了，最后我还是成功了。这是我愿意看到的。”

陈木年没说话，看他自斟自饮。仇步云也不客气，吃喝都很凶猛，像死囚行刑前的断头饭。

“请你是因为你还有点儿人味，还像个男人。”

“别这么说。花心的男人未必就是坏蛋。我觉得应该为秦可做点儿什么，毕竟我还是比较喜欢她的，而且，的确是我种下的种。我得负点儿责任。”

陈木年立马站起来，提着酒瓶指着他：“再说，你现在就给我滚！”

“兄弟，别这样，”仇步云压下酒瓶子，“我学体育的，没文化。不过话粗理不粗，就那么个意思。她是因为我才大出血的。”

“不是这个。你比较喜欢？比较喜欢你就乱来？你知不知道她为你付出了多少？”

“不能这样比。”仇步云立刻有了优越感，“兄弟，看来你真没正经地谈过恋爱。爱情这个东西，不能从付出和回报上来量化，要从感觉上。感觉对头了，那就是了；不对头，把命搭进去也没意义。理论上你比我懂。即使像你说的，我现在被开除了，她不过只是休学一年，也是她赚。你不能认为她就是无辜的，两个人的事，说到底谁也撇不清。”

“不错啊，学体育屈你的才了。你该念中文系。”

“过奖，不过是实践多了一点儿。不能跟你们中文系的才子比。”

陈木年发现仇步云也不是那么讨人厌，甚至还有点儿可爱，即使无赖也是坦荡的无赖。秦可和很多女孩喜欢他，也不是什么大错误。他总比那些整天板着脸的虚伪的假道学要可爱。但他不想表达出来，没必要。正如仇步云自己说的，让秦可好好活下去吧，忘掉那个王八蛋的仇步云，我们以后可能一辈子也碰不上面了，我可真要浪迹江湖、四海为家了，混到歪路上去了。你们还是念书、工作，水到渠成，平安、稳定，一切按部就班。也不错。陈木年觉得请他这一顿还算值。

吃完了，分手的时候他们又争起来。原因是仇步云说了一句他不爱听的话。

仇步云说：“兄弟，我走了。以后秦可就托付给你了。”

又是一个“托付”。陈木年觉得这话怎么这么耳熟啊，想一想，当年老秦就是这么把秦可“托付”给他的。就“托付”成了现在的样子。他觉得这个词十分可疑。仇步云的意思一目了然：我走了，你就不计前嫌地接受秦可吧，其实她内心里还是喜欢你的，我就把她转交给你了。陈木年觉得太可笑了，一个人有什么需要托付的？又有什么可以被托付的？秦可她能被托付吗？再说了，谁有托付的资格？

陈木年说：“你凭什么把一个人给托付出去？谁给你的权利？除了自己，秦可还有别的所有者吗？”

“别搞得这么复杂深奥，兄弟。我就是想，秦可算是受到了伤害，以后你多照顾一下。”

“希望如此。”陈木年说。

两人在饭店门前分了手。以后再也没见过面，陈木年也没有得到过仇步云的消息。他像一滴水消失在这个世界上。

现在陈木年只能看到秦可。休了一年学，接着又休了一年，老秦觉得这样更妥当些。当年和秦可一届的同学都毕业了，“当年”的痕迹基本上也就消失得差不多了，秦可就能坦然地面对新的学校生活了。为了能让秦可安心平静地念书，把失去的时间和功课补回来，老秦甚至把家都搬到学校里，托人从房管科弄到一居室的房子，给女儿做饭，照顾她。当然，也为了看守，防止女儿再犯类似的错误。

应该说，秦可插班大二以后，表现得要比老秦和陈木年预想的状态要好，好很多。课程没什么问题，只要听好课，考试前把笔记背熟了，应付个及格不在话下，秦可又不笨。反正就这样的学校，老师也半梦半醒地混日子。艺术团团长又把秦可紧急召回了麾下，她需要这员大将。她惊喜地发现，秦可在舞蹈上不仅没有退步，反而长进了，过去不敢做、不能做的动作，现在迎刃而解；过去做得不错的动作，现在更到位了。秦可被打开了，被开掘出来了，被彻底激发出来了。她把舞台当成了大泽乡，当成了瓦岗寨，当成了绞首架和断头台，她把舞台跳成了去革命、去牺牲。她把自己一点儿一点儿地全给跳出来了。

这是老秦愿意看到的，也是陈木年愿意看到的。但是他只能远远地看着了。先前的那个秦可回来了，而过去的那个陈木年没了，现在他是一个几乎被忽略身份的临时工，一个花匠。

现在他躺在床上，从苏曼殊的论文越跑越远，跑完了秦可的多少年的岁月。最后发现，越跑离秦可越远，都看不清她长什么样了。秦可模糊了，整个世界都模糊了。陈木年睡着了。

17

“小日本”开始敲门，陈木年和魏鸣的门轮流敲，把他们都从床上敲起来。

“她约我见面了！快起来，快起来！”

陈木年和魏鸣从午睡的床上爬起来，来到客厅，“小日本”正在破沙发边上跳可怕的小天鹅。魏鸣问出了什么事，需要用这么难看的舞蹈来庆祝。陈木年说，还能有什么事，李玟约他晚上见面了。“小日本”突然含蓄了，害羞了，说是。差点儿让陈木年他们吐出来。媒人刚打电话给“小日本”，说对方同意今晚再见一次，放开了聊聊，相互了解一下嘛。但是，李玟是个羞涩的女孩，所以希望每一方都能带一两个朋友，这样气氛会更好一些。喜事，陈木年说。的确是喜事，“小日本”看好的女孩，一般只能见一面。人家不愿意见第二面。

“快，帮我参谋一下。天时、地利、人和都要考虑到，争取一次把她搞定。”

“小日本”屡败屡战的热情，以及每一次都像第一次一样澎湃的激情，让他们羡慕不已。一个人竟能如此之快地从爱情的废墟上爬起来去经营下一次，开了眼了。他们开始积极出谋划策。首先是饭店，这地方要选好。不能太奢华，像个暴发户；也不能太寒酸，人家会瞧不起。要有情调和品位，像个知识分子的眼光。商量之后，定在了“五棵松”。一家新开的咖啡馆，据说是小城名流最近特别爱去的地方。除了常规意义上的酒吧功能之外，还有一个比较高雅的餐厅，饭店里能吃到的，这里也能。喝茶，吃饭，再喝茶，多有情调，女孩子一定会喜欢。还有，“五棵松”三个字其实已经是一首诗了。“小日本”眉毛挑了几下，这地方消费有点儿高。

“你这人真是，”魏鸣说，“吃顿饭都嫌贵，还找什么老婆。倒插门卖给人家算了。”

“小日本”咬咬牙，说：“娘的，拼了！你们俩给我壮胆。带多少钱合适？”

“带卡就行，可以刷。”

下了班回来，陈木年推开门就看见“小日本”在镜子前摇头摆尾。白衬衫，蓝领带，西装。“怎么样？”他踮起脚问陈木年。陈木年说：“嗯，皮鞋不错。”魏鸣也回来了。三个人一起去“五棵松”。

他们都是第一次去那地方，很不错。不像大城市的咖啡馆酒吧，出入的都是头发衣服不好好整的时髦青年，这里主要是文艺界的大本营，陈木年遛了一圈，觉得文艺界联合会完全可以在这里召开，碰破脸的都是这座城市里有点儿头脸的人。他们找了一张假木雕的桌子坐下，等李玟她们。

一刻钟以后，李玟带着一个小丫头过来了，十三四岁，是她哥的孩子。即使在不太明亮的灯光底下，陈木年也觉得她实在算不上多漂亮。真正的李玟他也不认为有多漂亮，但相对于这个假李玟，那真是美女了。身材还不错，屁股不小，有点儿翘，大概“小日本”就是被这个搞得如醉如痴的。

都介绍过了，开始点茶水饮料。李玟把茶单翻来覆去地看，也没想好喝点儿什么，倒是小丫头爽快，单子都没看就要橙汁。

“小日本”建议说：“来的是咖啡馆，就来点儿咖啡吧。”

李玟说：“还是别的吧，听说咖啡对皮肤不好。”然后怜爱地摸了摸自己的脸，好像咖啡已经喝到了脸上。又翻了一遍，说：“午夜红茶吧。”

服务员在一边记下了。接着是“小日本”他们点。“小日本”被上面的价格吓坏了，脸上的肉直哆嗦。他知道这种地方价不低，没想到高成这样，又不敢说，只好点了一杯最便宜的可乐，轻松地说：“我最喜欢可乐了，喝下去一肚子气，解渴。”

魏鸣说：“听说国外都用可乐来冲洗厕所了，效果很不错。”

陈木年说：“人也是厕所，涮一涮也应该。我来杯咖啡吧，提提神，回去还要干活儿。”点了一份老巴布咖啡。

李玟问：“回去还干活儿？加班？”

魏鸣说：“是不是沈老头逼着你要苏曼殊了？”

“就那个。”陈木年说，对李玟笑笑，“一篇文章，交差的。”

李玟也笑笑，把面前的茶单又拿起来看，说：“老巴布？挺好听的。小姐，要么我也换这个吧。我喜欢好听的名字。”

“小日本”跟着也看了一眼，抽了一口凉气，一杯二十八块钱。这哪是给人喝的啊！他觉得不能让魏鸣再折腾了，自作主张给他也要了一杯可乐。魏鸣却说，嗓子有点儿不舒服，还是来点儿热的吧，就给杯热开水吧。“小日本”心里一下子对魏鸣充满了感激之情。

在约会里，喝茶只是一个程序，喝不喝不重要。只有“小日本”、陈木年喝光了。“小日本”是舍不得剩下，陈木年是需要咖啡提神，在花房里干了一天，疲惫不堪。魏鸣和小丫头有一搭没一搭地喝。李玟看样子很想尝试一下老巴布，但觉得苦，就不断地往里加糖，最终还是没喝完，放下杯子去餐厅的时候，说：“老巴布真不错，下次也买点儿回家喝。”

点菜的时候“小日本”又开始心惊肉跳了。李玟点的的确都是名字好听的，陈木年是没听过那些稀奇古怪的菜。点了两个，“小日本”让她继续点，她把菜单递给了陈木年，让陈木年点。陈木年想，还是点两个便宜的家常菜吧，省得“小日本”回去一个星期都睡不好。就点了两个最便宜的蔬菜，点完了问李玟，合不合她胃口。

李玟说：“我就喜欢清淡的。”

她的侄女看不懂“小日本”的脸色，上来就要一大盘手抓羊肉和一份龙虾。刚说出口，“小日本”的手就开始抖了，眼前一片亮闪闪的黑。“小日本”心里疼得血淋淋的，这哪是手抓羊肉啊，分明是手抓他宋权的肉。一顿饭吃得心不在焉，有种上当受骗的感觉，魏鸣和陈木年根本不是在帮他，简直是在害他。但他吃得最多，他要把花掉的钞票尽可能地吃回来。

大概是因为坐对面，李玟更多是和陈木年聊天，把“小日本”扔在了一边，有时候“小日本”同一个问题问了三次她才听到。她不是一个羞涩的女孩，听陈木年说话，两眼直直地盯着他，要么是眼，要么是嘴。陈木年说什么她好像都感兴趣，陈木年不小心幽默了一下，她就像小母鸡一样咯咯地笑。若是稍有点儿离奇的事，她就张大嘴，哦哦哦，天真的样子一下子变得比她的侄女还小。

那顿饭总算吃完了，实质性的问题一点儿都没涉及，意义只在于见了第二面。送李玟回家跟陈木年、魏鸣就没关系了。他们鼓励一下“小日本”，让他在路上好好发挥，两个人就回学校了。回去的路上，魏鸣说，“小日本”又没戏了。陈木年认为他是乌鸦嘴，怎么就能认定“小日本”没戏了？

“他要是你，那就有戏了。”

“扯淡，要是我，他更完蛋。”陈木年说，“你又不是不知道，我的情商已经低到零以下了。”

“那是你。关键是人家李玟怎么想。看那小妮子的眼神，恨不得今晚就做你老婆。”

“瞎说。小心‘小日本’回来扁你。”

“年轻人，不要轻易怀疑情圣的判断。看女人我还没走过眼。”

他们回了宿舍，陈木年想起来没烟了，就下楼去小卖部。“小日本”回来了，魏鸣问他一路上风月如何。“小日本”的脸色很不好看，说：“那个骚娘儿们，一路上都在打听老陈，多大了，有女朋友没有，家庭背景怎么样，跟查户口似的。”

魏鸣有点得意：“你怎么说？”

“实话实说。我说老陈是个临时工，本科的学位和毕业证还没拿到。”

“她怎么说？”

“她说，哎呀，临时工未必就差，什么学位、毕业证，又有什么用，学历又不等于能力，能力强就行。你听听，这都哪儿跟哪儿呀！”

陈木年买了烟回来，他们两人已经各自进屋了。他也没问，点上烟开始写论文。第二天中午，就陈木年和魏鸣在宿舍里，电话响了。魏鸣拿起来，刚喂了一句，就把电话给了陈木年。找陈木年的。陈木年拿起电话一问，竟然是李玟。

“你找宋权吧，他出去了。”

“不，我就找你。”

“找我？有事？”

“我觉得我和宋权不合适，麻烦你转告他一声。”

“这个，噢。”

“今晚有空吗？我请你喝茶，‘五棵松’，有点儿问题想请教你一下。我侄女很喜欢你呢。”

“不敢当。不好意思啊，今晚不行，我得尽快把手头的东西赶出来。”

“没事。有时间就给我打电话，随时恭候。”

“谢谢。方便的时候我请你吧。”

电话挂了。

魏鸣说：“这声音怎么这么耳熟啊？”

“李玟。说跟‘小日本’不合适。你真是乌鸦嘴。”

魏鸣嘿嘿地笑：“问题大了吧，不找‘小日本’倒找上你了。老陈，小心啊！”

“关我屁事。”

陈木年没当回事。以后他也没请过李玟喝茶，李玟又给他打过一次电话，他当时的确比较忙，又拒绝了邀请。就断了联系。他不知道因为这事儿，自己已经得罪了“小日本”。他们经常在一起打篮球，在球场上，“小日本”对他下手总是特别狠，打手，带球撞他，防守时看得也特别死，每一下都用足了力气。不仅是对手，还是敌人，恨不得拼个你死我活了。陈木年没想那么多，还以为是“小日本”又失恋了，心情不好，就没往心里去。打球嘛，磕磕碰碰免不了的，谁能分得那么细。

18

一进沈镜白家的门，陈木年就闻到香辣鸡胗的味。沈镜白夫妇俩都不能吃辣，这道菜是单独为他做的。沈师母知道他爱吃。陈木年的感动一下子就上来了。沈镜白夫妇对他的好，远远超过了师生之情，像魏鸣说的，“视若己出”了。有些道理。沈镜白的孩子都成家了，儿子在上海，女儿在南京，一年回来一两次，看看老两口，屁股没坐热又走了。家里四室两厅的大房子，一年到头空荡荡的。夏天的时候，陈木年房间里热得睡不着，沈师母就让陈木年搬到他们家的空调房间里住。陈木年当然不会去，拘谨、不方便不说，也不想再麻烦沈镜白夫妇了，已经够让他们操心了。平常沈师母经常叫他过去吃饭，尤其是过节的时候。沈镜白知道他不常回家，总是让夫人提前给陈木年打电话。沈镜白和自己的研究生聚会，也要把陈木年叫上，让他靠着自己坐。他从不掩饰自己对陈木年的偏爱。

因为感动，陈木年做临时工的压抑就消散了，心情也明朗起来。进了门，沈师母在收拾餐桌，说：“木年呀，快坐。好多天没来了吧？你沈老师没事就嘀咕，说木年这孩子，也不知道整天忙些什么。”

“师母，没几天呢。瞎忙，稀里糊涂时间就过去了。”陈木年正说着，噌地从沙发上蹿出条小狗来，摇着头站在地板上看他。“咦？才几天啊，小狗都长变样了，既不像狗，也不像猫了。”

“那像什么？”

“像黄鼠狼。”

沈镜白从书房里出来，呵呵地笑，说：“我也说像黄鼠狼，她不信，还以为买到个宝贝。”

沈师母也笑，说黄鼠狼就黄鼠狼，黄鼠狼也有好的。然后又说，这小狗买了二十天了，原来的那只，小狗呼噜，被车撞死了，心疼得她好几天没吃下饭。

陈木年说：“沈老师，苏曼殊的论文我带来了。”

沈镜白说：“好，我看看。”

沈师母说：“先吃饭，吃完了慢慢看。木年一定饿坏了。”

沈镜白说：“好，好，先吃饭。”嘴里说着，坐在饭桌前就翻开了陈木年的论文，一边抽着烟斗一边点头。等陈木年帮着沈师母把饭菜都摆好，沈镜白大体上已经浏览了论文，之前的担忧基本上放下了，声音也响亮了，招呼陈木年坐下来，“木年，坐这里。你师母特地做了几个你爱吃的菜，多吃点儿。”

饭后他们进了书房。沈镜白的书桌放在窗户底下，陈木年侧身坐在书桌旁，背对着窗户，满眼都是四壁上的书，那种充实富足感让他沉醉不已。他希望自己什么时候也能有这样一间书房，十五平方米大，能再大更好。但他又不愿意整天守在里面，每年，或者每个月，能够离开所有的书，一个人到遥远阔大的远方走一走，就像大四时的火车之旅，看一遍这个世界再回来，那才好。

“论文写得还不错。”沈镜白说。比他预想的要好，但他没说。他对陈木年的思路其实很满意。陈木年把苏曼殊放到儒、释、道三种文化和精神传统里去解读，认为苏曼殊矛盾的悲剧性格正是在儒、释、道三者之间辗转彷徨的必然产物。陈木年论述得也比较扎实，在材料的征引上也很见功夫。这是沈镜白的一贯要求，既要言之成理，又要言之有据。他希望陈木年能够养成良好的学术规范。

然后，师徒两人就儒、释、道三者中，每一种传统参与苏曼殊精神世界和性格特征建构的比重做了讨论，提出了各自的见解。讨论不仅有提纲挈领的发现，还有具体而微的材料论证。沈师母进来添了五次热水，他们才差不多讨论结束。讨论中，沈镜白越发感到陈木年思路的清晰和论述的力量，也相应地感到在某些问题上自己思路的局限，对此他在心底里暗自高兴。这是他多年来一直希望看到的头脑，也是六十岁以后一直在寻找的学生。他乐于看到自己能被打败，乃至于败得一塌糊涂。

苏曼殊的问题告一段落。沈镜白让陈木年把刚才争论的结果继续补充进论文，完善之后再交一份定稿给他。然后从书架上抽了几本书，有古代文学方面的论述，也有文化研究领域的专著，让陈木年抽空看一下，都是最近出来的比较好的书。陈木年接过了，站起来要走，沈镜白示意他坐下。

“说会儿话吧，木年。工作上还舒心吗？”

“还行吧。没什么意思。”

“我听说了。”沈镜白点上大烟斗，“张副处长跟我说，你有点儿抵触情绪。”

陈木年想了想，说：“其实工作本身没所谓。就是觉得压抑，整个生活一片迷茫。”

“哦，你说。”

“我不知道以后会怎样。”这是陈木年很久以来的想法了。他觉得现在他的生活中有个裁判，在监管着他的未来，像上帝之手。他的奋斗目标是什么？若是照沈镜白的设计，当然是成为一个优秀的年轻学者。只待那两张证件下来，他就可以成为名正言顺的研究生，路就顺畅了。可是对他来说，那两张证比死亡通知书还难以预期。它们能否下来，什么时候下来，他一点儿把握都没有。他只是在为一个预支的虚幻的目标努力，而它的脆弱在生活面前是如此的不堪一击。“像漂在海上。如果不是把精力分阶段地集中在一本本书和一篇篇论文上，我可能早就失去了方向感。”

“为什么不能埋头看书、思考，把知识和学问当成方向和目标呢？”

“它们又是为了什么？”他知道沈镜白在说这句话时，已经越过了两证，已经把他看成了具备做学问的身份和资格的研究生，或者说，甚至这个“研究生”沈镜白也已经跳过去了。在他看来，陈木年应该与终极意义上的学问直接挂上钩。而对陈木年来说，迫切需要的是两证赋予他明确的身份，然后成为他继续奋斗的基础和理由。他们完全走岔了。

“对一个学者来说，学问、研究是本质化的东西，如同信仰，不需要理由。陈景润会质疑‘1 + 2’的意义吗？爱因斯坦会怀疑求证相对论的理由吗？这就是我对你的期望。不要把世俗的追求带进学术研究中。从根本上说，任何生活中的困难都不应该影响学问的进行。伟大的学者应该有能力排除生活对学问设置的障碍。临时工又怎么了？毕业证迟早会给你的，都不需要担心。如果你把这些看成对你整体素质的磨炼和提高，就能想通了。而且多少年后，你甚至会感谢这一段坎坷的经历，它对一个人的塑造是如此重要。在你这一代学人中，你很可能会因为这一段特殊经历而远远地把他们抛在身后，你要感激这段生活。很早以前我就跟你说过了，成就一个大学者，仅仅占有大量的资料、拥有一个聪明的头脑是不够的，它是对一个人整体的要求。你的意志，你的胸怀，你的体魄，你的修为，你内心的丰富程度，包括你面对重大挫折的心态和应对能力，就像目前这种情况。”

陈木年看见他的老师有点儿激动，因为激动头发白得更多了。他不停地抽烟，烟斗上的火光急速地闪动。陈木年一声不吭。

“我六十多岁了，到了知道自己能走到哪里的时候了。十年前，我曾对我儿子寄予厚望，但他中途转向了法律，九头牛都拉不回来。他的天赋还不错，不过比你还是差了一些。后来发现了你。有时候我也在想，是不是对你太苛刻、太残酷了，但一想，这一切都将增益你的能力，我就很欣慰。这样一个地方，我这么大年纪的，有几个还有希望？大家都在稀里糊涂混日子。我不想和他们混为一谈，我还有一件事要做，把你送出去。”

陈木年不太明白把他“送出去”确切的意思是什么，但他听出来了，想到一个词：衣钵。就是衣钵。他点点头。

“我知道，年轻人这么压着也不是个事。若是感觉闷了、烦了，就出去走走。”沈镜白停下了，他担心再说下去会让陈木年想起当年的那次引出大麻烦的远行。

“过些天再说吧。我是想出去走走了。”

19

父亲的三轮车被交警没收了，停的地方不对。他把客人送到汽车站，正打算离开，旁边一个骑自行车的经过，车后座上的一个大纸箱子掉下来，他帮着给抱上去，捆住。这个人说完感谢之后骑车刚走，交警过来了。上来就将一把大链锁套上三轮车头，要拖走。违规了，三轮车是不允许停在车站门口的。经过可以，停不行。老陈就向交警解释，是帮助别人才违规的，下不为例。交警根本不理会，他们没有耐心听别人清楚地说完一句话。

“别瞎扯了。”交警说，“还助人为乐了呢！助谁了？找来给我看看。”

老陈到哪儿去找，就是个蜗牛这会儿也跑得没影了。

“算了，别装了。什么人我没见过。拿钱去队里领车吧。”

老陈一辈子没惹过事，口舌也不利落，只好眼睁睁地看着交警把他的三轮车扔到大卡车上。他对交警喊，别把我的车摔坏了，千万别摔坏了。这辆车跟了他十年了。他像这座小城里的有钱人爱护他们的别克、桑塔纳一样爱护他的三轮车。它是他的别克、桑塔纳，是他的宝马和奔驰，还是他的饭碗。蹬了这么多年三轮车，第一次被抓到，老陈非常难过。不仅是要交罚金的问题，更是面子和尊严的问题，有点儿晚节不保的感觉。在同行中间，谁不知道老陈的车跑得最规矩。老陈一屁股坐到车站前的台阶上，止不住地发慌。两根烟的工夫，终于想起来接下来该干什么，就去电话亭给老婆打了个电话，说车被扣了。老婆说被扣赶紧想办法赎出来啊，往家里打电话有什么用。要挂电话时突然想起来，儿子有个同学在交警大队，就跟丈夫说，快，找木年。老陈说好，一块儿去吧，好多天没见到儿子了。

两口子来到学校，正好是星期六的上午，陈木年在宿舍里写东西。乱写，记夜里做的稀奇古怪的梦。他又梦见了出远门，坐在一辆没有轮子的夜火车上，空旷的车厢穿行在空旷的夜里，天上有星星，没有月亮。星星多得流成了河，伸出手舀一下，就是白花花的一手银子。他在梦里想，这就是他们说的天河了。车子停下来的时候，他下了车，火车突然弃他而去，他看到没有轮子的火车像一条游弋在夜空中的巨蟒，嗖的一声不见了。他转过身，天亮了，发现自己站在悬崖边上，周围的草木绿得发黑。他伸头往下看，看到了两具古代的悬棺，朱红和靛蓝相间的颜料早已剥落褪色，但它们安宁，有种浩茫的沧桑。再往下，是葱郁的林木铺排成的谷底，在树林里陈木年看到一栋建筑翘起的飞檐，像传说中的凤凰展翅欲飞。然后他梦见自己飞起来，向崖底降落，风大如旗经过耳边。风是冷的，把他冻醒了，睁开眼，天早就亮了，他把被子踢到了床下。果然是被冻醒的。陈木年做过很多类似的梦，没法解释，就记下来。他喜欢梦中那种开阔孤独的场景，在学校里他永远找不到。

刚好记完，母亲敲响了门。这几年父亲和他交流极少，总觉得对不住他，当年要不是他胆小如鼠去派出所替儿子自首，儿子也不会沦落到今天这步田地。老陈害怕和儿子单独在一起。父亲进门的时候说："忙哪。"陈木年说："嗯，妈，你们怎么来了？快坐。""小日本"在自己的房间里唱歌，阴阳怪气的。李玟没谈成，他唱歌的风格大变，听不出什么来路。陈木年关上门，给父母倒水。母亲说："别忙了，不渴。你爸他，车被扣了。"母亲说话有点儿拘谨，生分了。

陈木年看看父亲。父亲搓着手说："嗯，扣了。"

母亲说："你不是有同学在交警大队吗？不怪你爸的，他没违规。"

陈木年说："嗯。"他知道他爸是不可能违规的，"等一下，我打个电话。"去客厅给"三条腿"打电话。"三条腿"说，小事一桩，我跟队长说一声，过来领车就是了。什么时候咱们聚聚啊！陈木年说好。回到屋里，他告诉父母，没事了，过会儿去领车。父亲的表情有点儿怪异，分不清是受惊若宠还是受宠若惊。事情到了儿子手里，一下子就变简单了。他发现儿子真是长大了，一个月不见，都不像自己的儿子了。他低下头。陈木年也发现了父亲的衰老。当年他对自己吆喝的时候何等威风，现在，才几年，就老了，委顿了。一辆三轮车被扣就让他低下了头。父亲的手很大，多年来抓车把的结果，现在不知所措地相互搓。他到了看儿子脸色的年龄了。陈木年觉得有点儿难过，就跟母亲说："妈，我们出去吃个饭。"

母亲说："领了车我和你爸回家吃吧。老陈，你说呢？"

父亲说："嗯，回家吃。"

父亲的窘态让陈木年心痛，鼻子也跟着发酸。"还是出去吃吧，爸，"陈木年说，"我们很久没在一起吃饭了。"

父亲费了很大的力气才抬起头，看着儿子，眼泪吧嗒掉下来。"出去吃。出去吃。"他慌张地对儿子说。

三口人下楼，走到师陶园门口遇到秦可，手里拎着两塑料袋的菜，老远就跟老陈夫妇打招呼，很是亲热。"我爸这两天一直念叨你们呢。太巧了，叔叔阿姨，去我们家一块儿吃饭吧，我爸在家。"

陈木年的母亲说："小可真是越长越好看了。嘴甜呢。下回吧。"

秦可放下菜拉住陈木年母亲的手不放，说不行，一定要去，要不她爸会怪她的。母亲看看父亲，父亲又看看儿子。秦可的目光跟着转了一圈，和陈木年对上了。她没征求陈木年的意见，就是瞪大眼睛看他，什么意思都在里头了。看他的了。陈木年慌忙低下头，说："好。"然后他听见秦可咯咯地笑起来，再去看她，她也在看他。她笑的样子让他揪了一下心，很多年前他就喜欢看她笑。干净的，什么心思都没有的笑，如果有什么，也只是对他才有的。

老秦在歪着头开酒瓶，看到陈木年一家来了，非常高兴，说："我说这酒怎么老打不开，原来是不想让我喝。老陈来了，该喝劲大的。"

秦可和陈木年的母亲去厨房了，老秦和老陈在聊天，陈木年没事干，就在秦可的书架上找书看。看到几本面熟的小说，翻开第一页，看到了自己的名字。他当年送给秦可的。那时候秦可也爱看小说，经常向他借。他拿着书翻了翻，又放下了。这时候他妈从厨房里出来，对陈木年说，她有点儿不舒服，让他去给秦可打打下手。陈木年犹豫一下，母亲就说，快去啊！他只好硬着头皮进去了，站到秦可身边，说："我妈让我过来帮你。"

秦可嘟起嘴用下巴指着水池里的香菜："先把那洗了吧。"

陈木年闷着头洗，不知道说什么。自从秦可长大了以后，他一直都不知道说什么。两个人沉默着干活儿。洗完了香菜他拿在手里，想问秦可放到哪儿，秦可正忙着炒菜，他就站着等她的吩咐。秦可翻过了菜，转身看见他还站着，扑哧笑了："傻不傻呀？你就这么站着？"

陈木年抓着脑袋笑了："还有什么要干的？"

"笑得都傻。"秦可斜着眼看他一下，"没事就不能陪我说说话呀。"

陈木年就说："好。最近功课忙吗？"

"还行，应付得了。"

"艺术团那边还去？"

“去呀，一直在排练。过几天有个演出。”

“哦。”陈木年找不到问题了。

“你，怎么样？”

“就那样。稀里糊涂过。”

“别想太多，毕业证不会有问题的。我打电话咨询过一个法律教授，他说学校最终没有权力扣你的证，只是个时间问题。”

“哦。”

“别哦了，端菜。”秦可把盘子递过来。陈木年看到了秦可端着盘子的手指，白净细长，他谨慎地伸出自己的手，接过盘子的一刻，秦可往前送了一下，他还是碰到了她的手。陈木年的身子暗中抖了一下，盘子差点儿脱手掉到地上。

吃饭的时候，秦可一直在给老陈夫妇夹菜。老陈夫妇忍不住又夸秦可懂事，陈木年的母亲说：“多好的丫头，老秦你有福了。”老秦笑笑说：“穷人家的孩子，不懂事还怎么活。”然后对秦可说：“给你木年哥也夹啊！”秦可的脸红了一下，夹了一块肉到陈木年的碗里。秦可说：“你怎么不吃呀，木年？”陈木年说：“吃，吃，一直在吃。”陈木年他妈对丈夫笑了一下，老陈没明白，回去以后又问老婆。老婆说，死脑子，你没听小可怎么叫我们家木年的？她叫“木年”。你记不记得，过去她都是叫“木年哥”的？老陈说，那又怎样？老婆很气愤，说算了，不跟你说了，越老越像猪了。心里却在偷偷地欢喜。

老秦和老陈好长时间没一块儿喝酒了，凑一起喝得开心，一不留神两人都喝多了。老陈说：“不行了，这可怎么去领三轮车啊！”老秦说：“让木年跟小可去吧，年轻人该出来撑撑门面了，我们都老了，承认不承认都老啦。”老陈看看老婆，老婆说："好，好，就让木年跟小可去。木年，小可，你们俩吃完饭就去。"

两个人都没吭声，只顾低头抱着饭碗往嘴里拨饭。

吃完饭，两个人奉命去交警大队。路上秦可又活泼了，问陈木年三轮车还会不会骑。

陈木年说："当然会，我带过你很多次，你忘了？"

"没有。"秦可说，盯着头顶上的蓝天看了半天，"你都很多年没带过我了。"

"我也很多年没骑过三轮车了。"陈木年看着地上，想在水泥路面上找一颗小石子踢，找不到。

"那你还说会骑！骑不好摔着我怎么办？"

"不会的。骑不好我就不骑，推着你走。"

秦可在前面站住了，回头看了陈木年一眼，说："说话算数。"

20

老陈意味深长地说：得有事。

老婆认为这话有道理，简单，而且管用。解决人和人之间的关系，不能靠瞎想，得折腾出点儿事。老陈是有感而发。三轮车不被扣，他就没理由和老婆到学校来找儿子，就不会发现儿子原来也挺管用，长大了。最主要的，通过这件事，他们父子关系多少有了点儿改善。这是大喜事。更大的喜事，是老婆发现的。老婆说："你看哪，咱们家木年，和小可……"为了表达内心的喜悦，她把两只手都用上了，两个大拇指不停地碰头，私下里开小会的样子。她知道丈夫懂这意思，她高兴得都不愿意把话挑明了说。老陈懂了，心里说，好。他对秦可是满意的，多少年前就满意。老婆也是。

多少年前，他们以为就差不多了，当然是在内心里。谁知道半路跳出来个仇步云，把秦可弄成了那样。就不好说了。姑娘家，那点儿事很重要。老陈两口子既失望又绝望，心疼得一颤一颤的，多好的女孩啊！没过几天，木年出事了，他们的内心就更复杂了。秦可虽然“失过足”，但眼下的社会，三两年过去，只要你过得体面了，谁管你过去是黑的还是白的。电视里有些头头脸脸的女人，不也是花街上从良的妓女吗？他们的儿子木年，就说不好了，那不是一般的“生活错误”。尽管沈老师一再承诺，毕业证会有的，学位证也会有的，将来研究生毕业证都毫无疑问会有的，但目前他没有，一穷二白，还是个临时工。那是踩着薄冰生活。人家秦可现在还是大学生，毕了业找个好工作，还是国家的人。儿子被比下去了。两口子很难过，一点儿劲儿使不上，那点儿心思基本上得由着它自然死亡了。没想到，现在它又冒冒失失地活过来了。一点儿心理准备都没有。陈木年他妈见到秦可的第一眼，就知道有戏。

真有戏。老陈回头想了想，不住地点头。连老陈这样的榆木脑袋都开了窍，可见不是一般的有戏。不能再错过了。木年不小了。陈木年他妈坐在丈夫的三轮车上，心里急啊，催着丈夫快点儿再快点儿。老陈说，怎么快，你以为我是开飞机的？老婆说，那你就开一回。老陈就拼命蹬。到了家她就开始给儿子打电话。

“儿子，咱别再呆了。”她说，“多好的丫头，你要给我娶回家。”

陈木年说：“妈，你在说什么？”

“秦可。一定要。”

陈木年明白了。他说：“妈，你说什么呢。”

母亲意气风发地说：“儿子，能行。妈看出来了，小可喜欢你。眼神都不对了。”

陈木年觉得老两口有点儿隆重了。为什么不想想你们的儿子呢？三无人员、临时工、花匠，连自己都看不到前途。有拿出手的东西吗？他不想打击父母，就说，这事你们就别操心了，我会处理好的。怎么处理他没说。他也不知道怎么处理。挂了电话，陈木年盯着老秦家的窗户发了一阵呆，玻璃后面有含混的人影在晃动。陈木年站了一会儿，神情黯然，随手抓起阳台上的一张旧报纸看起来。前两天的一条小消息让他眼睛一亮。

消息说，为迎接国际劳动节，经过有关部门几年的奋力拼搏，五月一日上午九点，我市有史以来第一辆火车将在东北郊新建火车站举行试行仪式。届时，市有关部门和领导将出席该仪式，见证这一伟大的时刻，市长某某同志将亲自为试行火车授彩。这一仪式意味着我市将从此结束看不见火车的历史。

陈木年翻开日历看了看，“五一”节那天正好是周六，立刻兴奋起来，他也有机会像领导一样亲自见证“伟大的时刻”了。小城早几年就开始铺设铁路，他还去看过，沿着铁路一个人在黄昏里走了很远，回来后激动得一夜没睡着。但铁路铺完了就没了下文，火车迟迟不来。据说是资金接不上火了，也有人说这笔钱被市委前书记贪了。后一种似乎比较在理。按国家颁布的统计数字，这小城算是比较贫困的地级市了。上面曾拨下来九百万元的扶贫款，就被市委前书记一分不剩地塞进了自己的腰包，事发了搜他的家，光在空煤气罐里就翻出了两百万元。以这样的胃口，贪几列火车难不倒他。单轨铁路就那么晾在野外，铁锈一天天长得比青苔都快，大家都以为这东西迟早要作废铁卖了，竟然又等来了火车。

无论如何是个好消息。陈木年攥着报纸在房间里走来走去，他想找个人分享这一好消息。魏鸣和“小日本”都不在，他噔噔噔爬上楼，敲开了金小异的门。金小异在睡觉，蓬着狮子头站在门口，眼还没睁开。陈木年说：“看，火车要通了。”

金小异艰难地睁开眼，把报纸都拿倒了，拧着脖子找火车。“哪有？”陈木年找到消息指给他看，建议下周六一块儿去看火车。金小异眨巴几下眼，把报纸塞回陈木年手里，歪歪扭扭又往卧室里走：“火车有什么好看的。睡觉。”

陈木年看到金小异的画室里到处扔着画笔，画架上的画刚开了个头，色块浓重，显然是涂了一遍又一遍。他又画不下去了。梵高当年不知道是不是也这样。

“喂，老金，”陈木年随手翻开书架上梵高的画册，“梵高也画过火车，你知道吗？”

金小异从床上坐起来：“谁说的？我怎么没看过？”

“我在一个史料上看的。回忆的那人说，梵高的火车画得棒极了，可惜我们见不到了。”

“什么样的火车？”

“野火车。穿过野地的，应该就像我们的那个火车。”

金小异来精神了，跳下床跑过来：“下周六？我们一起去看看吧。”

陈木年摇摇头说：“恐怕不行。可能要忙。”

“兄弟，就当陪我的。想吃什么？我请客。”

陈木年说那我再想想，提前把事情安排一下。他哪里知道梵高画过什么野火车，信口胡说而已。金小异真跟梵高干上了。有了金小异，陈木年觉得再找几个人更好玩。好长时间没正经地出去散散心了。他让金小异接着睡，下楼回了自己宿舍，坐在书桌前，拿着一支笔在纸上乱画，竟然画出秦可的名字。他明白了，不是想找几个人一起去，而是想找秦可去，其他人只是遮挡和掩护。人少了他开不了口。

但怎么跟秦可说，这是个问题。找上门邀请他做不来，只好等，希望在半路上碰到，或者在某个偶然场合遇上。他只想到两个笨办法，一是在校园里和家属区到处走，二是站在阳台上等秦可经过时先和她打招呼。前一个方法可操作性更大一些，校园就这么大，想不碰上都难，何况他处心积虑地乱转。那两天他几乎把所有空闲时间都花在楼下的路上了，化学楼、家属区、菜市场、大学生艺术团活动中心，凡是秦可会出现的地方，他都一遍一遍地绕。真是命不好不能怨政府，偏偏就没遇上一次。有一回远远地看见了，他又没法把舌头伸得老长去喊，紧追慢赶还是让秦可走丢了。

到周四了，陈木年都开始否定自己了，勇气和信心差不多磨光了。午饭后他午觉都没睡，决定最后一搏，就在阳台上站着，盯紧老秦家的楼道口。不信她不露面。一个下午过去了，太阳快落了，站得两条腿都灰心了，陈木年正打算回屋拿个凳子坐，秦可从老三楼左边的路上拐过来，他情急之下喊了秦可的名字，声音很小，除了自己大概别人都很难听见。但秦可好像听见了，因为她在那一刻恰好抬起头向这边看。他们的目光像四颗子弹撞在了一起。他听见秦可对他喊："木年！"还看到秦可对他招手。他转身就往楼下跑。到了楼下才意识到，秦可有可能只是跟他打个招呼，他屁颠屁颠跑下楼干什么。

已经下来了，陈木年硬着头皮想，死活就这一下子了。他低着头走到老三楼前，秦可还站在那里。他走上前，说："你回来了？"

秦可说："明晚有空吗？"

"有事？"

"明晚学校'五一'会演，我多一张票。"

"我想想，应该没事吧。"

"噢，"秦可说，"你要忙就算了。"转身就要走。

陈木年愣了一下，突然想到演出里一定有秦可的舞蹈，赶紧说："有空。有空。"

秦可说："真的，没空就算了。别勉强。"

"没勉强。真的有空。好几年没看你的舞蹈了。"

"你又不想看，当然看不到了。"秦可噘着嘴说，"票我没带在身上。明晚你早点儿到会堂，我在门口把票给你。我走了。"

陈木年说"嗯"，看着秦可进了楼道，又看到她在一楼和二楼之间的楼道窗口前站了一下，继续上楼梯。然后想起来，忘记跟她说去看火车的事了。

21

周五下午陈木年下班早，去图书馆查了点儿资料。与古代文学无关，是关于火车的。干活儿时他向许老头说起即将试行的火车，许老头没有惊讶，只是说早该有了，如果早十年通车，小城会和现在大不相同。火车是经济发展和人才交流的一条长腿，缺了火车市里经济跑得就快不了。对陈木年来说，火车的意义只在于满足多年来对火车和出走的想象，与城市发展和人才交流的关系他倒是没有考虑过。许老头说，应该考虑，全面、立体才行，眼光得高、得远。又说，你喜欢火车，最好有空找点儿相关的书籍看。陈木年觉得有道理，下了班就去图书馆找书了。

搜了一圈，关于火车的书很少，零星出现在杂志里的内容倒不少。他就先去了阅览室，找了几本杂志翻开来看。有关于火车制造的，有关于火车旅行的，还有关于火车的历史和记忆的，后两种他更有兴趣。翻了几本，猛然想起晚上的演出，还有一个小时，他借了一本杂志就往会堂跑。秦可在演出之前得有足够的时间来化装。到了会堂门口，秦可果然已经等在那里了，手里正拿着个鸡蛋煎饼和一袋牛奶到处看。见到陈木年就在几个女孩中间摇起了手。

“吃晚饭了吗？”

“没有。”

“喏，给你的。”秦可把鸡蛋煎饼和牛奶递给他，“就知道你没吃。先吃点儿垫一垫吧。”

周围的几个女生都看着他窃窃地笑。陈木年红着脸接过了，说：“不迟吧。”

“迟了，”一个女生笑嘻嘻地说，“秦可早该进去化装了，就等你的。快点儿，再不进去团长又该来找了。”几个女生一起笑起来。秦可说：“去，别胡说！”又对陈木年说：“你也进去吧，有几个节目还在彩排，你可以边吃边看。”

陈木年随她们一起进去，根本没人检票。到了会堂里面，秦可才给他一张票，最前排靠中间的座位。陈木年在会堂里从没坐过这么好的位子，这地方一般放的都是领导的屁股。舞台上还有节目在演出之前的最后一次彩排。陈木年坐下来，吃煎饼喝牛奶。彩排实在没什么好看的。陈木年不是特别喜欢看这类的演出，平常学校里有活动，总务处给职工发票，他很少要。中央电视台的春节联欢晚会他都没兴趣。吃完了，他看起了杂志。灯光还不错，陆续有人落座，会堂里喧闹起来。

越来越吵，陈木年实在看不进去了，就到处乱瞅，看着舞台侧后面，那里已经算是后台了，很多人在走来走去。他在众多的人里找秦可，只有这种时候他的胆量才最大。演出快开始的时候，幕布后面伸出半个身子，还有一只手在摇晃。那张化过妆的脸他一下子没认出来，看到那只摇晃的手他才醒悟过来，是秦可。他就拿着杂志对她晃了晃。幕布拉上了，灯光暗下来，演出开始了。

前面的演出乏善可陈，陈木年看着看着就走神了。也不想别的，来来回回就想杂志上的图片和文章。都是些火车的老照片，看着特别有感觉，所有的火车都像野火车。“野火车”这个词纯粹是陈木年的个人发明，他把穿行在野地里、有点儿荒凉衰败的小火车称作“野火车”。与那些豪华巨大的现代火车相比，他更喜欢野火车，觉得野火车更有自由、出走、流浪的感觉，甚至是孤独、悲壮的感觉。它慢悠悠地行驶在野地上，遇到一个小站就停，像离家出走的人一样，见了人就打招呼，在本质上它是自由迈动的腿，而不是一种用来直奔目的地的交通工具。据说慈禧第一次见到火车，不知道它是怎么跑起来的，就吩咐人找来马匹去拉。这个传说在别人看来可笑，陈木年倒觉得很可爱。为什么就不能用马拉着火车走呢？蒸汽机让它跑，马让它慢下来，像走。火车走的感觉可能会更好。所以，野火车在陈木年想来，应该是慢的，慢得像一个人在散步。他甚至希望，有朝一日能和火车并肩散步。

大半场演出过去，秦可出场了。陈木年看见一个女孩像只白鸽子从舞台的左侧飞上来，昂头挺胸，舒展着四肢落到舞台中央。她刚站好，一顶花草帽从舞台右侧飞过来，她接住了，腰身扭动的第一下，动感的音乐响起来。陈木年看到秦可闪着乌溜溜的眼，每眨一下都火花四溅。音乐的层次感完全呈现在秦可的身体上，从头发到手指到脚尖，一寸一寸地变化，仿佛身体分成了相互独立的无数节，每一节对应着一个音符，她像杨丽萍似的把身体控制到了具体而微的境界，可以说是相当苛刻了。她让身体之间相隔遥远，又让它们团结一致、严丝合缝，她把它们直接置换成了音乐本身。秦可一个人在台上追逐音乐、创造音乐，草帽前后左右上下躲藏舞动，草帽也成了她身体的一部分、音乐的一部分。她从中间走到舞台的左边，左边观众的掌声响起来；她走到舞台的右边，右边观众的掌声响起来。

秦可一个人在舞台上独舞了差不多五分钟，其他女孩子才上来，八个。九个女孩子排成“人”字形，秦可打头领舞。这个叫《草帽舞》的舞蹈融合了古典和现代的两种风格，既有东方式的含蓄，又有西方式的大胆泼辣，尤其是秦可清爽俏丽和精确的表演，得到了观众的极大欢迎。

整个舞蹈过程中，陈木年的脸都在发烧，管不住地烫。心跳也不对劲儿，都快赶上台上动感的音乐了。如果他跟前有面镜子，他还可以发现自己在某个时候下巴曾经挂了下来。当然也不是他一个，很多人在观看过程中下巴都挂了下来。没办法，也管不住。但是陈木年跟他们不一样，舞台上的秦可他认识，很熟悉了。退场的时候，秦可和他几乎就是面对面，区别只在于她在台上，他在台下。他们在台上和台下同时看见了对方。然后秦可才在掌声里离开了舞台。

下面的节目接着乏善可陈，两首歌之后陈木年就不想再看了。他又摸出了杂志。好在坐第一排，舞台上的灯光足够他看清楚杂志上的字。他看到了一篇与火车有关的散文，不长，但很有味道，其中对火车穿过大地的感觉与他颇有会心。一个叫穆鱼的作家写的《那些路》：

> 火车开过去，十万条道路从大地上浮起来。从北京到东海，几千里也，城市、村庄、树木和行人，然后是光秃秃的冬天。北国的野地里什么都藏不下，那些道路一条条浮出大地。我从小迷恋火车，喜欢简陋苍茫的小车站，开始坐上火车之后，又迷恋火车经过野地的时分。很多年了，说不清楚为什么独独喜欢窗外一路荒凉的景色。车穿过城市，我有离愁；经过村镇，我心生温暖；唯有驶入野地，我才充实、喜悦，莫名的悲壮一般的兴奋。
>
> 夜火车也好，白昼的旅行也好，我总要把持住窗口的位子，一直歪着头看窗外。窗外有好景致嘛，我就是喜欢看。那些一掠而过的草木和房屋，那些向后倒退的三两个行人，移动不了，再快也跑不过去的是一片大野

地。我说过，只是在火车上我才真正看见了大地，大地之大，大的地。所有的叶子都黄了、慌了、落了，几棵柳树繁茂的细枝条丛丛簇簇，竟然泛着红色。沿途多处的芦苇荒在干枯的河道里，没有人收割。还蓄着去年河水的水渠和河流，满满当当地结了冰，远远看去我以为是一条明亮的路。光滑、惨白，是这个冬天的镜子。

看，我说到了路，终于找到了。我一直在窗外的野地里寻找的，大约就是这个“路”。这些年里坚定地不把目光从火车外的野地里移开，应该就是因为这些路。现在，它们终于浮到我的眼前。在此之前，它们已经浮出了大地之上，只是我没有看见。现在看见了，那么多。它们像从座下的铁轨处开始生长，曲折蛇行，盘旋着一块野地。也有直走的，跟风的路向相同，直来直去。几乎所有的路都高出地面，这是我在火车上发现的。

冬天里，它们结实、明亮，如同一条条带子和河流，它们把大地聚集在了一起。人家说，路是脚踩出来的。其实不如说，路是脚印堆积而成的。所有的脚印都是透明的，无数的人把他们的脚印叠放在一条带状的土地上，就成了明亮的路，就有了厚度，它们不得不高出地面。你第一次看到它们，才会发现，它们像突然之间从大地上浮起来。一茬茬人死去，脚印留下来，变成路，交错、纠结。不知道他们从哪里开始落下第一个脚印，也不知道这一条条的路最终通向哪里。

我对每一条路都充满兴趣，它们在我视野尽头隐入大地深处，它们会在哪个地方结束，又会从哪个地方重新开始。我盯着一条路，看它被两行树和一片荒草淹没。看不见，它也在，那么多的脚印必要有个好的去处。我想象它如一条水蛇蜿蜒前行，奔向一间屋子，一个人，那个人站在门前，举起清白的手，她望去路如看来生，她如送如迎对远道而来的人微笑，在风里她有鲜活温润的身体。那条路在她脚边停下，然后重新开始，从此布满大地。

后半截的演出里，陈木年都沉浸在这篇小文章里。他觉得文章虽短，但空间却阔大，精神空间和想象空间都很大，同时不乏动感和浪漫。他觉得这篇文章和他写过的《开往黑夜的火车》有某种隐秘的相似性，而这篇文章的内核似乎更大。这个叫穆鱼的作家给他提供了新的经验，这经验让他沉醉不已。陈木年心中充满了去探望那些路的欲望，他想象明天试行的火车将如何与大地发生联系。这种想象让他激动得发抖，跃跃欲试，拳头都捏紧了。

然后晚会结束了。观众离开会堂，椅子掀起来的声音此起彼伏。陈木年坐着不动，不想和别人挤，就坐着继续为火车激动，他也想在这里等秦可，尽管拿不准她是否会过来。过了一会儿，观众几乎都走光了，陈木年看看舞台斜后方，里面的人还在忙活。他想秦可也许已经离开了，他又不好意思到后台去看，就站起来要走。刚要走，听见秦可在叫他。她在幕布后面伸出头，让他等一下，马上好。她刚卸完妆，正在收拾服装和道具。

时间不长，她就和几个女生走下来。还是进门时等她的那几个。

“晚会怎么样？”秦可问他。

“一般，”陈木年摇着杂志说，“还不如看杂志。”

“你不喜欢？”

这时候他们已经出了会堂的大门，两个男生捧着花等在门外，见到秦可立马冲上去，争相把自己的花送上去。他们说，秦可，你跳得太好了，真是太棒了，向你致敬，可以请你吃个夜宵吗？秦可谢过他们，就拒绝了，说她已经和朋友约好了一起去。她收下了花，随手给了旁边的两个女孩儿，送给你们吧。那两个男生讪讪地离开了。

“你真觉得晚会质量很差？”秦可又问。

陈木年这回有点儿明白了，他觉得自己的头脑在这方面怎么就老慢半拍。他赶紧说：“说实话，这台晚会真是一般，幸亏《草帽舞》给它挽回了一点儿面子。”

秦可吊着右边的眉毛又问：“那，你觉得《草帽舞》怎么样？”

“好，”陈木年压低了声音，怕旁边的女孩听见，“你跳得最好。”

秦可立马高兴了，说：“讨厌。我练了好多天呢。我们去吃夜宵吧。”

同行的几个女生回艺术团排练中心了，陈木年和秦可去了新亚广场的大排档吃夜宵。吃夜宵时，陈木年请秦可明天去看火车试行。他想把火车试行的意义尽可能地夸大一番，但秦可已经爽快地答应了，她说，好。

22

凌晨五点陈木年就醒了，怎么也睡不着。干脆起来，洗漱过后看了一会儿书，六点时他叫醒魏鸣和钟小铃，魏鸣和钟小铃周末没事，答应一起去玩。陈木年又上楼叫醒金小异，约定七点半出发。秦可不要他叫，老秦会叫醒她。老秦每天起得都很早，要在老师们早饭之前把家属区打扫干净。陈木年在食堂吃过早饭，刚回到宿舍，秦可背着小包过来了，一身运动装。她把看火车当成了野外运动。这是她第一次来陈木年的宿舍，布局摆设和架子上的书都让她兴奋和好奇，她的神态在陈木年看来，又回到了几年前相互没有戒备的状态。他希望两个人都能够放松地面对对方，但他一直做不到，现在秦可好像做到了。他给秦可推荐了几本比较经典的小说。

七点半他们准时出发，金小异的东西最多，背着画架和颜料，包里还装了相机和一本梵高的画册。校门口的公交车，一路直达。到了火车站才八点二十分。

过去荒凉的地方现在门庭若市，通火车不是件小事。围观的人很多，有城里的市民，更多的是周围乡村的农民和他们的孩子。他们中的很多人这辈子都没有亲眼看过火车。还有仪仗队，鼓乐都准备好了，是一群穿制服的中学生，小脸兴奋得通红。还有铺着红布的主席台，有几个人在往台上走，勾着脑袋找摆放自己名字的位置。主席台后面是两个巨大的气球，垂下来两条“热烈祝贺伟大时刻”的标语。太阳很好，布满黄锈的两条铁轨毫无光泽。它们都把自己等老了。金小异挑了一个空闲的地方站住，那地方适合他取景构图。他让陈木年帮忙立起了画架，然后左看看右看看，移到一个最佳的位置固定下来。他开始第一张速写。除了呼啸而来的火车，他提前让其他景色进入了他的画里。

秦可和钟小铃对绘画挺好奇，凑上前去看。金小异唰唰唰舞动炭笔，周围的景色就栩栩如生地被搬到了纸上。两个女孩惊叹不已。但看了一会儿就没兴趣了，她们希望火车能早一点儿到来。快九点了，一点儿要来的迹象都没有。她们俩就和魏鸣到一边聊天了，剩下陈木年陪着金小异画画。时间过得很快，九点四十了火车还没来，钟小铃从旁边走过来，不满地对陈木年说：“你看，你看。”陈木年看见秦可被魏鸣逗得大笑。

“你把秦可叫过来。”钟小铃说，“要不他会没完没了。”她的表情和声音都酸得让人倒牙。她对魏鸣一直不放心，他见着漂亮女人就走不动路。

这时候《运动员进行曲》激昂的旋律响起来。要开始了。一群西装革履的人不知从哪里冒出来，排着队向主席台上走。他们按顺序坐到了台子的中央。

一个穿黑色西装的男人对着话筒说，火车试行仪式即将开始，请市长讲话。大家鼓掌的时候到处在找哪个是市长。主席台最中间的藏青色西装对着面前的麦克风咳嗽了两声，开始说话。市长五十来岁，陈木年尽管离得远，依然能够看到他的脸很大，脖子很短。他说的陈木年基本上都能同步想到，仿佛市长念的发言稿是他写的。市长强调了火车对于本市发展的巨大意义，回顾了全市人民为了迎接即将到来的火车，付出了多少年的辛苦。在市长的发言稿上，辛苦是量化的，可以用一串串数字表示出来。这些陈木年就不行了，他一听数字就晕。市长的稿子很长，翻了六页才念完。巨大的掌声之后，又一位领导讲话。这个稿子不长，但是因为结巴，也花了不少时间。接下来还有三个西装讲话，一个比一个短。越来越有希望了。陈木年他们都站累了，早知道就像金小异那样一屁股坐地上才舒服。金小异的第三幅速写都结束了。画里的铁轨上都空着，等着火车开上来。累得难受的还有几个趴在槐树上的孩子，他们不得不频繁地变换姿势以防一失足掉下来。终于，黑色西装大手一挥，说："迎接火车，奏乐！"

仪仗队动起来，鼓乐震天。像一个信号，远处传来一串火车的汽笛声。人群骚动起来，很多人只在电视、电影里听过这种声音。一个大拐弯处徐徐驶来一辆火车，慢得如同在散步。鼓乐和掌声一直响着，直到火车近了，掌声开始稀落下来。车头后面竟然只有两节车厢，整个火车就像一条被切掉后半身的黑虫子慢腾腾地爬过来，样子很滑稽，惊讶之后大家就笑了。这就是盼望已久的火车，不比生了锈的铁轨新鲜多少。

失望归失望，还是高兴，再怎么说也是火车。陈木年也很高兴，他觉得火车就应该这样，破一点儿、旧一点儿，他希望火车能够一直行驶下去，永远不停下来。他和在场的人一起，感受到了火车行驶过来时大地的震颤。但它在主席台旁边准确地停下来了。

新一轮鼓乐又起，地上到处是人、火车和树的影子。铁轨边有一棵大槐树，阴影落到了火车上。从陈木年的方位看，有点儿像梵高在一八九〇年六月画的《欧韦景致》。他想跟金小异说，发现金小异正在翻梵高的画册，也找到了这幅画。金小异说："好啊！"

秦可对陈木年说："我还没坐过火车呢。什么时候你带我坐吧。"

陈木年还没回答，魏鸣就在一边说："有空我也带你坐。"刚说完，屁股被钟小铃掐了一把。他猛地跳起来，说：“你干什么？”

秦可咯咯地笑起来，陈木年也跟着笑。喇叭里说，请市长为试行火车授彩。所谓“授彩”，就是“挂彩”，把一条拴着大红花的红绸子挂到火车头上。市长在众人的帮助下，先把红绸子的一端拴在火车的右侧，再蹒跚地翻过铁轨到火车另一边，把另一头拴上。大红花处在了火车头的中间。刚拴完，鞭炮声和掌声同时响起来。两挂五万头的鞭炮一起炸，炸了漫长的一段时间。炸完了，周围一片烟雾，传来好闻的硫黄味。

鼓乐声再起。主持人对着麦克风大声喊：“试行开始！”

火车开始启动，冒烟，汽笛声越拉越长。周围的观众都围上来，树上的孩子也跳下来，都想看看火车的腿是怎么走路的。火车慢腾腾地开始行驶，人们叫起来，现场一片喧嚣。大地重新激动得发抖。他们看着车头和两节车厢简单地就从自己面前经过了，觉得不过瘾，就跟着向前走。开始是走，接着是小跑，火车开始逐渐加速，他们也跟着加速。火车再快一点儿，大人们就没兴趣继续跟着跑了，剩下的都是孩子，一边嗷嗷地叫一边成群结队地跟在后面跑。但他们的速度有限，慢慢开始力不从心，被火车甩在后面。

秦可站在陈木年身边一上一下兴奋地跳，拍着手，叫着“火车火车”。她突然觉得肩膀被撞了一下，看到陈木年从身边迅速地冲出去，闷着头向火车跑去。她不再叫“火车火车”，而是喊“木年木年”，不是一上一下地跳着喊，而是跺着脚喊。刚开始的几声陈木年听见了，没回头，接下来就听不见了。他看见撒开腿追赶火车的小孩一个个被他超过，他跑得越来越快，越来越稳健，直到把跑在最前面的一个男孩甩在身后。他找到了晚上一个人在操场上万米长跑的感觉，比那个还刺激、还兴奋，耳朵里灌满了风声和灿烂的阳光，他听到的声音只有火车的汽笛和自己的喘息，他的喘息好像从脚底下传上来的，像大地的脉搏。只剩下了他一个人，他和火车之间的距离越来越近。他觉得两条腿充满了力量，浑身有使不完的劲儿。快追上火车时，他跳上铁轨的路基，踩着枕木向前跑。快一点儿，再快一点儿。他伸出手一把抓住车厢后面的一个把手，脚底踉跄几下，试探了几次后，胳膊猛地用力，纵身一跃，双手扒住了车厢边框，身体贴到了车厢上，然后调整好平衡和姿势，身体纵上一下，右腿挂到了车厢上。整个人进入车厢时，他面朝后方。两个大气球和红条幅变小了，那棵槐树和围观的人变得更小了，花花绿绿的一堆。他仔细看，还是分辨不出哪一个是秦可。

火车恢复了自己的速度，陈木年不由自主地张开双臂，从内心到身体瞬间感到了飞翔的快意。他看到巨大的风裹着阳光像雨一样满天满地地落下来。

23

火车到达一个陌生的城市时，陈木年睡着了。醒来发现天在变黑。几个工人在整理车厢，他们打算把这孤零零的两节车厢连到另外一辆火车上，他们的说话声惊醒了陈木年。他从车厢里站起来，吓了他们一跳。

“你是谁？怎么跑车厢里了？”他们问。

“睡着了。”陈木年打着哈欠说，“请问，这是什么地方？”

他们说了一个陈木年早就知道但从没来过的城市名字。这城市和他生活的小城差不多，都不大。这里离他熟悉的南京更近一点。但是现在天要黑了，回南京和他的小城都不方便。陈木年下了车，决定先找个地方填饱肚子。

车站附近到处都是小饭馆，陈木年随便找了一个面馆进去，要了一碗牛肉面外加两个烧饼。汤汤水水地下了肚，吃得身上都冒了汗。饱了。付钱时心里一惊，只有不到三十块钱。这个数根本坐不上车。陈木年紧张了。过去他曾想象过没钱如何在外流浪的事，觉得没问题，大不了沿街乞讨，社会主义社会总是饿不死人的。但真的临到头上了，还是慌，不知道该怎么办了。按他过去的想法，有四条途径：一、向家里或者亲戚朋友求救，要钱；二、找好心的司机搭车；三、一声不吭扒车；四、一路要饭回家。

他盯着面前的空碗想了想，现在是晚上，扒车最合适。扒火车。他向跑来跑去的伙计招招手，一个十八九岁的小伙子过来。陈木年问他对火车的班次熟不熟悉。伙计说，他不熟悉，但他们老板熟悉，他有一本最新的列车时刻表。其实，车站周围的饭馆里都有一本列车时刻表，专为用餐的客人提供方便的。他就跟着伙计去吧台找老板。时刻表油乎乎的，被无数的手指翻过。陈木年单找去南京的货车，客车他想不出来怎么扒。老板见他只找晚上出发的火车，就问他："老板，你是做生意的？"

"不是。"陈木年说。继续找。

"想坐免费的火车？"

陈木年的脸唰的一下就红了，穷人就这么扎眼，一下子就被看穿了。"没办法。"陈木年说，既窘迫又惶恐，手都抖了，掏了半天才把零零碎碎的二十几块钱都拿出来，摊在吧台上，"钱不够了。”

老板的反应出乎他意料。老板呵呵笑起来：“扒就扒嘛。我年轻时也干过，那会儿穷，满天下跑，一分钱不花。小伙子，这事不丢人。”陈木年的内心一下子对老板充满了感激之情。

老板替他找到一个去南京的货车班次，晚上十一点半发车，中途会停，到南京正好天亮。他还让小伙计带陈木年走一趟去货车停靠点的小路。小伙计看来经常干这种事，轻车熟路，一路告诉陈木年要从哪个巷口拐进去，从哪个地方的墙头翻过去，车大概停在哪个地方。又说起老板当年的光荣经历，从哈尔滨一路扒火车到广州，一趟几乎把所有货车都扒遍了，木材车、运煤车、集装箱车、电器车，什么都有。还说起自己，也是从江西扒火车过来的，他觉得扒火车比睡卧铺都好玩，就是夜里有点儿冷，让陈木年做好心理准备。

探过了路，伙计回去了，陈木年按照老板的指点，去候车室的椅子上睡了一觉。十点时一个激灵醒来，抖擞起精神准备去扒车。他买了两瓶水，从小路去货车停靠点。要不是记住了几个标志性的路灯，他很可能就在拐弯抹角的巷子里转晕了。在黑暗里爬过了矮墙，陈木年大气都不敢喘，看清楚了周围没人才跨过两道铁轨。那地方有很多货车，陈木年睁大眼看车厢上的字。一辆一辆地找过去，突然听到有响动，赶紧贴着车猫下腰来。他看到不远处有个黑影像他一样鬼鬼祟祟地贴着一辆火车走，身上还背着个包，那个人也在辨认车厢上的字，他找到了，停下来，选了一节满意的车厢爬了上去。陈木年心想，遇到同行了。他走过去，拍拍车厢，那人刚躺下去要把自己藏住，被惊得又跳起来。

“谁？”那人惊恐地说。一个年轻人，大学生的模样。

陈木年笑笑，说：“扒火车？”

年轻人大约也看出了陈木年的身份，压低声音说：“别说话。”又继续躺下了，车上装的好像是煤。

陈木年就离开了，内心里生出了不少温暖。

他越过那辆火车继续往前走，终于找到了“南京”的字样。他靠着铁轨来回走，看哪个车厢更适合过夜，有装箱子的，有装毛竹的，还有一些乱七八糟的东西他看不出是什么的，最后选了装松木的一节车厢。松木的味道好闻，而且在车厢头还有一块空间，躺一个人没问题。就爬了上去。

时间不长，就有两个人过来清点货物，粗略地数点了一遍就走了。继续有人在附近走动、说话，再后来，火车开了。陈木年借着夜光看表，十一点半。他的扒车生涯开始了。他躺在车厢里，闻着松木发出的清香，看见天上一头的星星。

过一会儿他确信安全了，就站起来，城市已经留在了后面，火车驶进了野地。为了看清楚自己的位置，他爬到木材上向前后望，他处在中间偏后的一节车厢里。夜风激烈，像一匹匹连绵不绝的布一样掠过他和火车。陈木年觉得自己的背景浩大，又像无所依傍，风经过腋下有种长出羽毛的错觉，他找到了在夜间飞行的感觉。有那么一刻，他觉得火车不是在跑，而是在飞，拖着瘦长的细身子在夜里摇曳地飞，就像蛇在水里游动。他对着前方张开嘴想大喊，风灌进去，一下子呼吸都被迫停顿了，声音出了半截只好收住。但他觉得胸腔里闷热，烧得难受，就开始喝水，一口气喝下半瓶。

黑夜的远处还是黑夜，发出黑蓝的光，目力所及的地平线是灰白的。偶尔有灯光，像固定在大地上的一颗颗萤火虫。丰饶的大地沉寂了，变得简单和单调，仿佛只有火车和他是活的。陈木年感到了尿意，解开裤子时感到风像凉水一样淹没了下半身。尿在夜风里拉了一条长长的水线，到了车厢外又弯了一个弧度回到车厢里，落到了松木上，悄无声息地击打着松木。它的声音在猎猎的黑夜里小得可以忽略不计了。

这就是他最理想的夜火车。一个人漫无边际地漂。世界是一个黑色的平面，一列更加漆黑的火车像一把刀把它豁开，留下的伤口立即愈合。愈合后的世界安宁祥和。陈木年抓着车厢站到了后半夜，有点儿累了，也有点儿冷，他坐下来，喝了几口水躺下。躺了一会儿就不得不蜷缩起身子和松木挤到一起。

陈木年被冻醒好几次，翻一个身接着又睡。天快亮时又醒了，不能再睡了，得赶在火车进站之前溜下车。铁路边的人家越来越多，早起的行人也开始出现在路上，离车站越来越近。火车减速时，陈木年扒着车厢瞅准时机跳了下来。他用手梳理着凌乱的头发，面前是南京。

24

陈木年回到学校是两天以后，已经周二了。半下午的时候，他胡子拉碴地出现在校门口，头发和衣服都是又脏又乱，门卫没认出来，以为是要钱的乞丐，不让他进。他没带证件，证明不了自己身份，幸好“小日本”骑车从外面回来，才把他给带进来。

“你可真够行的，”“小日本”说，“看看火车就跟着跑了，连班都不上了。总务处打电话找你好几次。还有你那个小邻居，又打电话又上门找。没看出来，你还被这个世界强烈地需要着呢。去哪儿了？”

“就走走。”

“你真能走。”“小日本”阴阳怪气地说，然后自顾唱起了歌。别人又给他介绍了一个对象，昨天刚看过人，他的感觉不错，正在等回话。

陈木年笑笑，坐在车后座上听他唱歌。一句没听进去。他旷了两个工作日。在外面的时候不觉得有多严重，回到单位还是感到挺难为情的。是他的错。但他当时实在不想回来。到了南京，本想到长江大桥北边拦一辆便宜车回来的，他不吃不喝也只够买个半票了。后来转了转，觉得意犹未尽，又继续等到天黑，找了一列货车偷偷摸摸爬上去，跟着去了杭州。在杭州待了一天，晚上扒了一列回南京的火车又回来了。他喜欢夜火车上的感觉。为了能够尽可能长地在火车上醒着，白天除了简单地吃点儿东西，逛逛书店，其余时间都在候车室里睡觉。睡眠质量还很不错。今天早上回到南京，身上早饭的钱都不够了，就在一家刚开门的杂货店里把手表给当了。原价两百八，当了一百块钱。吃了饭，又去书店买了一本在杭州看中的书，剩下的钱刚好够买一张车票。现在抱着一本书蓬头垢面地回来了。

他的这次出走又成了学校的头条新闻。重点不在于无故旷工，而是他竟然追着火车爬上去，一去几天不回。很多人都看见了，学校里的不少师生也去了试行现场，目睹了陈木年突如其来的壮举。当时还有媒体的记者，电视台的摄影记者还拍到了他奔跑追赶的录像，当天晚上就在本市新闻里播放了。这个影响还不算大，因为只是一个背影，而且陈木年爬上火车的情景没能拍到。晚报的八卦记者就不行了，专门写了一篇文章报道这件事，同样用了一张他奔跑的背影照片。幸亏记者对陈木年的背影不熟悉，不知道这人到底是谁，只是说，本市人民对火车的盼望和热情浓得化不开，这位追赶火车的年轻人充分表达了全市人民的心声。这其实是往好里说。

到了学校里就朝坏处走了。大家都知道陈木年的光辉历史，一下子联系上了，就想，这陈木年是不是真有点儿什么病啊，比如精神上的。头脑好使的谁会去追火车啊，追就追了，还爬上去，爬上去就爬上去，还不下来，跟着跑了。这叫什么事。不是三岁两岁不懂事，都二十五六岁的人了。

如果就到这里打住，问题也不大，但有些人头脑就比别人快半拍，他们说，这陈木年又追火车了。当年他到底杀没杀人，值得怀疑，他一个劲儿地说没杀，一个精神有问题的人，说话就这么可信吗？我们凭什么相信？不能不说这种推断没有道理，有点儿道理你就不能置之不理。这种事，古往今来都是宁可信其有不能信其无，领导又紧张了。

星期三早上陈木年刚到花房，老周就隔着五盆花通知他，张副处长找他谈话。他和陈木年说话时一直保持五盆花的距离。陈木年出了花房，遇到来上班的许老头。

许老头说："回来了？"

"回来了。"

"没事。"许老头说，边说边往花房走，"出去走走好。"

陈木年到了处长室，里面坐着六个人。除了张副处长、三个科长和秘书小孙，还有保卫处的一个人坐在处长旁边，穿制服，手里提溜着警棍。

“处长。科长。”陈木年向他们打招呼。

“坐。”

他又坐到了被审的位子上。审问开始。先是旷工的问题。需要陈木年回答旷工的原因和后果，以及自我反省和认识。接着进入细节，主要是扒火车的心理动机、在火车上的想法，以及这几天在外面具体生活的情况。陈木年照实汇报。完了，张副处长说：“真的吗？”

“真的。”

“只与火车有关？”

“是。”

科长甲说：“与那个事件没关系？”

“没有。”

科长乙说：“你肯定你的回忆都属实？”

“肯定。”

科长丙说：“你是否会偶尔出现精神上的问题，比如多疑、臆想、情绪失去控制？”

“没有。”

“你们转什么圈子？”提警棍的家伙说，“直说吧，杀没杀人？”

陈木年当时就呆了，转了一圈终于又转到这里了。“没杀。”他说。

“真没杀？”

陈木年噌地站起来，上半身不自觉地前倾：“我说过多少次了，我没杀人！你们还有完没完？”

“坐下。”保卫的警棍指着他。

“我要不坐呢？”

“坐下！”保卫站起来了，警棍几乎碰到了陈木年的鼻尖上。

陈木年一把抓住警棍，拽过来就甩到了一边，然后将椅子往后一拉，转身出了门。出了办公楼他犹豫一下，还是回到了花房。

老周说：“谈过了？”

“谈过了。”陈木年说，“许老师呢？”

“去试验园了。”

陈木年抓了一把铲子就往外走，老周在后面问他都谈了些什么，陈木年没理他。

试验园是在操场北边的空地上开辟出来的一块园子，归花房管，试验的不是花，而是一些农作物和蔬菜。有些项目和生物系合作，搞个嫁接、人工授粉或者品种改良什么的。大部分是自己摆弄，弄大棚，种蔬菜，可以从中创点儿收，交给学校一些，剩下的算作几个人的酒钱。

许老头正蹲在大棚里掐黄瓜花。总务处和老周放了话，要把黄瓜的产量大幅提高，准备这两年就培育出重达一斤半的嫩黄瓜。许老头心细，黄瓜增产创收的重担就交给他了。陈木年进了大棚没说话，一声不吭地跟在许老头身后掐花。许老头也没问他，只是告诉他，哪些花是多余的，要摘掉。

这次小孙没有及时告诉陈木年领导们的态度，但他猜得到。迟早会找上门来的，他等着。折腾的次数多了，他也无所谓了，该滚蛋就滚蛋。宿舍的电话一响，他就站起来，打算出去接。但领导的指示迟迟不到。他甚至都开始考虑给书打包运走的事了，因为在这个屁大的大学里，追着火车跑实在是件可大说特说的事。陈木年还在等秦可的电话，听魏鸣和“小日本”说，他不在家的那几天，秦可每天都要打好几个电话问他回来没有。现在他回来了，反而不问了。陈木年也不愿意在这个时候主动去找她，他真觉得这次非走不可了。

一周过去了，谁都没有找他，陈木年站在黄昏的阳台上，想不明白到底是怎么回事。连抽了四根烟，有点儿头绪了，他想，也许人家根本就没把他当回事，陈木年算哪根葱啊！这么一想，觉得轻快多了，像脱掉了一件厚重的老棉袄。第五根烟刚点上，老秦家的后窗户开了，秦可站在窗前，想躲也来不及了。四只眼对着看，都不说话。后来秦可离开了窗户，接着出现在楼道口。三分钟后，陈木年的门响了。

“火车上好玩吗？”秦可说。

“嗯。你怎么来了？”

“一声不吭就把我扔在火车站好玩吗？”

陈木年对不上话，半天才说：“对不起。”

秦可的火气有点儿消了，绕到靠门的椅子后面，小心地说：“你真像他们说的那样？”

“哪样？”

“那个，就那个，”秦可还是指了指自己的太阳穴，“这里。”

陈木年明白了，泪水陡然就出来了，他坐到床上的过程像个慢镜头。

“木年，木年，”秦可摇着两只手说，“我没别的意思。我就随便说说。都是他们说的。要不，你真去医院看看吧。”说完了她又想过去安抚一下，犹犹豫豫还是没走到椅子那边。

陈木年说：“没事，你回去吧。”

秦可也不知道该怎么办了，吞吞吐吐地说不出话来，急得都哭了。陈木年躺到床上，拖鞋倒头栽在了地板上。秦可还在说“木年木年”。陈木年没说话，头一歪，眼泪从太阳穴处掉下来。秦可尴尬地站在门前，又不敢上前，嗫嚅半天就退出了房间。正好魏鸣从他房间里出来，叫了她的名字，秦可只应了一声就眼泪汪汪地下了楼。她的确有点儿害怕，怕陈木年因为大脑出了问题做出什么匪夷所思的事来。

第二天陈木年在食堂里吃饭，碰到秦可去买馒头。秦可排队的时候回头看吃饭的人，两人对了一下眼，就被食堂师傅叫过去了，轮到她了。陈木年换了一个位子，背对售饭窗口。既然她怕，那就不让她看见。他边吃边扭着脖子看窗玻璃，玻璃上照出秦可的影子，她买完馒头站在吃饭的人后面看了好一会儿，最后还是离开了食堂。她竟然让他去医院查查，陈木年那顿饭喝菜汤都被噎了好几次。

领导一直没有继续表态，但陈木年自觉地恢复了在校园里低头疾走的习惯。下了班就回宿舍，能不出门就不出门，待在屋子里看书、抽烟，或者拎着一瓶二锅头到楼上找金小异喝酒。金小异对他的到来十分欢迎，他的创作陷入了更大的焦虑状态，怎么画都不满意。他受邀请参加北京的一个国际油画艺术双年展，正在创作一幅名叫《下一个是你》的油画，刚画了三分之一，剩下的三分之二步履维艰，每一笔对他既是挑战又是打击。现在他每涂上一笔都像对着画布和自己划上一刀。而展出的日期越来越近了。

“兄弟，我快受不了了。”他对陈木年说，过去光滑的上嘴唇上也开始乱了，胡子好多天没刮，“该去医院的是我。你说梵高那家伙当年是怎么画的？他像头驴一样不停地画，还画出了那么多好东西。”

“没有疯子，只有被逼疯的。”陈木年说，“梵高就是被这个世界逼疯的。”

他把二锅头喝得啧啧直响。这段时间酒量突飞猛进，每喝一次就上去一点儿。两个人惺惺相惜的时候甚至能喝掉两瓶，喝到两个男人吧嗒吧嗒莫名其妙地掉眼泪而毫不难为情。

跟金小异相比，陈木年的日子要好过得多。他是躲避的焦虑，金小异则是进攻的焦虑，若继续久攻不下，末了打败的只能是自己了。

“那怎么办？”陈木年问。

“能怎么办？”金小异疲惫地说，“继续画。可是，灵感在哪里？”

25

五月一日晚上，陈木年父母坐在客厅的沙发上看电视，新闻里出现陈木年奔跑的背影时，老陈下巴上的小肉瘤及时地红了。红的速度像火烧的，陈木年还在电视上跑，他就感到了火烧火燎的烫和痛。他下意识地看正在剥花生的老婆，她和他一样，在最短的时间内认出了自己的儿子，她的下巴挂了下来，剥完了的花生和壳捧在手里。这个报道过去了，她才缓过神来，花生米掉进盛壳的笸箩里，花生壳塞进了嘴里，嚼了两口觉得不对劲才吐出来，然后身体开始僵硬地抖。

“木年。木年。”她只会说儿子的名字了。

老两口蒙掉了，心里慌得像野草在疯长。他们的第一个想法和学校里的人一样，儿子是不是精神出问题了。头脑没问题谁会去追火车？不小了。四年前的水门桥事件他们就有点儿怀疑，好在后来一切正常，现在又来了，他们的神经实在扛不住了。

两个人谁也不说话，沉默地盯着电视，里面接下来报道什么都没看懂。过了好一会儿，老陈顶不住了，胆怯地问老婆：“怎么办？”

老婆什么话也没说，一节节哭出来，像火车由远而近拉响的汽笛。等到火车的汽笛走远了，她才抓着丈夫的手说：“木年不会有事吧？”

谁知道呢。电话突然响了，老陈针扎似的跳起来。秦可打来的。

秦可说：“叔叔，木年回来了吗？”

老陈相信了，电视里说得没错，儿子的确是跟着火车跑了。

“我们一块儿去的，他把我扔在了火车站，一句话没说就走了。”秦可在电话里委屈得哭起来。

“没事的，小可，没事。他喜欢火车，闹着玩的，很快就会回来的，回来了我让他跟你道歉。”

老陈竟安慰起了秦可，然后问她，木年在追火车之前在干什么。他的意思其实是，那会儿木年的表现是否正常。秦可没转过这个弯，告诉他，和别人一样，站在那里等着看火车。老陈说“哦”，稍稍有点儿放心，继续安慰了秦可几句，又问了几句老秦的情况，努力把事情弄淡，才挂上电话。

他们接着大眼瞪小眼，拿不准木年是不是出了问题。他们越来越搞不懂这个儿子了。恐慌之余，两人商量了一夜，吸取上次的教训，这回就装作什么事都没发生，先等木年回来再说。就提心吊胆地活着吧，打碎的牙齿往肚子里咽。商量好了，第二天一早陈木年母亲给老秦家打了电话，秦可接的，陈木年母亲说："小可，别担心。木年早就说要出去玩玩了，就让他到外面走走吧。他回来了你就告诉我们一声。"

话说得极其家常，好像电话那头是儿媳妇，所以儿子回来了要儿媳妇通知他们老两口，听得秦可暖洋洋的。但离开家到了人群里，秦可的感觉又变了，他们的怀疑和煞有介事的推理她根本没法反驳，反而被带进了更大的怀疑和恐惧中。木年会不会真出了问题呢。她见过精神病患者，发病的时候六亲不认。但她继续气愤和不死心，所以不断地打电话找他。

没有人知道陈木年失踪的这几天，老陈两口子过的是什么日子。他们把自己关在家里，耳朵却长在外头，七上八下的心一直堵在嗓子眼儿，吃不下饭。儿子回来他们都不知道。周三中午，秦可打电话过去，他们才知道木年已经回来了，心落下了一半，老陈午饭就吃了两碗。他们不敢贸然到学校来看望儿子，担心自己人把事情给弄大了。过了六七天，还是挺不住了，他们想知道儿子到底怎样了，就偷偷摸摸来到老秦家。秦可说，看起来问题不大，不过，说不好，谁知道木年脑子里整天转的是什么念头。这又让老陈夫妇犯嘀咕了，他们使不上劲儿。老陈想起了沈镜白，只有沈教授大约还能明白一点儿木年的心思。他们给沈镜白打电话觉得说不出口，就让秦可打。

按照老陈夫妇的意思，秦可拨了电话，秦可说："沈老师，木年的事您知道吗？"

沈镜白说："知道。你是？哦，木年的女朋友？"

秦可看看老陈两口子和老秦，红着脸说："嗯，是。"

沈镜白在电话那头笑了，说："这点儿事算不了什么，木年挺得过来。你们别乱猜疑，木年这孩子我清楚，他出去走走是正常的，总窝在学校里不动倒有问题了。磨难是好事，有类似莫名其妙跑掉的冲动和爆发力也是好事，这正说明木年有大的希望和潜力。当然，你们就不要再给他压力了。"

"沈老师，您觉得，他的一些想法，有问题吗？"

"有问题不好吗？跟别人没了区别，那还能做成什么事？"

权威说话了，大家就安心了。不能不承认，有些事他们不懂。老陈夫妻俩简直是获得了新生，欢喜着回家了。秦可也后悔，不该在木年的伤口撒点儿盐。她想得找时候"承认错误"，表示一下。但这陈木年低下的头就不抬起来了，见着她就躲，吃了半截饭还要换个位子背过身去，弄得她连下去的台阶都找不到。

眼看着一天一天地过，陈木年就像从她眼前消失一样，想碰上都不容易了。一天下午她遇到魏鸣，问起陈木年，魏鸣说，在练酒量呢，和六楼的金小异对起来喝，听说现在二锅头都能对瓶吹了。魏鸣邀请她去宿舍玩，秦可想了想说算了。她让魏鸣帮她留个心，哪天陈木年喝完了酒回到宿舍，就给她打个电话。

第二天晚上快十一点时，秦可接到了魏鸣的电话。魏鸣说："刚回来。有点儿高。"

秦可说："好。"

陈木年躺下，半眯着眼数床头的书，数到第二摞，秦可进来了。秦可说："你又喝多了。"

"不多。再来一瓶也没问题。"陈木年说，头一歪，哇地吐了一摊到床下。

秦可想，来得可真及时，打扫卫生来了。她去洗手间找笤帚和拖把，收拾完了又端了盆和杯子，让陈木年洗脸漱口。她把他扶起来，揽在怀里让他漱口。漱完了，秦可要把他放下，陈木年不干了，抱着她的腰不撒手，头埋到了她怀里。秦可觉得心跳不对了，扑通扑通既像小偷又像被人偷，从里到外都红了。她是过来人，原来仇步云经常干这种事，一想干坏事就往她怀里钻。陈木年不是钻，而是在她怀里抖，肩膀一耸一耸的，这家伙一定是哭了。他真喝多了，要不没这个胆量。要不是喝多，秦可也不会让他顺利地抱着不撒手的。头脑清醒的时候，谁好意思？她推开陈木年，果然泪流满面，把她的前胸都弄湿了。

“多了。该死。真多了。”陈木年又像哭又像笑，咧着嘴说，“多大的事，我怎么就放不下呢。”

“什么事你放不下？”秦可说，伸手去拿搭在椅背上的湿毛巾。

“你不明白。”陈木年说，一把抱住秦可。秦可叫了一声，毛巾掉到了地板上，她说：“毛巾。毛巾。”嘴就被陈木年堵上了。

开始秦可受不了陈木年嘴里浓烈的酒精味，后来心一横，认了，倒尝出了酒的香味。陈木年在她身上乱找，自己都不知道想找什么，还不死心，继续找，他的两手用了不少劲，把秦可的身子架都快弄散了。陈木年的手在她身上磕磕绊绊地游走了一遍，到达胸部的时候，秦可身体突然直了，开始抖。陈木年停住了，秦可的样子有点儿吓人，面色绯红，头发都乱了，整个人处于莫名其妙的激动状态。她有感觉了，看陈木年的眼神都是迷醉的。

陈木年也就停了一下，他的两只手痒得难受，不听话了。

秦可说：“木年。木年。你转过脸去。木年。”

陈木年太阳穴直跳，说：“小可。”

“转过去，快转过去。”

陈木年背过身去。过了一会儿，秦可说，好了。陈木年转过身，两只手先出去了。秦可用一件衣服遮住自己，陈木年冲过去的时候，把她的衣服弄掉了，秦可立刻把衣服拿起来，这回不是遮住身体，而是窝成一团捂在脸上。她把自己脱光了。陈木年看见了一个软白的身子，发出暖玉一样的光。陈木年的手停在半路，胳膊僵了，身体也僵了，后背不由自主就变得直板板的，接着喝进去的酒全变成了冷汗。他觉得自己应该是打起了摆子，从里到外地动荡。他无数次想过秦可的身体，他想象着她可能的样子。他也亲眼看过秦可身体朦胧的轮廓，是在秦可洗澡的时候。有一天晚上，魏鸣站在阳台上叫他，指着对面老秦家的窗户让他看。陈木年看到窗户后面的布窗帘上，一个人影在晃动，尽管含混，依然能够看出来是个女人的光滑的身体。魏鸣说，秦可在洗澡，他刚才看见她拉上的窗帘。陈木年说，你个流氓，把他推进了屋里。事实上，他看过那个影子不止一次。在魏鸣之前就看过。一个人站在夜晚的阳台上装作吸烟，盯着那个影子告诉自己，那就是小可。

现在，梦寐以求的身体终于无牵无挂地放在他面前了，陈木年却呆了。他开始胆怯地把屁股往后移，一点点地败退，同时他感觉身体的某一部分突然叹了一口气，便不可遏制地溃不成军，在瞬间如同消失一般找不着了。他一直退到床角，贴着墙，无路可退了还想退。

“木年。”秦可等了很久，叫他。没有应声，她只好放下衣服，看到陈木年像个胆小鬼缩在墙脚瞪大了眼。此刻秦可倒是坦然和坚定了，把手伸给陈木年，“你怎么了？”

陈木年突然把自己抱紧了，说：“你，你走吧。”

秦可想他可能太紧张了，就大大方方地说：“我不走。”她早就想过，这辈子应该就是这么过的。她在做她该做的事。

“走，走吧，小可。”

“不走。”

陈木年的脸上开始往下滴汗珠。他的无助让秦可心疼。但是秦可看到他慢慢地往床边挪，挪到床边开始找鞋子，穿上鞋子要站起来，她就伸出手拽他，拽到了他的胳膊，她说你要去哪里？陈木年什么话也不说，惊恐地看她一眼，一甩胳膊从秦可的手里挣脱了，打开门就往外跑，还带上了门。秦可不知道他要干什么，就抱着一团衣服遮住自己在那里等。有人跑下楼的声音。她等了好一会儿都没动静，就穿上衣服走到阳台上，如她所料，陈木年就在楼下转来转去，烟头一亮一灭。秦可的委屈上来了，她一个女孩子，都这样了，他竟然逃跑了。他跑什么呢？秦可不明白，她坐到椅子上，眼泪慢慢出来了。

她下楼时，陈木年已经不在楼下了。

26

雨点砸在大棚上噼啪直响，十面埋伏一样。陈木年掐灭烟，对许老头说，他得出去一会儿。许老头说过会儿吧，等雨停了。

他们俩都没伞，进了大棚才下的雨。陈木年说没事，掀起塑料布就出去了。好多天没见这么大的雨了，刚下半小时地上就积了一大摊水。陈木年穿过雨地开始跑，溅起的水像焰火在燃放。

天一阴，办公楼里就安静多了。门卫陪着几个来办事的系科领导站在门前，盯着雨看，他们都没带雨具。陈木年没签字就上了三楼教务处。外间坐着一个科长和一个秘书，科长他认识，姓丁，两年前还是中文系的教务秘书，升了。丁科长说：“陈木年？有事？”

“我找处长。”

丁科长朝里间努努嘴。陈木年径直进去了，鞋子里的水发出青蛙一样的叫声，走过去留下一串湿鞋印。处长在电脑上玩一种叫“连连看”的游戏，正连到如火如荼的境地，细脖子都快伸到了屏幕里。

“等一下，等一下，”处长看都没看他，“快完了，快完了。”然后吐出一口气，“完了。”还剩两对就要连完的时候，时间用光了。处长像只要死的青蛙，两腿一伸，瘫坐在椅子上，“死了。”他看看陈木年，说：“哦，陈木年吧，坐。”他认识陈木年，水门桥事件时他是副处长，扣发毕业证和学位证就是经的他手。

“还是站着吧。”陈木年说。裤腿在往下流水，脚底下汪了一摊，“处长，我想问一下毕业证和学位证什么时候能发？”

处长把腰慢慢直起来，“不好说。这事得找校长，他点头才行。你再等等？”

陈木年说：“那好，我找校长。”转身就走。他实在等不下去了。来到外间，秘书正在用拖把拖他刚留下来的水脚印。

校长室在四楼。几个脑袋凑在一起商量事，陈木年敲敲门，几个脑袋分开了，校长是个胖子，脑袋在中间，所以不存在分开的问题，是别人把他们的脑袋从他周围移开。

校长说："木年？进来。"

陈木年想，真不错，成名人了，谁都认识他。

"找我？"校长说，"来，我们到这边说。"他推开一扇门，把陈木年带到了里面的小会客厅。推门的时候陈木年看见校长的手，他身上唯一清瘦的地方，每一个指甲缝擦得都很干净，散发着药用酒精的味道。他听别人说过，校长有洁癖，当年下乡当知青时，在诊所里当过两年赤脚医生，养成了用酒精消毒的习惯。

校长说："听沈老师说，你最近的状态很不错，文章越写越好了。"

陈木年没接这个茬，径直说："我想问一下毕业证和学位证的事。"

"沈老师知道你过来？"

"不知道。"

"嗯。你要经常跟沈老师沟通一下。"校长说，从茶几底下摸出一个广口瓶，捏了一个酒精棉球擦起了手。"据我所知，我们学校，像沈老师这样器重你的，怕是找不出第二个了。至于你的证件嘛，"校长站起来，把酒精棉球丢进了垃圾桶，"不要太着急。你好好看书、工作，只要没什么大问题，我们会讨论一下，尽快发给你的。"

"学校考察四年了，我有问题吗？"

"有没有问题不是谁一个人说了算。你说了不算，我说了也不算。你先回去，我和其他几个领导再交换一下意见。怎么样？”校长简单地说了几句，就开始送客了。

陈木年空手出了办公楼，雨还在下。他像来时一样冒雨回到了大棚里。许老头看他湿淋淋的样子，顺手摘了个西红柿洗了递给他，“吃点儿东西暖暖，别感冒了。”陈木年把衣服脱下来拧干，又穿上，蹲在地头一口气吃了九个西红柿。吃完了觉得胃里有东西泛上来，一张嘴，九个西红柿变成了糨糊全吐了出来，地上红艳艳的一片，可以给金小异当颜料画油画了。

许老头说：“你刚去哪儿了？”

“问校长要毕业证了。”

“没给？”许老头说，挖了个坑把陈木年吐出的东西埋到了西红柿地里，“找沈镜白，他应该能帮上忙。”

“这是学校的事。”陈木年说。还有半句他没说，他不好意思再去麻烦沈老师了，他知道，沈老师如果能解决早就帮他解决了。

“他老丈人过去是学校校长，学校能给他的面子应该都会给的。”

这渊源陈木年倒头一次听说。“有这事？”

“呵呵，你们都是年轻人，过去的事哪里知道。沈镜白当年还是学校里的第一个正教授，三十二岁吧，这个年龄现在好像也没有人打破。”

陈木年长见识了。他对沈镜白的了解，除了学生中流传的事迹和日常生活里的一些小习惯外，知道的并不比别人多。“许老师，您和沈老师熟吗？”

“过去算认识，现在他见了我，也未必认识了。以前还在一块儿干过活儿，一晃多少年了，远得跟上辈子的事似的。”

“后来呢？”

“后来，一起下来的伙伴们都回去了，我们留下了，办这个大学。”许老头说，“再后来，他就变成教授了。呵呵，我慢慢成了个花匠。”

许老头自我解嘲地笑，然后停下来问陈木年几点了。陈木年说十一点。许老头就说，他得回去给老伴煎药了。剩下的一点活儿，请陈木年多辛苦一下，干完就可以回去了。陈木年说没问题，让许老头下次接着讲那时候的事。外面的雨还在下，许老头脱了老式旧中山装外套披在头上，歪歪扭扭地进了雨地。

剩下的活儿陈木年三下五除二就收拾了，完了坐在砖头上找出一根发潮的烟抽。吸起来费劲。另一只手在地上写秦可的名字。写完了涂，涂完了再写。塑料大棚被雨水压坏了一个口子，雨水流进来，像看准了似的直接灌进了陈木年的脖子里。他一个激灵一哆嗦，立刻找到那天晚上看到秦可身体时的感觉，下身像消失了一样突然空空荡荡。空空荡荡。他吓坏了，好像一点儿感觉都没有，怎么会这样。

27

因为焦虑，金小异的头发更卷了，一梳子下去，怎么拉也拉不到头。喝酒抽烟都治不了，整夜整夜地失眠。“完了，”他对陈木年说，“是不是当画家的命到头了？”他的画多少天都停留在一个地方，总是找不到下一笔该用什么颜色。陈木年劝他想开点，别老跟梵高较劲，梵高这样的妖怪，古往今来又能有几个。金小异不答应，要比就跟大师比，不能把自己降低到一个画年画的标准。陈木年开玩笑，建议他找个女人刺激一下，都说艺术家喜欢在女人的肚皮上从事创作。金小异说他不行。昨天刚有个慕名过来的女崇拜者找他，他还是提不起兴致。看到一块肉自告奋勇地爬到他的床上，他就万念俱灰，世界观都想改变了。

陈木年内心里充满了惶恐和忧伤。他想到了关键时候自己空空荡荡的下身。

金小异突然兴奋起来，到书架旁去找书。打开一本开始翻，纸页哗哗地响，“找到了！”他把一段文字指给陈木年看：

> 我们在一个盒子里放些钱，以备解决生理问题的夜游之用，买烟草等不时之需，及房租费用。

这是高更的《野蛮人的故事》里的一段话。陈木年明白金小异的意思了，他首先要证明梵高也找过小姐，“解决生理问题的夜游”，显而易见，这事两位大师都干过。其实这根本不需要证明，他早知道梵高嫖过妓，梵高在最困顿的时候非常需要女人的抚慰。

“原来我的问题出在这里！懂了，懂了！”接着金小异拍了一下陈木年的肩膀，“兄弟，我们现在就走。”

这吓了陈木年一跳。金小异说这件事，像说“我们吃去”一样坦然。陈木年想这玩笑开大了，赶紧打住：“你省省吧，听说最近严打。”

“严打多好啊，严打才刺激。”

跟他说不清楚了。陈木年扯个幌子要回去。金小异说：“别装。”

陈木年说：“老金，别太狠，你就不能让我装一次吗？”

“一次都不行。要么跟我去，要么你滚蛋。”

陈木年把自己送到老虎背上了，脑袋转大了也想不出好办法，突然想到钱包没带，就说，下次吧，一分钱没有。金小异啪地把两张老人头拍到他手上，他请客。现在就走。他把这件事当成了救命恩人。陈木年多少有点儿理解金小异，他不仅是焦虑的问题，而是恐惧，见到画笔都开始害怕了。金小异在系里也有个画室，每天都要在门口徘徊很多趟才硬着头皮进去。什么样的契机对他来说都是救命稻草。

出了学校门，他们在等出租车。金小异对陈木年说：“你不知道，一看到那半幅画，我立马明白活着为什么比死掉难了。我上吊的心都有了。”

陈木年想，算了，陪他一回吧，就当放哨站岗了。

车子贴着运河南岸走，在石码头前停下了。司机暧昧地说，到了。

他们俩下了车，顺着石阶往前走，拐了一个弯，面前是一条黑咕隆咚的幽深巷子，现在是晚上十点，花街一片寂静，正经的人家很多都睡了，没睡的也是一声不吭。灯光很少。沿街的门楼底下隔一段距离就挂着一盏小红灯笼，表明院子里有个做生意的女人。三五错落，不仅没让石板街亮堂起来，反而更显得花街幽暗、香艳、诡秘。陈木年和金小异都来过花街，都是在白天。陈木年是因为好奇，和几个同学一起来瞻仰游玩的；金小异则是来写生的，他喜欢花街上的老建筑，有一幅题为《花街》的油画还获了个什么奖。因为是白天，他们都没看见灯笼。只有天黑了灯笼才会升起来，夜晚的花街才是名副其实的花街。

“美，真美！”金小异站在巷子口摇头晃脑地赞叹。

进了巷子，石板路上反射出清幽幽的蓝光，陈木年下脚相当谨慎，还是深一脚浅一脚的，两条腿不一样长似的。有几个男人竖起领子在巷子里转来转去，头低得看不见脸。金小异对女人不陌生，但花钱嫖还是头一次，对花街上的规矩也不懂。陈木年也不懂，只听人说过，把小灯笼摘下来，拎着敲门就可以了。金小异不放心，建议先跟别人学学，两个人就学着其他男人，把领子竖起来，远远地看。一个身材高大的男人和陈木年擦肩而过，脚很快，来到一座门楼下，摘了灯笼就敲门。时间不长，门开了，男人和灯笼进去。陈木年说得没错。

“该你了。”陈木年说。

“你先来。”

“还是你先来。梵高可从不推辞的。”

“好。”金小异说，梵高都不推辞，他也不能。他提了一下裤子给自己壮胆。“灯笼怎么摘？噢，看过了。看过了。”

他知道自己躲不过去了，开始数数，说好了摘下从现在开始见到的第六个灯笼。“六”吉利。第六个灯笼和第五个、第七个没有区别。金小异深呼吸，说，我摘了？陈木年挥挥手，摘。金小异问他要了根烟点上，摘下了灯笼，里面的小烛火摇曳生姿。金小异看一眼陈木年，诀别似的，敲响了门。门开的时候，陈木年闪到一边，金小异回头找他，被里面的一只手拽了进去。

陈木年想是不是现在就去石码头，约好了谁先完事谁就在石码头上等。金小异说，就几毫升的事，快得很，关键是刺激出灵感。陈木年开始往石码头上走，一摸口袋，最后一根烟被金小异抽了，他决定先找个地方买包烟。

陈木年在花街上走，快走到头时看到一家杂货铺还开着，就站在柜台前找烟。杂货不少，性生活保健用品更多。陈木年猜后者的生意应该比前者好。买了烟点上一根，他就走到花街尽头了，拦着是一条宽阔的水泥大马路，往东走是东大街，往西走是西大街，这些地方他熟。马路上车辆有点儿多，乱糟糟的，陈木年拐回头继续在石板路上走。

灯笼好像还是那么多，只是有的被摘了，有的重新挂出来。他看到几个男人懒洋洋地从小门楼里出来，舒服得像狗一样直哼哼。陈木年漫不经心地走，忽然看见在右边的一个门楼下同时挂着两盏灯笼。实在太招眼了。之前一定没有，或者只有一个。他对两盏灯笼有了兴趣，就走上去看。一盏新的，一盏旧的；新的鲜艳，旧的泛白。一个院子里有两个女人？他没听说过。不管什么生意都是有竞争的。如果只从灯笼看，旧的一定吃亏。陈木年摘下了旧灯笼，看了半天，重新挂上去的时候停住了，用右手中指的关节叩响了门。

很快从里面走出来一个女人，在朦胧的灯光底下，她的身体看不出苗条，她没说话，接过灯笼就咳嗽了一声，陈木年就听出了她的年龄应该不小了。他跟着她走，心跳得像打鼓。院子不大，除了靠南墙有间厢房，正房只有两间，两间的灯都亮着，窗帘都是红的。青砖的庭中路，陈木年走得漫长。女人带着他上了台阶，他以为进正对着的房间，女人停了一下，又带他继续往前走，去了隔壁一间，掀开门帘，说："来客人了。"

一个年轻的女孩走出来，看了一眼灯笼，说："旧的。"

女人说："我眼又没瞎。带进去。"

女孩咕哝一声，就把陈木年请进去了。接着门被那个老女人关上了。

女孩二十出头，脸上化了浓妆，还不算让人讨厌。她对陈木年笑得很勉强，说：“大哥，工作忙吗？”陈木年不知道哪儿对哪儿了，就说还行。女孩倒了一杯水给他：“大哥在哪里发财？”问得也生硬。陈木年索性放松了：“清洁工，扫马路的。”女孩就说：“清洁工好啊，应该比较辛苦吧。”陈木年想，算了，你还是别说了，逻辑都对不上了。“还行。先给大哥按个摩吧。”女孩凑上来。她的口音有点儿怪，不是本地的。身材不错，长相一般。她的胸部蹭到了陈木年的肩膀。陈木年打了个寒战，鸡皮疙瘩立马跳出来了，身体往一边撤了撤。“大哥是第一次来吧？”陈木年“嗯”一下。“一回生，二回熟，常来几次就好了。”陈木年觉得她像在拙劣地背书，每说一句都挺费劲。“别动，大哥，按几下你就放松了。”陈木年受不了她喋喋不休地叫“大哥”，就说：“能不叫我‘大哥’吗？”

“那大哥你贵姓？”

“秦。”

“噢，秦先生。”

她抓着陈木年的手，把他拉到床上。陈木年又是一阵鸡皮疙瘩。除了秦可，他还没有碰过别的女孩的手。他想起秦可，闭上眼，趴在床上随女孩又捶又捏。后来，他感觉到女孩停下了。又过一会儿，女孩说：“秦先生。”

陈木年扭头一看，女孩已经把衣服脱了。陈木年想起了秦可，条件反射似的爬起来，往床角上挪。

“大哥，对不起，秦先生，你怎么了？”

陈木年说：“没什么。没什么。”

"你觉得我长得不好看？"

"好看。很好看。"

女孩笑了："秦先生，衣服脱下来给我好吗？"伸手去拿他的挡箭牌。陈木年一下就捂结实了。"不行，不行。"他说。

"你是说，你不行？"

陈木年又一次意识到空荡荡的下身。"不行。"他无地自容地说。

"没事儿，我帮你。来。对，放松点儿。"陈木年没有想到，在女孩的引导下，他竟又找回了身为男人的能力。那女孩很投入，在他奋力拼搏的时候，她几乎是喊着说："你行。你行。你行。"

"我行。"陈木年结束后停下来，躺在一边喘气，女孩在他怀里。他抚着她的头不让她抬起来，以免看到他的眼泪。"我行。"他说，用另一只手擦了擦眼角。他对这个女孩充满了感激。然后有点儿后悔，他应该把她想象成新娘子的。

他们聊起来，像真正的小夫妻一样充满了家常和信任。女孩说，他应该是归她妈的，因为陈木年摘的是旧灯笼。那个女人是她妈，亲妈。她们从运河上游的地方来。她们娘儿俩一起接待客人。她妈挣的钱主要用来交付房租和平时的开支，她挣的都得存着，一分都不能动，等赚得足够了，她们就回老家去，盖一座新房子，她妈种地，做点儿小生意，她去嫁人。陈木年是她的第三个客人。她妈之所以把陈木年领到她这里，是因为陈木年年轻，她妈不想早早就坏了她的胃口。另外的原因是，她妈说了，年轻人一般都爽快，不会在钱上抠门，她不想让女儿拿着好身子换个低价钱。做生意就得讲做生意的话。

"你是不是觉得我们这样很不好？"女孩问。

陈木年明白她的意思。这女孩实际年龄可能比看起来还要小，说话的时候还像个孩子。他说："没有。你们很好。真的很好。"

女孩很高兴，把耳朵贴在他的胸前，说："以后来的客人都像你这样的就好了。"

陈木年觉得他该走了，再待下去他会恨死自己。

"你要走？不能再留一会儿吗？"女孩坐在他面前挡着不让他下床，"到了下半夜我就不用接待客人了，我怕那些喝多了酒的男人。"

"真得走了。"陈木年不敢看她，绕到床的另一边下去，开始穿衣服，恨不得立刻就从这里消失掉。

"那你下次再来啊！"女孩说，"我妈说一百块，你就给八十块吧。以后你再来。"

陈木年支吾了一声，心想，永远也不会再来了。他掏出钱，除了那包烟花掉的，金小异给他的两百块钱剩下的全放在女孩的梳妆台上。女孩说多了多了，用不了。陈木年说，拿着，今晚灯笼就别再挂了。

"谢谢你啊！过会儿我跟我妈说。下次你来就不用给钱了。"

陈木年走出门，又回过头，对女孩说："我不是清洁工，我是个临时工。我叫陈木年。"没等女孩回答就出了院子。他向石码头方向跑。街两边的灯笼变少了。

远远就看见水里站着个人影，从身形上看，像金小异。陈木年站在石码头上喊老金老金。黑影动起来，向他摆摆手。果然是他。陈木年下到水边，看到金小异下半身淹没在水里。

"老金，老金，你在干什么？"

"兄弟，我完了！我完了，兄弟！"金小异都变成哭腔了。

说完了，一屁股坐下去，河水立刻淹没了头。

陈木年吓坏了，穿着鞋子就跳下去。半夜的水凉得入骨，他以为金小异要寻短见，谁知道刚赶到他沉下去的地方，他又把脑袋露出来了。陈木年抓住他就往岸上拖。“有事也不能在水里说啊，”陈木年说，“赶快上去！”

两个人湿漉漉地上了岸，夜风一吹哆嗦成一团。

陈木年拧着裤子上的水说：“怎么了你？奔四十岁的人了还玩跳河？”

“完了。完了。”

“什么完了？”

“我不行了。一点儿都不行了。我不是个男人了。”

“我以为多大的事。”陈木年说，开始心无挂碍地宽慰他。“不就是不行了嘛，不行就不行。不行的男人满大街都是。”

“你不懂。”

金小异也不拧干身上的衣服，又坐到了地上。他在花街没有找到一点儿灵感和成就感，反而把所有的尊严都丢掉了。那女人怎么帮他他都不行，最后连他自己都不愿再试了。他从没遇到过这样的情况。过去，无论什么样的女人爬到他床上，即使他不喜欢，顶多不看对方，要是碰上喜欢的就更风光了。当年他春风得意的时候，曾向朋友们夸口，他金某人床上功夫第一，酒量第二，油画第三。但是今天晚上，他发现，作为男人他形同虚设。

陈木年好说歹说总算让他把衣服拧干，往回走他又不乐意了。陈木年又开始杜撰，说你知道吗，梵高当年有一大半的时间都是不行的。这种焦虑一直刺激着他，也成为他的创作动力和灵感来源的一部分，你为什么就不能向梵高同志学习呢？

金小异说："真有这事？"

"当然，"陈木年说，"这下我们可以打车回去了吧？"

28

第二天金小异感冒了，高烧，一大早就给陈木年打电话，说不行了不行了，烧得不知楼上楼下了，只好打电话。陈木年上去一看，金小异两腮变胖了，烧得像猴屁股一样红，额头烫得可以摊一张鸡蛋饼。金小异断断续续地说话，说着说着眼珠子就不动了。看来真不行了。陈木年敲了许老头的门，让他跟老周请个假，迟一会儿到，他先送金小异去校医院。

金小异个头不大，背起来却挺沉。陈木年担心他一个人忙不过来，就找了魏鸣和"小日本"一起过去。路上简单说了一下金小异昨晚在运河里的壮举。

魏鸣说："你们都玩到花街去了，牛！"

"小日本"更是羡慕："去了也不招呼一声。"

魏鸣说："想去？"

"小日本"说："你有老婆了当然不想。""小日本"前段时间看的女孩又吹了，他这两年一直不明白，为什么那些女人跟约好了似的，都不给他第三次约会的机会。

魏鸣说："你以为不想？看得太严，我都这么老实了还整天吵架。老陈，说说，感觉怎么样？"

陈木年背着金小异，累得哼哧哼哧的，说："没有，我们就去转了一圈。"

魏鸣说："切，去都去了，还不敢说。"

这时候，他们已经到了校医院。金小异趴在陈木年的背上一动不动，但一路上嘴都没停。一会儿天文，一会儿地理，法国、荷兰的什么都说。值班的内科主任白医生有点儿幽默感，见了金小异咕哝咕哝不停，就问陈木年："他在忙什么？"

陈木年说："烧糊涂了。"

医生检查完了，确定是感冒高烧，开了方子给金小异挂水。有护士守着，陈木年他们就可以离开了。陈木年跟金小异说，中午下了班再来看他，金小异呜噜呜噜直点头。出了医院，"小日本"还盯着问花街上的事，陈木年心烦意乱地说，哪有什么花事，就在石板路上转了一圈，抽几根烟，把金小异从水里捞上来，就回学校了。

魏鸣说："别理'小日本'。"

陈木年到校门口吃了两个水煎包子，喝了一碗辣汤，直接去了花房。中午下了班，从食堂买了两个人的饭拎到校医院。护士见到他，像见到了救星，说："你可算来了。"她说金老师的烧倒是退了，可还是照样说胡话，而且还会动手动脚，趁打针的时候竟然抓住她的手，叫着什么"吸烟，吸烟，我真的爱你"，"吸烟"她没弄懂，但是"我真的爱你"是听清楚了。她窘迫坏了，因为当时病房里还有好几个病人在挂水，他们都笑。金小异很严肃地说："你们笑什么？我是认真的。"护士说："金老师是不是头脑烧坏了。"陈木年也不明白金小异在说什么，就问："医生怎么说？"

"再观察一下，不行就转院。白主任现在好像也没什么头绪。"

陈木年进了简易的病房。金小异半躺在床上，看见陈木年就说："兄弟，你总算来了，我没事了。挂完这瓶我们就回去。"

"不急，医生说再观察一下，以免病情反复。"陈木年安慰了他一阵，两人边吃边聊。金小异一直说他的画，说想起来接下来该怎么画了，找到灵感了。搬到一个新地方总能发现自己的才华。然后开始十分专业地讲述他对那幅油画的构想。陈木年听不懂，就跟着附和，觉得金小异挺正常的。

吃过饭，点滴也打完了。白主任说可以回去了，下午三点钟再过来。金小异答应了。什么事都没有。

下午陈木年上班，没有陪金小异去校医院。大约下午五点，金小异到了花房。陈木年问去过校医院没有。金小异说去过了，又挂了一瓶，那医生真可恶，竟然让他转院，不让他回去，他自己拔了针头偷跑出来的。他的感冒显然没治愈，鼻子还塞着，说话瓮声瓮气的，一不留神清水鼻涕就流下来。陈木年要带他去校医院，他不干，坚持要回家。那会儿陈木年也快下班了，就和老周招呼一声，跟金小异一起回去了。走到校医院那儿，陈木年让金小异等一下，他去问问白主任。他总觉得金小异有点儿不对劲儿。

白主任见到他，说正要找他，那金老师正打着吊针，人没了。

"拔了针跑了。在外面呢。说你要他转院。"

"他是不是受到过什么刺激？"白主任说，"老有一些莫名其妙的举动。给他诊断完，我要离开，他突然拉着不让我走，语无伦次地说：'高更，亲爱的高更，你不能走，别丢下我一个人，我已经把房子都漆成黄色了。'高更我记得是一个画家吧？"

"是。"

"我觉得他有点儿问题，就建议他转到市第二人民医院去全面检查一下，他死活不愿意，说他哪里都不去，他要回他的阿什么小屋。”

“阿尔勒小屋。”

“对，就是这阿尔勒小屋。你知道？这小屋在哪儿？”

“在法国。”

“法国？”白主任说，眼都大了。在这个小学校，出一趟国跟中头彩一样不容易。找不到机会。“他要去法国？”

“他病得不轻。”陈木年说，“我得去找他。”转身就往外跑。

到了外面，他看到金小异正站在一棵法国梧桐树下专心地擤鼻涕，擤完了找不到纸巾，顺手用袖口擦了擦。“医生怎么说？”金小异问，看起来和喝酒时一样正常。

“医生说，你的病还没治好，还得继续挂水，最好能到大医院全面地检查一下。”

“那医生，明摆着想赶我走！”

“要不，现在我就陪你去二院？”

“明天再说吧，”金小异说，“我有点儿累，先回去歇会儿。”

陈木年不敢太强迫，只好随他。他把金小异送上楼，关照他按时吃药，然后忧心忡忡地下来了。他担心金小异出事。回到宿舍，刚坐下来，无意中看到书架上梵高的传记，就随手翻起来，看到了“西嫣”两个字。这是梵高的女人，原名克拉齐娜·玛丽亚·胡妮克，外号西嫣。梵高叫她克里斯蒂娜。护士说的“吸烟”，应该就是这个麻脸而且酗酒的妓女。梵高曾以拯救她为己任。陈木年觉得问题严重了，金小异已经让梵高附体了。他想不出该怎么办。

因为要向沈老师交一份读书报告，陈木年晚饭在食堂随便吃了两个馒头，回来就在书架上重新浏览看过的书，做好标记以备写报告时引用。标好了，开始在一张白纸上随便乱写。这是他构思文章的习惯动作，没有纸和笔他的思路就没有着落。一张纸横七竖八地画满了，天也黑透了。‘小日本’在自己房间里唱着哀伤的歌，魏鸣则在和老婆吵架。他们吵架的频率越来越高，钟小铃的声音也越来越大。陈木年听见钟小铃说：“看不上我就直说，我还没到非要赖着你不可的地步！”

陈木年不想听他们吵，把阳台上的窗户也关了。这时候听到有人在楼道里大声喊：“不好了，不好了，金老师自杀了！金老师自杀了！”接着就有人敲他们的门。陈木年心头一颤，拉开门就往外跑，“小日本”和魏鸣也从房间里出来。

“怎么回事？”他们问。

“老金出事了。”

楼道里那个声音还在喊，是个女声。她正往楼下跑，要继续敲别人的门。她是金小异班上的班长，来找班主任汇报班级里的事。敲了半天门都没人应，门却是虚掩着的，灯光从客厅里露出来。她就试着推开了门，往客厅一看，吓得差点儿背过去。金小异背对着门，坐在镜子前的椅子上，歪着头，从脖子处开始往下流血，地上已经汪了一摊，脖子那儿还在往下滴。镜子里的金小异从右耳朵往下就鲜血淋漓，镜子里的神情有种怪异的痴呆。他的右手垂在椅子边上，手里拿着一把水果刀。那女生反应过来就叫起来，往楼下跑，一边喊一边敲别人的门。她哪里见过这场面，声音都变调了。

陈木年叫住她，让她冷静点儿，这时候魏鸣和“小日本”都出来了，等他们看过怎么回事再想办法。女生胆怯地回来，抓住楼梯不敢跟上去。许老头开了门，问出了什么事，陈木年说等一下，他们先上去看看。他们三个人上去了，看见金小异血淋淋地歪在椅子上。

三个人也被镇住了，站在门口不敢动。陈木年说：“老金，老金！你怎么了？”

他们看见老金动起来了，动得像个机器人一样很不连贯。老金转过血淋淋的脑袋，说：“提奥，亲爱的兄弟，你来啦。我把耳朵割掉了。”

他把陈木年当成提奥了。提奥是梵高的弟弟，一直支持梵高的绘画，直到梵高三十七岁时死掉。金小异完全把自己当成梵高了。金小异还没死，只是失血过多，比较虚弱。陈木年对“小日本”说，快，赶快打“120”，叫救护车。

“小日本”跑下楼的时候，魏鸣说：“八成疯了。”

陈木年找了件干净的衣服捂住金小异的伤口，他真把自己的右耳朵割掉了大半边。割下来的那段耳朵还在血泊里艰难地抖动。陈木年和魏鸣把他架起来，他一点儿反抗的能力都没有，力气都被血流光了，只是嘴里嘀咕着：“耳朵。提奥。高更。我的油画。”他们把他往楼下背，许老头跟在后面说：“等等，先上点儿云南白药。”他从家里找出了一瓶云南白药。那个女生此刻瘫在楼梯口，她已经站不起来了。

救护车很快就呼啸着到了，陈木年和魏鸣跟着上了车。救护车穿过家属区，很多人从窗口探出脑袋看，不知道到底发生了什么事。陈木年和魏鸣在医院守了一夜，第二天回学校时，医院已经决定把金小异转到精神病院了。

路上魏鸣问陈木年：“梵高割的也是右耳朵？”

陈木年说："梵高割的是左耳朵。"

"老金辛苦了半天还割错了？"

"没割错，"陈木年说，"他是照着镜子割的。到了镜子里的梵高，就是左耳朵了。"

魏鸣笑起来，说："当个疯子也这么不容易。"

29

陪着金小异折腾了一夜，陈木年早上回来困得要死，没吃早饭就睡了。幸亏是周六，不用上班。梦里他仿佛感到了饥饿。上午十点钟左右，他被老秦叫醒了。老秦来到他宿舍，看他睡眼惺忪的样子，犹豫一下说，算了，没什么事，你继续睡。陈木年倒清醒了。一定有事。

"说吧秦叔叔，我睡得差不多了。"

老秦说："小可，她把自己关在屋里不出来。"

"怎么回事？"

"我也不清楚。昨晚她听到救护车响，担心是你，就跑过来看，回去以后就不对劲儿了。除了去了两趟厕所，从昨晚到现在都没出来。不说话，叫也不开门，饭也不吃。要不你去看看？"

陈木年答应了，跟老秦去了他家。秦可的房门从里面插着，敲了半天也不开。老秦说："小可，开门哪，木年过来看你了。"

秦可在里面说："我不要见他！让他走，有多远走多远！"

陈木年尴尬地看看老秦，不知道哪里又得罪了她。

"小可，别这样。木年刚从医院回来，还没睡个囫囵觉就过来了，你开开门吧。”老秦说完，给陈木年递了个眼色。陈木年就说：“小可，开开门，我木年啊！”

“陈木年，我不想见你！你给我滚！”

陈木年的汗都下来了：“小可。小可。”

“滚！有多远滚多远！”

陈木年没办法了，看看老秦。老秦也没办法，一屁股坐到沙发床上。他指指一把椅子让陈木年坐。陈木年垂头丧气地坐下，彻底不困了。他掏出烟，给老秦点上一根，自己也抽起来。老秦说：“你们到底怎么回事？”

陈木年茫然地看着窗外，从这个位置可以看到他五楼的阳台，魏鸣的红内裤在阳台的风里摇摇荡荡。他曾戏称，那是欲望的旗帜。还有钟小铃的内衣，乳罩的两根带子飘飘扬扬。他也不知道怎么回事。

两个男人静默着抽烟，都想不起来该说什么。陈木年觉得，他们的关系在发生着某种难以言明的变化，这静默要么是一种确认，要么是一种质疑和否定。这时候，门却开了，就一条缝。秦可在里面说：“你进来，我有话跟你说！”

陈木年一下子没回过神，老秦在他膝盖上拍了一把，陈木年一抖，烟头掉到了左手背上，疼得又一抖，跳起来。他小心地走进屋里，刚闻到一股温润的暖香味，门砰的一声在身后关上了，接着销上了。“小可。”他说。

秦可直直地看着他，不说话。头发乱蓬蓬的，一看就是没梳洗过，脸上的泪痕一道道发亮，眼睛是红的，眼泡是肿的，一夜没睡似的。还穿着睡衣，左肩膀的衣服比右肩上的高。她就这么直勾勾地看着他，看得陈木年心里乱糟糟的，往后退的时候脚后跟碰到了椅子，顺势坐下来，才觉得稍微安全了点儿。

“小可。”陈木年又说，声音低得自己勉强才能听见。

秦可看了他不下五分钟，然后才开口。她说：“你干什么了？”

陈木年松了一口气，说：“送金老师去医院了。还有魏鸣。”

“我说的是前天晚上。”

“前天？”陈木年听见心里的某根骨头咯噔断了，腰不由自主地弯了下来，又迅速地挺直了。“和老金在外面转了一圈。”

“到哪儿转了？”

“新亚广场。水门桥。还有运河，我们还在石码头那儿坐了很长时间。老金就是在那里跳下水的。”陈木年心想老金啊，对不住了，我只能胡乱编派了。

“就这些？”秦可的声音开始变调了。就像她唱歌时偶尔会用假嗓子，一用他就听不出来是谁。

“就这些。”

“好，陈木年，”秦可眼泪哗啦就出来了，松松垮垮的睡衣和蓬乱的头发一起抖起来，“你还骗我！到现在了你还骗我！你以为我不知道，你去了花街，你去找，找了那个了！”

完了。陈木年觉得哪个地方突然响起了尖锐的铃声，就像每天早上扎进神经里的闹铃。陈木年瞠目结舌，头脑里一片空白。

“果然是真的！陈木年。陈木年。”秦可悲伤得也不会说话了，她哭得弯下了腰，抱着肚子蹲在地上。老秦在外面敲了两下门，又停住了。陈木年发完呆，伸手过去扶秦可，被秦可一巴掌扇到一边，手背上很快出现四个红指印。陈木年说：“小可，别哭，不哭好不好？”又伸手想扶她站起来，秦可把胳膊往后一躲：“别碰我！脏了我的胳膊！”

陈木年把手缩回来，腰更弯了，往后退到椅子边，坐下的时候碰倒了椅子，坐到了地上。陈木年坐在地上说：“小可，我是，是，我不知道该怎么跟你说。”

“都这样了，还有什么好说的？那天晚上，我都送上门了，我都不要脸了，你动都不动就跑了，现在却往那种地方跑。在你眼里，我连个妓女都不如是不是？我还没有一个妓女干净是不是？”

“不是，小可。你不明白——”

“我明白，我早该明白了。其实你是嫌弃我，看不起我，我被人睡过了，是不是？你是觉得我配不上你了。好，陈木年，从今天开始，我要是再去找你一次，我就是个贱货！你走吧，现在你就给我走！这辈子我都不想再看到你！”

秦可愤怒起来简直变了一个人，像头歇斯底里的母兽。她被愤怒累坏了，说完了就坐到地上喘粗气。

“小可，没有，我没有看不起你。我真的没有！”

“好了，陈木年，我不想被人可怜。你走吧，就当我们从来就没认识过。你走！”

陈木年说：“我不走。”

“你不走？好，我走！”

秦可手撑着地爬起来，转身就要往外走，陈木年本能地去拦她，他拉秦可的衣服却抓住了她的长发。秦可停下了，转身瞪大眼睛看他，陈木年的手僵在那里，不知道是撒手好还是继续抓着。他们相持了几秒钟，秦可突然从桌上拿起一把剪刀，咔嚓，从中间剪断了头发，陈木年手里剩下了一把断发。陈木年愣了，手里的头发落下去，开始掉落的速度很快，分散开了以后就慢了，一根根一绺绺飘飘悠悠地坠落到地板上。

陈木年说:“我走。”

拉开门，老秦站在门口。看到陈木年，老秦转身过去，重新坐回沙发上。“我都听见了。”老秦说，声音低沉，“你坐。”

陈木年说:“秦叔叔。”

“我也不想说你什么，年轻人谁没有犯过错。你和小可，我是一天天看着你们俩长大的。算了，我不说了。不说了。”

“我没有，看不起小可。”陈木年说，“从来都没有。”

“那就好。”

“说真话，秦叔叔，我现在这样子，有资格看不起别人吗?我倒一直担心秦可看不上我。”

“你们这些孩子。”老秦说了半截子就打住了，不再吭声。

两个男人继续沉默着对坐，各自低着头抽烟，一根接一根。一盒烟抽完了，老秦从抽屉里又找出一盒，继续抽，还是不说话。一起等着秦可出来。老式挂钟敲了十二下，秦可的门开了，从里面走出一个穿女式睡衣留寸头的清秀小伙子，两个男人吃了一惊，细看才发现是秦可。她把长发剪了。

当时秦可把头发剪断一半，是出于气愤。剪掉了，陈木年出去了，她一个人坐到梳妆镜前难过。气是慢慢小了，委屈却越来越大了。怎么能不委屈呢，一个温柔漂亮的女孩子，背后追的男生可以编一个加强排了，都不正眼瞧一个，一心一意喜欢你，甚至愿意把身体都给你，你倒好，送上门的不要，反而花钱去嫖那些不三不四的女人，让人家怎么想。难道真的连一个妓女都不如?她可是真心喜欢你。这到底是怎么回事。

秦可委屈过了又气愤，恨自己恨得牙根痒痒，甚至觉得自己犯贱。一气，又开始剪头发，就像过去心情不好喜欢去理发店摆弄头发一样。越剪越气，越气越剪，头发越来越短。等到已经短得跟男孩子一样时，秦可看着镜子里的模样泪流满面，地上落了一圈黑头发。她保养了多少年的成果就这么没了。多少年。她一想到漫长的岁月就心生苍凉。从很小的时候起就喜欢的人，就这样对她，你说还有什么意思。由苍凉逐渐感到了荒凉，秦可一点儿一点儿地剪掉自己的头发，风从窗外吹进来，她感受到了头皮上的凉意，镜子里的长发女孩儿已经变成了寸头的小伙子。

现在，她出来了。陈木年站起来，瞠目结舌说不出话来。秦可的这副形象实在是他做梦也想象不到的。“小可。”他说。秦可没理他，进了卫生间，砰地关上门。

陈木年觉得他该走了。老秦也站起来，陈木年让他留步，给秦可弄点儿吃的吧，她已经很长时间没吃东西了。临走的时候他终于鼓足勇气，他对老秦说：“我只是想看看自己到底是不是真的不行。”

说完就出了门。回宿舍的路上他低着头，一直在想秦可是怎么知道他去了花街的。这事只有他、金小异、魏鸣和“小日本”四个人知道。他和金小异不可能说，魏鸣昨天一夜都和他在医院里，只有“小日本”了。他平白无故大这个嘴巴干什么？陈木年想不通就到了宿舍。魏鸣还没起，钟小铃在给他做饭。他直接敲响了“小日本”的门。“小日本”开了门，又坐回电脑前，说：“我以为谁呢，有事？”

“昨晚你跟秦可说什么了？”

“没说什么呀。”

“她怎么知道我去了花街？”

“我不是故意的。她听到救护车的声音，担心你出事，就跑过来。听说是老金去抢救，就问原因。我就说了，先是在石码头的水里感冒，才逐步发现精神不正常，然后割了耳朵。她就问怎么跑石码头去了，我就说了。我也是实话实说，不是故意的。”

“你说我们去花街找女人了？你不是故意的，你是有意的。”

“什么意思？”

“什么意思你比我清楚。现在你总算报那个什么李玟的一箭之仇了。”

“那件事不怪你吗？要不是你，我们可能早就上床了！”

“我既没有勾搭她，也没有被勾搭上，关我屁事？”

“那你有胆量去花街，为什么没胆量在她面前承认？”

陈木年被堵住了。这对他来说是个二难推理。他急速地喘了几口气，愤怒地带上门，出了“小日本”的房间。

到了晚上，“小日本”可能觉得自己做得有点儿过了，就主动来到陈木年的房间。说他刚弄到一部超刺激的毛片，问陈木年有没有兴趣。陈木年说没有，忙着呢。“小日本”嘿嘿地笑了两声，说，那你忙，我去问问魏鸣。

30

许老头最近有点儿不一样，他不再跟陈木年一起到外面吃水煎包子和辣汤了，都是买了带回家吃。他还开始爱说话了，有时候半天都停不下来嘴。陈木年开始还没觉得，几天以后，因为他们说话中一个巨大的空当儿，谁也不吭声，陈木年有点儿不适应，才发现许老头竟然一个上午都在说。他已经这样好多天了。

他讲的是年轻时的事，关于周围朋友的、以前待过的村子里的，从不说自己。陈木年对这些老古董有兴趣，一听就进去，下了班还惦记着下回分解。他并不追问为什么许老头自己总是置身事外，偶尔问一下，当时您在干吗？许老头就支吾过去，在喂牛呢，在割草呢，或者在井边打水、睡大觉呢。陈木年也就放了他，继续听故事。他感兴趣的是那个莫名其妙的年代，而不是热衷于打探许老头的个人隐私。照许老头讲的，那真是弯腰就能捡到好故事的年代，掏掏口袋指缝里就能撒出一把来。

许老头他们刚来，就住在北郊的一个叫棉花庄的村子。那时候棉花庄正儿八经是村庄，周围一大片野地，爬到屋顶上才能看见小城里的楼房。现在不行了，城市虽然小，蔓延繁殖的速度也惊人，现在的棉花庄已经成了小城最大的居民小区，六层楼的房子一栋挨着一栋，只在花园里能找到青草。陈木年去现在的北郊就要经过棉花庄，它已经是城里了，有几个同事还在那里买了房子。

“那时候都是土房子。”许老头说，“我们背着铺盖卷到了棉花庄，看到屋顶上青草茂盛，一间屋上的草能吃饱一头牛。觉得到了世外桃源。”

一伙来了十五个，大队部里没睡觉的地方，支书就把他们分散了安排到老乡家里。棉花庄不大，八十多户人家，都穷得叮当响，这家留一个，那家留两个，最多的一家留三个，因为这家有一间很大的空房子，原来是做磨坊的，后来磨坊被当成“尾巴”割掉了，就一直空着，装三个小伙子绰绰有余。收留一个两个的人家，顺便就解决了他们的吃饭问题，大队里给房主补贴粮食，他们挣的工分折算成实物也给寄居的房主家。那三个住一块的，人多，就自己做饭，除了交一点儿给房主，挣多少吃多少。许老头绕了半天，说的最多的就是这三个。一个叫“四眼”，一个叫“老开”，一个叫“专家”。都是外号。十五个人都有外号。

陈木年自作主张，问许老头：“您是四眼、老开还是专家？”

许老头说：“都不是，我一个人住。和他们是邻居，大大小小的事基本都知道。我和老开玩得好，经常去他们屋。”

当年许老头是个忠实的旁观者。

他说村支书喜欢站在高处说话，喊一声上工了也要爬到屋顶上，所以就大队部的屋顶不长草。四眼、老开和专家睡眼惺忪地推开门，一边伸着袖子一边往田野里跑，跑到半路才想起来镰刀没带，锄头没带，又跑回来拿，两趟下来才彻底睁开眼。他们看起来忙得不行，十五个人都忙得不行，但真正能干活儿的不到一半，都是城里人，来棉花庄之后才看出水稻和韭菜的区别。操起镰刀也别扭，怎么看都像要自残，锄头看准了往自己脚上刨。支书怕了，说这帮小伢子没的用，白长了一米七八的大个子，跟肥料追多了的麦苗似的，只顾长空秧子了。他跟村里的几个领导商量了一下，决定让他们干点儿非技术性的活儿，割草、放牛、喂马、搬口袋、拉车运粪之类的。四眼他们三个被任命为马倌儿，他们哪里干得了，夜里起不来，一觉醒来天就亮了，一个月下来马掉了膘，屁股上松垮垮的瘦得皮包骨头。支书只好换人，让他们三个喂牛。牛皮实，草跟得上就行。

他们的任务就是割草、放牛、拌料、打扫牛圈。许老头说，他看见他们整天跟牛在一起。他要跟老乡们一起干活儿，所以很羡慕他们。去野地里放牛就骑在牛身上，怀里抱着两个化肥袋子，回来时袋子里割满了青草，牛驮着，他们跟在屁股后头走，一路吹口哨，很惬意。放牛的空闲时间多，他们就到瓜地里偷瓜，到桑树林里偷桑葚，也会从地里挖红薯烤着吃，甚至还烤过老乡家的一条狗。他们下了一个套子，拴住狗，每人轮着上去给一棍子，把狗打死了，老开负责剥皮清洗，四眼和专家挖坑点火，吃不完塞在青草袋子里带回家，半夜里爬起来偷偷地吃。狗皮胡乱埋在地下，第二年老乡整地翻了出来，谁也不认账。

然后，许老头说到了那家房主。姓黄，一家三口，有个十七岁的女儿叫园草。原来是四口，小儿子在他们来之前死了，得的是怪病，家里的钱花干了也没弄清是什么病。许老头说，他想说的其实是黄家的女儿园草。当然是个漂亮清纯的乡村女孩，这从许老头突然发亮的眼神里能看出来。他说，当年一起下来的小伙子都喜欢园草，看见了就像大夏天里喝到了深井里的凉水，咂咂嘴都有清甜的香味。

"是不是三个人打起来了？"陈木年问。

"没打。斗起来了。"

三个人里四眼最大，二十一岁，老开和专家都是二十岁。从心眼上说，四眼多一点儿；论聪明，要数老开。三个人都喜欢园草，但老开最先退出来，他觉得三个人暗地里较劲儿没什么意思。他的心思也不在这里。老开从来到棉花庄时就打定主意要离开，他老家在南方，无论哪方面都比棉花庄要好。他是学哲学的，准备以后做名扬天下的哲学家，在棉花庄抱着锄头是抱不出哲学家的。他权衡再三，还是不愿意留在棉花庄，所以，他和四眼、专家他们一起暗斗了几个月，就主动放弃了。

剩下四眼和专家，两个人都一门心思喜欢园草，有机会就往她身边凑。在那个时候的农村，女孩儿十七岁不算小了，该知道的都知道了，她明白很多人喜欢自己，越发地羞涩和美丽起来。黄家成分不好，但人好，逢年过节有什么好吃的，就让园草端过去给他们改善一下生活。平时也很照顾他们三个的生活。他们三个有机会也回报黄家，当然也是为了讨园草的欢心。从大城市里带来的东西，在棉花庄多是稀罕之物，他们争抢着送过去，黄家很高兴，他们也因此受到村子里的羡慕。他们和这帮小伢子的关系之亲密，也是别的人家没有的。和其他小伙子比起来，四眼和专家有先天的优势。因为这优势巨大，别的人慢慢就死心了，争也争不过，而且黄家的丫头和四眼、专家他们俩，好像对起眼来也是不一般的神情，索性靠边站了，就等着看结果，是四眼胜还是专家赢。

“结果怎么样？谁赢了？”陈木年问。

许老头打住了，不说了，看看表，到下班时间了。又是一段空白。许老头讲完了神情沉重起来。“得回去了。”他说，搓掉手上的泥站起来就走。陈木年跟上，一起去买水煎包子和辣汤。包子店的老板说：“许老师，最近怎么老买回去吃？”

“有点儿事。有点儿事。”

一起回去。陈木年心里有点儿数了，到了五楼，他问许老头可不可以到他家去看看，做邻居这么久了，还没登门拜访过呢。许老头笑笑说，以后再说吧。

陈木年说：“是不是师母——”

许老头说：“这两天身体不好。”

后来陈木年知道，岂止是不好，而是极差，这段时间更加差了。许老头每顿饭都要陪着她吃。许夫人一般的饭食不能吃，只能吃一点儿流食，比如牛奶什么的，小米稀饭吃起来都有困难。多少年了，基本靠药物维持。许老头买回来吃，主要是想多陪陪老伴。

31

许老头继续说：“开始是四眼赢了。”

下放到棉花庄的一伙年轻人，开始都以为很快就能离开，要么继续到大学里念书，要么回城里工作，但没想到，一待就是四年。当然，谁也不知道什么时候能够离开，明天遥遥无期，所以大多数人也就不管不顾，该干什么干什么。四眼和专家继续追黄家的园草。旁观者看来，两个人势均力敌，园草最终喜欢上谁他们都不会意外，但对当事人来说显然不是这么回事，四眼的可能性更大一些。四眼是学中文的，认识的字儿比别人多，他看的书是整个棉花庄都没见过的，初中毕业的在棉花庄就已经算是高级知识分子了，他们一翻开四眼的书就头晕，句子都念不通顺，断不了句。四眼说话也比人家会转文，他的很多话棉花庄人都听不懂。他还能写一手好文章，当初就是因为会写，在大辩论时写了文章贴在学校的海报栏里才犯了错误。大队部的屋山头要出黑板报，支书亲自来找四眼，这活儿只有他能干。而且他还戴着眼镜，除了老花眼，棉花庄有几个人配得上戴一副眼镜。

园草喜欢他纯属正常。园草也有不喜欢他的地方，就是他太会说了，太有主张了，总是拿出一副老师的架势教训她，指点她这个好那个不对。四眼对她说，只要学会了城里的那一套，她就比城里姑娘还城里姑娘了。为什么非要是城里姑娘呢？园草想不通。另外一个，就是四眼经常提她祖父的事，他觉得她祖父连累了她家，完全是居高临下、欲挽救而不能的口气。园草不喜欢他跟别人一样，动不动拿地主说事。但当四眼戴着眼镜梳着分头来到她面前的时候，她觉得那些其实也并不重要。

专家念的是理工科，没四眼干净利落，倒是随意自然，不太爱说话，但老实能干，修修补补的什么都难不倒。大队部的大广播坏了，他捣鼓几下就响了，村民家里的小广播坏了，他拍拍打打也没问题了。他还会改造农具，比如改变犁铧的形状以减少泥土的阻力，调整水磨上水斗的位置增加动力。他甚至还建议了棉花庄一条主干渠分支的改道，大队部采纳了他的建议，立竿见影，很快就解决了一百亩水稻田的灌溉问题。专家显然是个能人，棉花庄人都感谢他，可是他人闷，话少，不爱冒尖，放在十五个年轻人里也很难三两眼就挑出来。

两个人都不错，园草就犯难了，园草的父母也犯难。他们也看出女儿的心思了，就这两个，可这二选一，举棋不定啊！另外，他们也不能盲目乐观，人家毕竟都是大学生，城里人，就是落魄了架子还在，而且说不准什么时候就拍屁股走人了。走人势在必行，早晚的事，人家能不能真心是个问题，若真走了，园草怎么办更是问题。说到底，咱们家的园草是棉花庄人。

因为三方都有自己的心思，谁也没法轻举妄动，所以就这么耗着，一耗又是一年。棉花庄变化不大，外面的世界却是天翻地覆，这帮外来户心里都明白，要变了，一定会变的。各人的小心思都藏在肚子里，谁都不说，但谁都在背地里暗暗地使劲儿。能使上劲儿的，就城里乡下两头跑，使不上的，就对着镜子咬牙跺脚。明天你决定不了，那就等，然后一遍遍念叨谋事在人成事在天。四眼和专家也在使劲儿，表面上还是很好的朋友。

黄昏时他们俩从野地里放牛回来，牛拴上槽头，开始铡青草。把青草铡得短一些，防止牛为了赶苍蝇牛虻把草当尾巴用，甩得到处都是。往常是专家铡草，四眼续草，今天四眼说，他的腰有点儿疼，蹲不下来，让专家续，他铡。专家不常续，不太熟练，他让四眼铡落得慢一点儿，草放妥当了再落。六袋青草都得赶天黑前铡出来，他们越铡越快，专家续草的技术越来越熟练。铡到第五袋时，专家的草还没放停当，四眼的铡就下来了，活生生地切下了专家的手指。专家大叫一声，当时就疼晕过去。四眼赶快喊老开，去叫医生，去叫医生！赤脚医生正和泥打围墙，背着药箱赤着脚两腿泥就跑过来了。包扎完了，他对已经被疼得重新清醒的专家说："废了，手指。"

专家看着纱布裹起来的手，憋着，围观的老乡们散了，园草照顾了半天也离开了，他才哇地哭出声来。

陈木年下意识地歪头去看许老头左手的那两个断指，许老头往后把手往他面前亮了一下，说："专家的是右手，就一个手指。食指。"

"那你的这个怎么回事？"

"切红薯切的。"许老头说，比画着切红薯的机子简陋的形状，"那时候就用那个，把红薯放在刀片前，右手拿着一根木杆把红薯往刀片上推，不断地放和推，红薯干就切出来了。我的左手跟着红薯一块儿被推过去，就成了这样。"

陈木年说："哦。"过了一会儿，又问，"后来呢？"

"四眼慢慢就赢了。"

虽然只是少了一根手指，也还是残废。专家很长一段时间里都低着头，更不爱说话了，见到园草就躲，十天半个月和园草都说不上一句话。放完牛干完活儿就钻进屋里不出来，吃完饭散步也不再和四眼或者老开一起出门，而是一个人溜着墙根独自走。而在这个时候，四眼享有了和园草接触交往的所有机会。棉花庄人都看见了，黄家的姑娘和四眼两个人经常有说有笑地走在村子的中心路上。

如果事情没有变化，园草和四眼的事很可能就这么定下了，问题是事来了，十五个人中的一个从城里回来，偷偷地告诉另一个同伴：有希望了。他让对方保密，对方答应了。但和他本人没能保住密一样，同伴也没能保住密，尽管他们每个人都极力要藏住这个消息，可这是多么大的惊喜和激动，哪由得了你。几天下来十五个人都知道了。都知道才发现不对头，竞争开始了，都想着回去，车找车道，马找马道。最先离开棉花庄的是老开。得到消息的当天他就去了城里，回来对支书说，刚打电话回家，父母身体不好，他得回去探望一下，支书准了他的假。老开不仅回了家，还回了学校，能活动的人都活动了，很快就有了消息，上面的人下来通知，说老开是个好青年，当初的错误也澄清了，现招回学校继续读书。

老开走了以后，剩下的人陆陆续续都离开了棉花庄。四眼和专家没动，专家什么行动也没有，照样干活儿，照样去集市上吃水煎包子和辣汤，好像打道回府这事和他没关系。四眼开始也不打算走，虽然跟园草没有把话挑明了，但心里都有数，只要捅破一层纸，就算定了。但一起来的同伴一个接一个地走，四眼坐不住了，心里敲起了小鼓。离开和留下，两者的利弊，账不难算，他开始在背地里打起小算盘。爱情、事业、幸福、前途，每天摆上几百遍，家里人又催得紧，他被弄成了一只找不到路的蚂蚁，整天打转。园草的父母看出来了，觉得这孩子不行了，靠不住，这才到哪儿，一辈子还没开始呢。园草倒是为四眼考虑，让他离开，棉花庄一个穷地方有什么好，再好也不过是个农民，还是走吧。四眼想想他的宏伟大志，觉得园草说得有道理，决定还是离开。那几天他几乎见不着园草的面，园草一个人跑没人的地方流眼泪了。四眼也不好意思再去找她，就忙自己的事。

专家这时候出现了，主动去劝慰园草。四眼也知道，不反对，反而鼓励，觉得专家如果留下来完成他未竟的事业，也算是对园草的补偿和安慰，又送个大人情，难过的确是锥心的难过，但何乐而不为呢？

“最后结果呢？”陈木年迫不及待了。

“专家赢了。”许老头说，“他坚持到底了。四眼最后也没走，他不知为什么又决定留下了，但他失去了园草。就这样。”

“四眼和专家都留下了？”

“都留下了。”

“他们现在的生活如何？”

“谁知道呢。谁能知道别人的生活。”

陈木年突然说：“你是专家！”

“我？”许老头笑笑说，晃了晃左手，“你看像吗？”

许老头是个左手残疾的花匠。他从花丛中站起来，背着手往外走，下班了，他要回家。

32

有一天许老头高兴地跟陈木年说，老伴的病好多了，能下床活动了，饭也能做了，什么时候请陈木年去他家吃饭。陈木年说好，他对许师母很好奇。那几天许老头果然就不再出去买水煎包子和辣汤了。过了几天，陈木年和许老头一起在花圃里修剪花枝，看见一个瘦弱清秀的老太太推开竹篱门进来，进来的时候咳嗽了一声，许老头触电似的抬起头来，扔下剪刀就跑过去，说："你怎么来了？"

老太太说："你看，我不是能走嘛。"

陈木年想，终于得见了真容，也迎上去，和许老头一起要搀她，叫她"师母"。

许师母说："你就是木年吧？如竹每天都要说起你，夸你呢。"

陈木年说："许老师是鼓励我。师母，我一直想去看您，许老师不答应。"

"是我不答应。都老太婆了，又是个病秧子，哪里能见人。"许师母皮肤苍白，因为走路泛出病态的红，身体还是比较弱。"我走了一圈了，"她对许老头说，陈木年听出了她在对老伴撒娇，"楼下、操场，还看了一下大棚，以为你在那儿。"许老头激动得鼻尖冒了汗，老伴已经好几年没有到处走动了。他说："当心，你当心点儿。"

许师母说："没事，你忙你的，我就看看。多久没出门了，都大变样了。"

许老头又嘱咐她当心，继续修剪起花枝，一边不断转头看她，满脸年轻而又旷达的幸福。许师母就站在身边，看他修剪，帮他扶着花枝，两个人不太爱说话，周围是老人才有的安抚人心的静。陈木年感到一种祥和与慈悲，他也不出声，不敢出声，走到了离他们远一点儿的地方修剪。

后来他停下来休息，坐在石凳上抽烟。许老头还在剪，把多余的枝条和枯萎的花剪掉。许师母说，这个要剪，他就一剪子下去，那个也要剪，又是一剪子。许老头剪掉一朵凋谢了的花，颜色已经发黄变暗。花落到地上，许师母弯腰捡起来插到自己的鬓角，对许老头说：“好不好看？”

许老头说：“别插这个，我给你剪朵新鲜的。”要去剪一朵正盛开的太阳红的大花朵，被许师母挡住了。

“就这个。”她说，把那朵枯萎的花又往头发里插了插。

许老头看看她，说：“歇会儿吧。”

她点点头，的确有点儿累。许老头在前，她在后，牵着许老头衣服的后襟蹒跚地向石凳前走。陈木年觉得这场面有点儿熟悉，多年前他还在念大一、大二，暑假里留在学校看书，黄昏时候常到中文楼前的草坪上看小说，就会看到一对老夫妻在草坪上散步，有时候老两口还以他为中心转圈子，不过那时候是老太太在前老头在后，老头牵着老太太的衣襟。陈木年刚才看到许师母时，就觉得似曾相识一样，不知道是不是因为这个。

许师母的身体越来越有起色，随后的几天下午她都来花圃，气色看起来也好很多。陈木年看着老两口像年轻人那样郎情妾意，也感到极大的快乐和幸福。这世上不知有多少激烈反目的冤家和仇人，真正恩爱的却如此平和。他愿意就这么看着许老头两个人出现在花圃里。所以沈镜白问他想不想换一个工作，他说不想，做一个花匠很好。沈镜白担心他整天干活儿，没时间看书，极力想让总务处给他换一个工作。陈木年不愿意，他不想离开花房，是因为他不愿意离开许老头。这段花匠生活是他临时工生涯中最踏实安心的日子。总务处好像也有给他调换工作的意思，他同样一口回绝了，就愿意待在花房。

周四下午许师母没有和许老头一起来花圃，许老头说她打算在家做几个菜，请陈木年晚上去吃饭。一下午陈木年都对晚上的饭菜充满了想象，许老头一直向他夸老伴的厨艺。他吃了一辈子的菜，就老伴做的最合他口味，吃了上顿想下顿。他们干活儿的效率很高，没下班就把该干的活儿干完了。好容易挨到下班，两人一起回住处。许老头让他先歇会儿，饭菜做好了叫他。陈木年进了宿舍开始洗澡换衣服，他知道许师母是个爱干净的人。洗完澡又去了趟超市，买了一大堆新鲜的水果，准备吃饭的时候送过去。都忙完了，陈木年随便拿起一本书翻，左等没有敲门声，右等还没有敲门声，一本书翻了快一半，还没动静，外面的天都黑了。已经是六月，天早就变长了。陈木年觉得有点儿怪，干脆拎了水果先敲许老头的门。敲了好半天门才开，陈木年一看见弯腰驼背的许老头，就知道出事了。许老头神情哀戚，抓着门把的手在抖，他哑着嗓子说："雨禾她走了。"

陈木年一下没反应过来，问："您说什么？"

"雨禾走了。"许老头又说，身子像生了锈似的费力地转过来，向北边的房间里走。

陈木年看见那房间的门敞着，冲门的床上躺着一动不动的许师母，他明白了。许师母就是"雨禾"，她死了。他跟着许老头进了房间，感到一阵凉意。他听许老头说过，许师母不能照太阳，他们的卧室一直安置在背阴的房间里。

许老头坐到床边的小凳子上，握着老伴瘦得跳出了青筋的右手。许师母闭着眼安详地平躺在床上，穿着一身素净华美的新衣服。

"我早该猜出来的，"许老头说，"她早就说过不能再拖累我。她早就想好了。"

陈木年看到床头柜上一个大药瓶，许师母把每次节省下来的药一次全吃了。她要在自己身体最好的时候把自己送走。

出乎陈木年意料，许老头没有哭，眼泪一直汪在眼里没有掉下来。这么多年，死亡一直在病床边徘徊，悲伤早就没有意义和必要，许老头只是感到冷，陈木年给他拿来衣服穿上还是冷，孤单彻骨的冷，他不知道一个人的生活怎么过。陈木年陪着他坐着，没有话说，也不打算安慰他。没什么好安慰的。说节哀顺变吗？到了晚上十点，陈木年坐不住了，饿，他悄悄地出门，骑自行车去买水煎包子和辣汤。店门已经关了，老板和他的老婆正在整理铺子准备休息。包子和辣汤早就卖完了。陈木年问他们能不能现做一点儿，老板说很抱歉，家伙都收拾好了，炉子都封了火。陈木年告诉他们，许师母去世了，许老师到现在还没吃晚饭，不能让他的身体也出问题。

老板一听，二话没说就让老婆和馅子揉面，他去开炉门。陈木年帮不上忙，就帮他们洗海带和粉丝，这些用来做辣汤。做起来也不慢，十一点半就全部做好了。一共三十个水煎包子，一保温瓶辣汤。老板坚决不收钱，他们帮不了什么，这时候能为许老师做点儿包子和辣汤，对自己也是安慰。陈木年谢过他们，骑车往回赶。上了楼，推开门，许老头还坐在床头握着老伴的手，姿势都没变。

"许老师，吃点儿，刚出锅的包子和辣汤，您最爱吃的。"

许老头摇摇头。

"吃点儿吧，老板和老板娘特地为您做的，嘱咐您一定要吃一点儿。身体最重要。"

许老头这才同意吃。他吃得猛，一口几乎塞进去半个包子，噎得直伸脖子，然后眼泪哗地出来了。一个包子没吃完就泪流满面。接着又吃了三个，喝了两碗辣汤，一边吃一边看床上的老伴。陈木年觉得他是为她吃的。

陈木年过去在想象死亡时，总以为会有恐惧和不适的反应，现在发现什么都没有，相反他觉得许师母的死其实很美，不是庄严，是宁和和素朴。他和往常一样吃了三个包子喝两碗辣汤，然后靠这三个包子和两碗辣汤陪着许老头守了一夜。

第二天一早，陈木年给总务处和花房打电话请假，报告了许师母去世的消息。许老头没孩子，领导决定由学校出面为许师母举行一个简单的遗体告别仪式。殡仪馆的车来把遗体运走，陈木年也陪着许老头一起跟过去，他担心许老头会出事。

遗体告别仪式的确很简单，灵堂里简单地布置了一下，哀乐低回，许师母躺在另一张床上，身上盖满鲜花。遗像上的许师母还很年轻，是个标准的美人，微笑的时候嘴角边有两个深酒窝。从条幅、挽联和花圈的悼词上，陈木年才知道她叫陆雨禾。进来吊唁的人佩戴白花，许老头和陈木年的胳膊上戴着黑袖章，为数不多的来宾和他们握手，让他们节哀顺变。熟悉的，不熟悉的，很快就离开了。陈木年看着空荡荡的灵堂，感到了人生的凄凉，这就是一个人的死。不是一个人离开大家，而是大家离开一个人。在他们打算结束吊唁活动的时候，陈木年惊讶地看到，沈镜白老师来了。他是最后一个到的人，穿一身黑衣服，戴的不是白花，而是一个黑袖章。他一声不吭地站在遗体旁边看了陆雨禾很久，接着开始鞠躬，鞠完躬又盯着遗像看了很久，然后才走到许老头跟前。他握着许老头的手说：“老许，别太难过了，人都要走的。她得走，我们都得走。”

过了一会儿又说："我们都老了。"

"感谢你能过来，"许老头说，"有件事想请你帮个忙。"

"你说，我一定尽力。"

许老头把陈木年拉到身边，"你跟领导说一声，把证给木年吧，别把孩子逼坏了。"

沈镜白说："我试试。"然后拍着陈木年的肩膀说，"木年，好好照顾许老师。"说完转身就走了，走得很疲惫。到了门口，沈镜白停了一下，又继续往前走，拐个弯消失了。

按正常程序，遗体告别之后就该火化了，许老头突然不愿意了，他要求停留一天。殡仪馆的人很有点儿为难，不是不能停留，而是天开始热了，遗体没法存放。许老头跟他们商量，要一个空房间，把空调开到最低，所需费用照付。殡仪馆要了一个高价，最后答应了。陈木年回了一趟学校，帮许老头拿了一套棉衣，自己也带了一套。那天晚上，他们俩在冷气充足的房间里又守了许师母一夜。除了上厕所，许老头一秒钟也没有松开过老伴的手。他开始拒绝吃饭，说吃不下，过会儿再说吧，一直到丧事结束后的第三天才开始正常进了一点儿饭菜，之前也吃过，吃完了就吐，很严重的生理反应。

事情结束之后，许老头身体虚弱得可怕，站稳都成了困难，好几天才恢复过来。陈木年三天没睡，也累坏了，回到宿舍倒头就睡着了。二十六年了，从来都没有这么快地入睡过，一觉睡了十八个小时，梦都没做。

33

再次来到花房，许老头发白如雪，眉毛也白了一半，脸上的皱纹团团簇簇挤在一起。就几天的工夫。总务处主动给他半个月的假让他休息调养一下，他不要，坚持来上班。他说，怕一个人待在家里。空了，孤零零的一个人，不知干什么好。人老了最怕面对的就是自己。

再次来到花房的许老头又变了，会抽烟喝酒了。陈木年记得他说过，年轻时觉得不抽烟不喝酒就解不了闷，老了，才发现，要是愁烦，把树枝砍了当烟抽，喝敌敌畏都不管用。管用的不是真的愁烦。争得自由的方法没有想象的那么多。说得响当当的，现在怎么又抽起烟喝起酒来了？

“不为解愁去烦，”许老头悲哀地说，“是一个人空着的时候找点儿事干。”

陈木年相信这个，没有事干比愁烦更可怕。现在许老头就是空闲的时候找不到事干。老伴没了，就找不到自己了，只好抽烟喝酒。一天一包烟，有时还不够，一个人在家里喝酒也能把自己灌醉。这种状况让陈木年很担心，许老头倒是很放松，说没什么，都一把年纪了，该怎样就怎样吧，有空了就拉陈木年一起下酒馆，喝酒的时候说：“你看，我没什么吧。就喝点儿酒嘛！”

想想也是，不就喝点儿酒嘛。很多人都喝酒，陈木年他自己也喝，又没出过什么事。陈木年就放心了，有时候还主动去找许老头喝酒。和陈木年一起喝酒，许老头只醉过一次，就是陈木年拿到毕业证和学位证的当天晚上。

白天陈木年在花房里给盆栽浇水，老周从办公室里出来，说教务处的电话找他。他甩着湿漉漉的两只手去接，电话里一个女声告诉他，毕业证和学位证发下来了，让他到教务处去取。当时陈木年的心都不跳了，第一遍不敢相信，人家重复了第二遍他才确认是证件下来了。对方挂断之后，他抓着话筒半天没放下来。陈木年从来没想到会以这种方式得到他的身份，手是湿的，衣服上沾着泥。两个证件在他心里早成了泰山一样巨大的东西，却由一个漫不经心的女声告诉他，可以来拿了。他有种悲凉的失重感，出老周办公室的时候差点儿被门槛绊倒。

教务处只有通知他的那个懒洋洋的女老师在，在电脑上看娱乐新闻，看到陈木年，嘴往电脑桌上努一下。陈木年看到了大小不一的两个证件，一个红的，一个绿的，都是皮封面。他胆怯地拿起来，打开，没错，上面写着他的名字，贴着他的照片，都旧了。那时候的自己年轻得他都不敢认了。从头到尾看完了，他突然怀疑是否可以拿走，犹豫了几秒钟还是打断了女老师的阅读，他说："老师，我可以拿走了？"

"是你的吗？"女老师斜了他一眼。

"是我的。"

"是你的还不拿走！"

陈木年点着头，"哦哦"地应着，把证件抱在怀里，转身出了教务处。出了门他想跺脚大喊一声，心里却生出了一种虚幻的感觉。他站在办公楼的走道里重新打开两个证件，逐一检查，上面依然是自己的名字和照片，然后感到肚子里一阵尖锐的疼痛，像某根肠子被谁揪住了狠拽了一下，痛得蹲了下去。有人经过走道，用怪异的眼光看他，但没人问他怎么回事。他不能就这么蹲在这里展览，陈木年抓着楼梯扶手站起来，然后攀着扶手一步一个台阶下到了一层。出办公楼时，疼痛减轻了一些，他想起沈镜白，又回过头借门卫的电话给沈老师打电话。

他说："沈老师，我的证拿到了。"

"噢，拿到了就好。好好准备，今年就考，英语多下点儿功夫。"

"嗯，知道了。什么时候您方便？我把读书笔记交给您。"

"过几天吧，我可能要出趟远门，回来了我找你。"

回花房的路上，陈木年觉得应该跟父母说一声，就用小商店的公用电话给家里打了电话。母亲在家，听完了好一阵子没说话，然后陈木年就听到了她的哭声，很委屈似的。终于把这一天盼到了，母亲说，造孽啊！她现在就要去找老陈，告诉他这个好消息。陈木年后悔告诉他们了，知道了反而坐不住了。他又想给秦可打电话，犹豫一下又算了。回到花房，老周问他，他说没事，接着干活儿。许老头走过来问他："好事？"

"证拿到了。"

"好。晚上我请你喝酒，得好好庆祝一下。"

下班后两个人去卤菜店买了凉菜和熟食，又买了馒头和五瓶啤酒，拎回到许老头家里。许老头敞开了喝，陈木年酒量不行，但今天放开了。五瓶酒没当回事下了肚。许老头觉得不过瘾，陈木年说他再去买，骑着自行车去了商店。本来想再买五瓶，因为一瓶瓶散了不好拿，干脆买了一箱，十二瓶。两个人一遍遍地碰杯。开始陈木年还觉得头有点儿晕，三瓶下去倒清醒了，觉得越往后喝越像喝凉水，舌头大了都不知道。许老头舌头也大了，酒到了悲伤也涌上来。他跟陈木年说："我儿子要在，比你还要大。"

陈木年说："您儿子？"

“夭折了，”许老头说，抹一把嘴，“两岁就没了。”

“那，就没再要？”

“一年后雨禾又怀上了，她因为头一个孩子伤心，身体太弱，早产，八个月就生下了第二个孩子，女孩，生下来就没气儿了。可怜啊，连这世界啥样都没看一眼。”

陈木年怕引起他更多的悲伤，举起杯和他碰，继续喝。喝着喝着又扯到许老头身上，这也是陈木年一直好奇的问题，他都六十多岁了为什么还不退休。

“退了，早退了，”许老头说，咕咚咕咚把一杯酒灌下去，“又回头干。不干活儿还能干什么？退休金只够雨禾治病的，还得打发嘴呢，弄弄花也不累。”

“还打算干到什么时候？”

“到死的那一天。”

陈木年说：“说这些干什么，喝酒，喝酒。”

“嗯，喝酒。木年，今晚你得把我灌醉，我不醉你就不许回去！”

然后他就醉了。他们一共喝了十五瓶。实在喝不下了，老要上厕所。陈木年就是撒尿的时候离开许老头家的。当时许老头已经不行了，要去厕所，站了两次没站起来，陈木年把他扶到厕所。陈木年也憋得厉害，但许老头那泡尿像溪流一样绵延不绝，没办法他只好回自己宿舍的卫生间。一泡尿撒得痛快淋漓，把瞌睡虫都引来了，出了卫生间就想找床，头脑也不转了，除了床什么也想不了。他到了自己房间，甩胳膊甩腿躺到床上，一歪头，再睁开眼已经是第二天半晌了。

起床后他想起了许老头，去敲对面的门，没人应，许老头可能出门了。陈木年回到宿舍，坐在书桌前发呆。老毛病了，看起来像若有所思，其实头脑里一片空白。正愣神，母亲打电话来，让他回家吃饭，说他爸今天不出门，一家人要好好地庆祝一下，菜都买好了。又让陈木年叫上秦可和老秦，老秦若没空，一定得把秦可叫过来，她就不再给他们打电话了。

“听明白了没有？一定要把小可叫来。”

“听着呢。”

挂上电话，陈木年站在阳台上看老秦家敞开的后窗，短头发的秦可低着头在水池边洗东西，穿着睡衣，两只光胳膊露在外面。她把手里的东西对着窗外抖开，是件衣服。陈木年赶紧低头装作找烟，打火机没带，他空叼了一根烟在嘴上吧嗒吧嗒吸，秦可此刻已经不见了。陈木年进了房间，点上烟呆坐着，一根烟抽完了决定独自回家。

母亲见了陈木年就往他身后看，没找到，问：“小可呢？”

“不在家。”

“怎么会？我昨天晚上还打过电话，老秦说他们爷儿俩今天都没事的。”

“我怎么知道？不在家我有什么办法？”

母亲对父亲说：“老陈，你再打个电话。”

老陈要打，陈木年制止了：“有什么好打的？四年多了才拿到，还嫌不够丢人是不是！”

母亲说：“可是，老秦他们——”

陈木年说：“我走了，你叫他们来吧。”

老陈见儿子不高兴，不明白怎么回事，但还是小声对老婆说：“那就先算了，下次吧。”

母亲说："好吧。"接着跟陈木年说，"木年，这是喜事，迟四年怎么了？学校的责任，我们丢什么人！你爸高兴得一夜都没睡着，一直数手指头算你什么时候能博士毕业，结婚生孩子。怎么带孩子我们都想好了。"

陈木年看着父母兴奋的脸，鼻子酸起来，掏出烟递了一根给父亲。这个动作好几年没做过了，父亲为了省钱也早就戒了烟。但老陈还是接过了烟，叼上烟往儿子的打火机上凑，伸了两次脖子才够到火，第一口就被呛住了。

34

陈木年在家住了一夜，父母非要和他说说话。母亲抱怨他没把毕业证和学位证带回来，他们想看一看那东西到底长什么样。陈木年说，忘记带了，下次吧。他不忍心败坏掉他们的好心情。他陪着他们畅想美好的未来。在父母的规划里，他五十岁之前的生活都已经胜券在握了。父母的争论和描述相当积极，但陈木年觉得这些跟他其实没什么关系。多年前他们就在规划，就规划出了现在这样的结果。让他们规划去吧，听到半夜他忍不住睡着了。

第二天陈木年睡了个懒觉，起来后就吃午饭。吃完了跟父母告别，回学校去。父亲也要骑三轮车去拉客，可以顺便把他送回去。陈木年说他自己回去，说不定要去书店看看，父亲就骑车先走了。去书店只是个幌子，他不想坐父亲的车，一想到父亲弓腰驼背撅着屁股蹬车他心里就不是个味儿。五十多岁的人了。

陈木年踢着一块小石子往公交车站走，总觉得有件事没干，又想不起来。1路车开过来，售票员喊着“车站，车站”。去汽车站的。陈木年想起来了，他要去的是火车站。听报上说，火车站有望在七月初通车，先是货车，将来再通客车。不知道现在捣鼓得怎么样了。

从他们家那儿去火车站坐8路车。车上人不多，到终点站时，火车站就剩他一个乘客了。火车站冷冷清清，很久以前修筑的站台早就坏了，好几处台阶坍塌，砖石缝里的荒草有半人高。铁轨还是老样子，锈得更加厉害，试行时经过的车头和两节车厢没有在铁轨上留下任何痕迹。哪里都没有留下火车经过的痕迹。早出世的知了在槐树上叫，还有几只鸟也在叫，偶尔从树冠里飞进飞出。一个陈木年叫不上名字的小东西沿路基往上爬，跳上枕木，又跳过一条铁轨，另一条铁轨试了几次都没跳过去，一蹦就四仰八叉地落在两根枕木之间。陈木年走过去，帮它翻过身，送到了铁轨的另一边。小东西跳啊跳地走了。

这个火车站，除了路基、枕木和铁轨能让你想到火车，其他所有东西都跟火车没有关系。陈木年喜欢简陋的小车站，但是一个火车站荒凉到如此程度，实在出乎他的意料。他踩着枕木向前走，和五一那天追火车同一个方向，一边想象火车从前方或者身后呼啸着开过来。他喜欢火车闷着头叫嚣着奔赴过来的样子，速度很快，车头上冒出的烟像根辫子长长地拖在身后。如果车永远不停，烟永远不断，那这条辫子就能绕着地球转上一圈又一圈。陈木年在铁路上想，两个证件就这么拿到了。欲哭无泪。

黄昏时陈木年回到学校，在老三楼遇到老秦，想躲没躲过去，只好硬着头皮迎上去问好。老秦在打扫楼下的垃圾。老三楼学校终于决定要拆了，在原地重盖一栋新宿舍楼，六层，解决掉了一批新教师的住房问题。一些分到新房子的和有门路的老师，陆续开始往外搬，搬完了就剩下一堆垃圾，房间里有，楼下也撒了一路。老秦这几天主要就在楼下转悠，一手扫帚一手畚箕，旁边是一辆垃圾车。老秦说："听你妈说了，毕业证拿到了，好事啊，也不跟叔叔报个喜。"

"哪是什么喜，叔叔您笑话了。"

"木年，不能这么想。下面就可以安心复习考试了。好好学啊，你爸妈盼着呢。"

"嗯，叔叔您忙，我先回去了。"

"好。"老秦说，又叫住陈木年，"有件事想请你帮个忙。小可下午在广场前闯了红灯，又骑反道，自行车被扣了。你不是有个同学在交警大队吗？"

"嗯，您放心，我今晚就和同学联系，明天中午应该就能拿回来。"

老秦说："那最好。小可这几天要去市大会堂排练，离不了车子。"

陈木年答应过，匆匆逃走了。他怕老秦提他妈电话里请吃饭的事。回到宿舍，陈木年给"三条腿"打了个电话，"三条腿"说，是秦可的吗？陈木年说是。"三条腿"说那就没问题，前段时间听魏鸣说，你们又死灰复燃了，弟妹的忙要帮，没问题，明天中午过来推车子就是了。陈木年含含糊糊谢过了，等着明天上午下了班去推车，顺便请"三条腿"吃顿饭。现在还有往来的同学不多了。

第二天上班，都上午十点了许老头还没来。他很少上班迟到，所以老周很纳闷儿，问陈木年，陈木年也不知道，周五晚上喝完酒就没再见过。老周说，不会出问题吧，老伴死了以后他状态一直不怎么对头，是不是喝多了？陈木年说，真不少，两个人喝了十五瓶。

“你们当啤酒是可乐？”老周说，“六十多岁了，戒了多少年了，老陈，你别把他灌出毛病了。”

这么一说陈木年紧张了，一把年纪，出什么事都有可能。他用老周的电话给许老头打了三次电话，都没人接，弄得他心里越发毛躁。一上午干活儿都心不在焉，许老头一直没来。大林和二梆子也在一边唠唠叨叨地议论许老头是怎么怎么不对劲。陈木年扛不住了，没下班就回去，一口气跑上五楼，敲许老头的门，敲了五分钟里面都没动静。陈木年进了自己宿舍开始打电话，还是没人接，身上开始冒汗了。他问“小日本”这两天见过许老头没有，“小日本”说，又不是李玟，我哪儿注意过。魏鸣还没下班，陈木年打到他办公室，他说没看见。陈木年觉得问题大了，点上一根烟到阳台上往下张望，希望许老头能从哪个角落里走出来。楼下只有一户人在出出进进地搬家。陈木年又从阳台往许老头家看，许老头的窗户和陈木年的阳台靠得比较近，中间隔了一个墙拐角。许老头的窗户开着。陈木年掐掉烟，目测了一下，决定从窗户爬进去看看。

真正爬墙和想象的有很大出入，原来以为伸伸腿就可以越过去的距离，让陈木年费了不小的力气。关键是胆量，这是陈木年最后纵身一跳抓住铁窗框时总结出来的。随后他感到抓住窗框的左手一阵刺疼，忍着，等整个人都蹲到了窗户上张开手，发现手被铁窗框划破了。窗框上疙疙瘩瘩，锈迹斑斑，尖锐的铁锈疙瘩扎破手很正常。陈木年接着蹲在窗户上喊两声“许老师”，没人答应，就跳下窗户进到房间里。刚走一步，就闻到一股说不清楚但让他想吐的怪味，他到处看，没有什么异常的地方。继续往前走，推开北向的卧室，“啊”地叫出了声。

许老头直挺挺地躺在床上，还穿着喝酒那天晚上的衣服，鞋子都没脱，身上什么都没盖。陈木年闻到了更加浓重的怪味，忍不住打了个喷嚏，许老头身上飞起来一群苍蝇。陈木年立刻意识到那种怪味的的确确是腐肉的臭味，刚闻到时一直不敢相信。许老头死了，他没想到事情如此严重，没想到他会死。

陈木年捂着鼻子的手松开来，另一只手下意识地去扶门，扶住了但身体还是忍不住往下滑，直到蹲到地板上，然后坐下，他觉得浑身乏力，虚弱得满身大汗，连生出想站起来的念头的力气都没有了。他觉得自己像一堆没有骨头的肉瘫在地上。然后感到了巨大的恐惧，全副身心都应付不了的恐惧，陈木年大叫几声，一会儿喊魏鸣，一会儿喊“小日本”，突然像弹簧似的又从地板上站起来，转身就往外跑，去开门，出了门张嘴大口呼吸，似乎再在房间里待一秒钟就会被憋死。

“小日本”从房间里探出头来，说：“喊什么？见鬼了？”

陈木年喘了几口气才结结巴巴说完整：“许老师死了。”

“小日本”的小眼立刻瞪大了：“什么？死了？”赶紧把脑袋缩了回去。他的惊讶不是因为许老头死了，而是有人死在了他的对门，这事让他觉得可怕。

门被“小日本”咣的一声关上了，陈木年倒清醒了，他想，许老师真的死了。他重新回到许老头家，找了一条床单把许老头盖上，然后开始考虑该给哪些人打电话。最后决定先找老周，从陆雨禾的丧事处理上，他发现老周对这种事情具备别人没有的才能。

老周说：“真死了？我这个乌鸦嘴！你先给殡仪馆打电话，我跟领导请示一下，马上到。”

下午一点钟，叫的人都来了。主管后勤的副校长带来了学校的指示，因为死因不明，不能简单送去火化，必须走公安机关这道程序，给一个鉴定和说法，免得以后有问题纠缠不清。学校出面请来有关人员，解剖和化验的结果让陈木年放松了不少，许老头系自然死亡，没有突发性致命的疾病，体内的酒精浓度也不足以致命。

副校长纳闷儿，好好的怎么就死了？

老周说：“这事常有，不少老人都是这样死的。和老伴关系好，相依为命，一个死了，另一个也活不长，就跟有种鸟似的。”老周记不起来那种要死就一对都死的鸟的名字了。

在许老头床头柜里找到的遗嘱证明了老周的说法。遗嘱很简单，许老头写道：

> 雨禾去了，世界已空，我恐也将不久于人世。平常人一个，本无须立嘱，草此只为表明我的死乃清白事，与他人无涉。一生无有长物，死后房产家具充公，一架藏书送给小友陈木年，以为纪念。无须遗体告别，无须追悼，身体能作医用则捐掉，不能就火化，盼有心人能将我骨灰与雨禾团聚。

落款是“将死人许如竹”。陈木年看了一下日期，是陆雨禾葬礼结束的当天晚上。也就是说，许老头早就知道自己活不长了，或者说，也不打算继续活下去了。

学校认为这样也挺好，从简处理。在遗体火化之前有个简单的停留，供许老头生前的亲朋好友和同事与他告别。陈木年跟在老周后面处理一些琐碎的事务。让陈木年奇怪的是，参加告别的人，大多是物理系的老教师，他不知道许老头跟他们有什么关系。他被老周指使得团团转，没机会也不好询问。另一个让陈木年奇怪的是，沈镜白老师也来了。他不是出远门了吗？沈老师对着许老头的遗体深深地三鞠躬，抬起头来两眼的泪。他说："如竹，你也走了。"

陈木年上前扶住他，沈镜白说："没事。"接着长叹一声，转过身，步态呈现了衰弱的老相，缓慢地走出了门。

许老头的死花去了陈木年三天的时间。第四天下午，他把许老头的藏书搬进自己的房间，正在整理，魏鸣进来了，对陈木年说，秦可的自行车他昨天已经帮着拿回来了。陈木年这才想起来老秦托他的事。

35

这两天陈木年心事重重，觉得生活像脚下的大地一样不踏实。短短的一个月不到，许老头就跟着老伴去了，陈木年不知道这对许老头来说，是幸还是不幸。死如此容易，人真是脆弱得可怕。他总是梦见许老头背着手走在一条乡村土路上，怎么喊都不回头，而且越走越快，陈木年就追，眼看追上了，伸手去拉，许老头像个透明的影子一样抓不住，好好的人怎么就是抓不住呢，他就急醒了。醒来了要好一阵子才能睡着，就像当初被金小异的拖鞋弄得失眠的那段时间一样。金小异还在精神病院，听美术系的一个老师说，还是老样子，见男的就叫高更或者提奥，见女的就叫西嫣。陈木年听到这个消息很难过，他宁愿金小异好好的，即使继续用拖鞋折磨他也无所谓。可这些都只能是想象，没有路可以回头。

半夜里他又醒了，索性爬起来找书看。许老头的一堆书很杂，天文地理、物理化学、文学艺术都有，大部分都是陈旧的，有些破得没了封面，书脊上的字也看不清楚。他抽了一本差不多是最破的，翻开一看，书名竟是《火车简史》。接近三十年前的版本，翻译过来的一个美国火车研究者的著作。陈木年翻了翻，主要是介绍性的普及本，独到的东西不多，大部分内容他都在其他书籍或者文章里看过。让他感兴趣的是书里夹的一张发黄的纸，是本校物理系一九八二年的一张课表，上面赫然写着许如竹的名字。在他的名字旁边是一门叫“动力学”的课程。陈木年终于明白了为什么许老头对火车了解那么多，并且有相当精辟的见解。怪不得有不少物理系的老师去殡仪馆和许老头做最后的告别。

但他为什么不继续在物理系教书而甘心去做一个花匠？为什么他从来没说过自己的教师经历？陈木年想不明白。他继续在许老头的藏书里找，希望能再找到点儿有价值的字条、书签之类的东西，翻了一半，什么都没找到。陈木年只好放弃，觉得脑袋里乱成一锅粥，理不清楚了，充满了匪夷所思的东西。坐在书桌前抽了一根烟，决定去了洗手间就回来睡觉。

在洗手间里他被吓了一跳。撒完尿他到水池前洗手，一抬头在镜子里看见两只姜黄的手伸向自己的脖子，吓得他本能地转过身看，原来是两只橡胶手套，挂在环形的晾衣架上。他看过魏鸣这段时间经常用它，魏鸣刷碗洗衣服都戴着。他怕伤手。这些活儿原来都是钟小铃干，前几天钟小铃搬回了自己学校里的宿舍，魏鸣只好亲自上阵了。照魏鸣的说法，他们分手了。上次他们又大吵，钟小铃再次拿出“撒手锏”，说：“我就知道你嫌我碍事，我搬走，省得碍你的眼！”

魏鸣说：“搬走就搬走，你以为我怕你！搬走了我再找一个！”

“好，好！让你找！我让你找！”

她气急败坏地逮着桌上的东西就往地上摔。她相当气愤，原因是魏鸣又站在窗前看秦可洗澡。其实魏鸣也没看清，看见的只是布帘子上一个模糊的身体的影子。但他的确是看了，而且不止一次。钟小铃为这事没少和他吵，还跟陈木年说了。她找到陈木年时，脸上是责怪加告密的表情。她觉得陈木年应该管管秦可，别在窗户下洗澡，要么就去换个黑色的窗帘。她也希望陈木年能提醒一下魏鸣，看也是瞎看，还是不看为妙，秦可已经有主了。陈木年知道她把秦可看成他的了，起码是他可以负责任的人。陈木年不知道说什么好。秦可跟他真的有关系吗？他没这个自信。他只好跟钟小铃说，我也没办法。的确没办法，秦可不是他的，即使是他的也没办法，影子映在窗户上，谁都有看的权利。又不是偷看洗澡时的裸体。钟小铃骂了他一句“窝囊”就回去了。她摔东西还有一个原因，就是魏鸣这次没给她台阶下。过去她也威胁要搬走，魏鸣就及时地服软，说好话连哄带骗，这次没有，针尖跟麦芒对上了。钟小铃下不来，就摔东西解气。

刚摔了两只杯子和一个闹钟，魏鸣就扛不住了，抓住钟小铃的手，说：“你要搬就搬，别跟个泼妇似的摔我东西！”

钟小铃当时就愣了，没料到魏鸣这样跟她说话，不仅赶她走，还满嘴脏话侮辱她。再没有台阶下了，她索性放开了摔。摔完了开始收拾东西，当天晚上就搬走了。整个搬家过程中，魏鸣一句软话都没说，他还到外面帮她叫了一辆出租车。

钟小铃搬走后，魏鸣开始一个人做饭、洗衣服，他的手对刺激性的东西过敏，就买了一副橡胶手套。刚用时，陈木年还取笑过他比女人还女人。说完就忘了，没当回事，当它像一双手似的伸向他的脖子时，陈木年还是感到了突如其来的恐惧。他盯着那双在风里摇摇晃晃的手套，越发觉得像一个看不见面孔的人的手，趁你不注意的时候伸向你的脖子。陈木年神经质地摸摸自己的脖子，他觉得他的手比脖子还凉。他把手套转了一个方向，逃命似的回到自己的房间。魏鸣在说梦话，“小日本”在一边哼唧一边磨牙。

还是睡不着，陈木年就瞪着眼看天花板，头脑里不断地向外蹦出一个个词，他摸索着找到笔，觉得哪个词不错就顺手写在墙上。第二天起床他去看墙，上面乱七八糟地写了很多字，不少字重叠在一起，要费力才能分辨出来。他找到的有好几个人名，四眼、专家、园草、秦可、魏鸣、金小异，还有火车、物理、文学、小说、生活、神经病、野心等词汇，他把秦可和魏鸣的名字用笔涂掉了。

那晚陈木年睡得很晚，快睡着的时候，仿佛听见了老秦挥动扫帚的声音。

36

老秦和秦可搬到许老头的家里，和陈木年成了对门的邻居了。搬家那天他才知道，他们没有请他帮忙。帮忙的是魏鸣和他带来的几个中文系学生。一伙人三下五除二就把事情干完了。老秦一家的东西不多，大的物件只有两张床、一张桌子、一个小书架和一个简单的衣橱。下午下班回来，陈木年看到楼道里几个学生在热热闹闹地抬一张桌子上楼，就跟在后面走，到了四楼和五楼之间的窗户下才看见许老头的房门敞开着，魏鸣站在门口指挥着学生挪东西。

陈木年说："魏鸣，你要搬到许老师的房子里？"

"不是我，"魏鸣说，"是秦可他们家。"

陈木年心里咯噔跳了一下，走上五楼门口，看见秦可站在屋里面也在指挥，让学生把小饭桌放在她理想的位置。见到陈木年，秦可把头一扬，接着继续指挥，像没看见一样。陈木年张了一半的嘴又闭上了。秦可还在生他的气。好多天了都不理他，理也是点个头，居高临下地微笑一下。偏偏最近她经常到他宿舍，是来找魏鸣的。开始是感谢魏鸣帮她推回了自行车，后来就单纯地过来玩，她总挑陈木年在宿舍的时候来，在魏鸣的房间里放声大笑，说话的声音也大。因为许老头的死，陈木年又错过了一次机会，他把秦可自行车的事忘了。秦可就找了魏鸣帮忙。现在他们的关系似乎很好，魏鸣的心情更好，根本看不出刚和钟小铃分手的难过，他几乎要像"小日本"一样，只要嘴闲下来就唱歌了。秦可来宿舍，陈木年总觉得别扭，要么躲在屋里不出来，要么就下楼，找个没人的地方抽烟。

但他们一家要搬过来，陈木年之前是一点儿都不知道。陈木年站在门口进退都难，上前帮忙不好，袖手旁观也说不过去，憋出了一身的汗。幸好这时候老秦从屋里出来了。

陈木年说："秦叔叔，什么时候搬过来了？"说完才觉得很蠢，这不正搬嘛。

老秦说："刚死了人，没人敢要，空着也是空着，我就向学校借来住了。"

"要帮忙吗？我下班了。"

"不用了，"老秦说，"快搬完了。要不，进来看看？"

陈木年说："天真热。"就跟着进去了。

秦可看他进来，转身出了门，和魏鸣在门口有说有笑地聊起来。楼道放大了她的笑声，不知什么事让她如此高兴。陈木年看了一下布局，老秦住背阴的那间，过去许老头夫妇住的，秦可住向阳的，就是陈木年爬过窗户的那间。许老头的东西被后勤搬走处理了，现在房间里只有老秦的家具，空荡多了。背阴房间的墙角还残留着没打扫干净的石灰粉，老秦用来消毒的。房间里飘着淡淡的消毒水味道。

陈木年没话找话："房子挺好的。"

"嗯，是不错。"老秦说，"要不是死了人，也弄不到手。死过人有什么？谁不死？心理作用。前两天撒了点儿石灰，小可又喷了消毒水，你看现在不是像模像样的嘛。"

许老头和陆雨禾的一点儿痕迹都找不到了。一个空房子。一个新房子。

"秦叔叔，有什么事就叫我一声。"

"好的，你忙你的。有事我叫你。"

陈木年匆匆出了门，秦可和魏鸣都没和他打招呼。关上门，他还听见秦可的笑声。

六月底的夕阳照到阳台上，陈木年站着吸烟。秦可的说笑声从窗户里飘出来，还有魏鸣的，他们很快乐。大家都很高兴，除了死人，那是因为他们找不到自己的表情，而且待的地方很冷。陈木年想不起这是谁说的不着边际的屁话，此刻觉得还有点儿道理。其实活人待的地方可能也很冷，或者忽冷忽热。

吃晚饭时他把门拉开一条缝，看见老秦的门关着才出去，噔噔噔下楼。吃完了静悄悄地爬上楼，门还是关着。他觉得安全。回到宿舍他就气自己，你鬼鬼祟祟的干什么，你到底怕什么呢？这个问题憋得他喘不过气。我到底怕什么？秦可离他前所未有地近，也前所未有地远。真的，一切都说不好。有那么一会儿他对生活的混乱充满自责，好像自己能像上帝一样把世界理清楚。后来他强迫自己静下来，翻开英语书，录音机也打开，放的是英语磁带。沈老师说，考研的关键就在于英语。

好不容易进入状态，晚上十点钟，魏鸣回来了。陈木年先听见老秦的门响，接着是宿舍大门的响动，然后是自己的房门。魏鸣推开门，满脸酒气进了陈木年的房间。

"没想到，"他说，"老秦的酒量可以啊！我弄不倒他。"

陈木年关掉录音机看着他。

"今天的天气预报不准。"魏鸣说，"说多少度来着？"

他一头的汗，也关心天气了。陈木年想，看来的确如此，没话说的时候都爱说天气。

"你知道吗，秦可的酒量也不小，两杯之后脸红得像西红柿。"

终于说到他真正想说的了。西红柿。陈木年看着魏鸣大闸蟹似的脸，还好，他比喻的能力没有因为酒和色丧失殆尽。陈木年觉得自己出奇地冷静，听得见冷静的声音，像钟表的时间一样，咔嗒咔嗒，每一下都走得清晰。

“秦可的菜做得也好。”魏鸣对他说，“真的，钟小铃跟她没法比。”

陈木年说：“我吃过很多次。”

魏鸣笑了笑，脸上的红肉要掉下来。“对，你吃过。”他说，“吃饭时我说，让老陈也过来吧。秦可说，老陈是谁？我说陈木年啊！她说，不叫。他来了我就不吃。秦叔叔和我怎么劝都不行。要不你也吃上了。”

陈木年听见咔嗒咔嗒声更响了，如同空谷足音。他说：“祝贺你，回去吧，我要看书了。”

魏鸣没走，反而往他身边凑了凑，坐到床上。“考研有什么意思！你看我毕业了也不就这样？别看了，咱哥俩说说话。”

陈木年说：“出去！”

“别这样，老陈，”魏鸣拍着陈木年的后背，“我们说说秦可吧。”

陈木年只是想转身拂掉他的手，一胳膊抡过去，动作没控制好，手掌外侧砸到了魏鸣的鼻子，魏鸣闷闷地哼了一声，两条鼻血流下来。魏鸣摸了一把，看到两根手指红艳艳的，声音立刻变了，委屈得要哭了：“老陈，我难受。”

陈木年就奇怪了：“你难受什么？”扯了一块纸巾递给他。

魏鸣接过了也不擦，任血往下流。“我难受啊，”他说，“要是钟小铃有秦可这样漂亮、这样好，我怎么可能答应她搬走。”

陈木年又扯了一块纸，堵在他鼻子上。“你喝多了，赶快回去吧。”

魏鸣一把甩掉鼻子上的纸，说：“老陈，我没喝多。我说的是实话。为什么钟小铃不是秦可！”说完竟然抽抽搭搭哭起来。

陈木年本来真想再给他一拳的，看他那样子又算了。他把魏鸣从床上拎起来，推出了门外，“洗洗睡吧。”“小日本”听到动静探出头，陈木年说：“没事，他喝多了。”关上了门，从里面销上了。魏鸣还不死心，在外面对着门一个劲儿拍打，嘴里说：“老陈，我们说说话。就说说话。”陈木年坚决不开，把录音机打开，让一个发音不清的外国男人大声说话。魏鸣拍累了，终于放弃了。

第二天早上，两个人在客厅里相遇了。魏鸣说：“老陈，昨晚我说什么了吗？”

陈木年说：“没说什么。”

“我喝得有点儿多。”

“没多。”

37

在陈木年看来，秦可和魏鸣的关系正在一日千里地向前发展，快得他都难以接受。门对门，方便极了，不是魏鸣过去就是秦可过来。每天都能听见他们的说笑声。魏鸣在这方面天赋挺高，钟小铃离开了，他又找到了用武之地。搬家后的第三天就提了一堆酒菜进了对门，跟老秦说，前天让他们爷儿俩破费，很不好意思，今天他请，不过得请秦可下厨，她的手艺实在太好了。老秦推辞不过，又和他喝了一次。老秦要叫陈木年，秦可还是不答应。喝了两次酒，老秦熟了，说以后有空常来玩，有些事说不准还要麻烦魏鸣。魏鸣满口答应，一百个没问题。有一天老秦不在家，魏鸣买东西过去要和秦可一起做着吃。秦可说，她那边煤气不太好用，干脆到魏鸣那边做吧。魏鸣顾及陈木年，没说话。秦可说，不舍得那点儿煤气就算了。魏鸣就答应了。那顿饭应该是相当丰盛，陈木年听见厨房里的动静持续了相当长的时间。他关着门，菜香迫不及待地挤进来，他却像仇人一样被秦可排斥在一边。他听见他们吃饭时的高声畅谈。

在这次饭桌上，魏鸣开始了第二步，请秦可带着艺术团舞蹈队支持一下中文系欢送毕业生的晚会，出两个节目。本来节目单已经定好，本系的学生自编自导自演，但魏鸣是团总支书记，直接领导这类活动，他说加节目就得加节目，说加几个就加几个。秦可爽快地答应了，他们碰杯，敲定赞助的两个舞蹈：一个集体舞《难忘今宵》，一个秦可的独舞《送别》。这件事成了加速他们交往的一个重要的契机。离晚会还有好几天，魏鸣每天都向秦可了解排练的进度，然后汇报晚会的筹备情况，大事小事都要过去啰唆一番。

据说晚会相当成功，秦可参与的两个舞蹈受到毕业生的极大欢迎。《难忘今宵》把晚会推向了一个高潮，《送别》把晚会推向了另一个高潮。尤其是秦可的独舞，把长亭外古道边的意境和今宵别梦寒的悲伤用优美的肢体语言全说出来了，当时就把很多人整哭了，那些毕了业又不能在同一个地方工作的情侣，那些暗恋即将结束的人，还有感情比较脆弱的人。有一个学生甚至把本该献给老师的鲜花提前献给了她。

观看演出的时候，魏鸣的眼神一碰到秦可就变得内涵复杂了，说不清道不明的东西在目光里哗啦哗啦翻腾。他听着台下几百双手在拼命鼓掌，几百个喉咙在大喊大叫，激动得也在心里大喊大叫：这可怎么是好！这可怎么是好！演出结束了，魏鸣亲自来到后台慰问演员，当然主要是秦可。他许诺过，要请舞蹈队的同学们去吃夜宵，当然主要是秦可。工作一向善始善终的魏鸣，那天晚上带着秦可和舞蹈队队员提前离开了会堂，一路欢歌去了新亚广场上的“黄河大排档”。他说了，羊肉串也管饱。

那晚他们回到宿舍已经午夜十二点了。陈木年刚洗漱完毕准备睡觉，他们的脚步声在楼道里盘旋而上，在五楼门口停下了，站着说话。他听见魏鸣一遍一遍地感谢，强迫秦可同意明天他请客。秦可一定是答应了，他们分了手，魏鸣哼着《送别》进了屋，又进了洗手间，一边撒尿还在一边哼。

大概就是这场晚会，让魏鸣不再因为和秦可交往而在陈木年面前避讳了。反正此后他就不再感到对不起陈木年了，结了婚都可以离，何况还是他们这样老是八字画不出一撇的，机会面前，人人平等，人人均等。少了这个顾忌，魏鸣和秦可交往起来更放松了，有事没事就让秦可过来玩，恨不得要给秦可配一把房门的钥匙了。

这事不仅陈木年看着不痛快，“小日本”也觉得别扭。他实在不能理解了，就把陈木年拽到一边，问：“这成了什么事了，到底是你的还是他的？”

陈木年说：“谁的都不是。”

“别装清高啊！”“小日本”说，“人家已经上鼻子上脸了，咱大老爷们儿可不能这么憋气。”

“那怎么办？”

“揍他一顿！”“小日本”挥了一下拳头，“你那可是正点的姑娘，丢了你要后悔得吐一辈子血。”

陈木年笑笑，说：“你那个怎么样？”

“哪个？噢，你说那个，还行吧，正在交往，蛮知道心疼人的。”

是别人给“小日本”新介绍的，年轻的寡妇，没孩子，嫁过去时丈夫就害病，那男的拖拖拉拉三年，死了。寡妇倒是挺健康，肥嘟嘟的身子，伸出手还有八个小胖酒窝子。

“没问题？”

“还行吧，等她回话。我算想明白了，老大不小的人了，家伙都闲了半辈子，再不抓一个连挑剩下的都没了。”

陈木年笑起来，自己听起来都觉得声音是假的。

“我说的是实话。作为老哥，我觉得我有责任提醒你，别让魏鸣那小子吃了你的好肉。”

“小日本”多少还为当初向秦可告密感到惭愧，所以希望能在哪个地方帮陈木年一把，但陈木年只“嗯”了一声就回自己房间了。“小日本”摇摇头，他不明白了。陈木年也不明白，他在这方面怎么就这么弱智呢。他知道魏鸣早就称出了他的斤两，所以越发肆无忌惮，甚至请他帮忙来打发钟小铃。而他一点儿办法都没有。

钟小铃是星期六过来的。之前和魏鸣打过招呼，说是有些必需的用品丢在这边，过来拿。魏鸣说好，但周五晚上他跑到陈木年房间，请他帮个忙，明天有事，一天都不在家，钟小铃来了就糊弄一下，打发她离开了事。然后给了陈木年他房间的钥匙。

一大早魏鸣就跑了，他了解钟小铃。果然，他前脚走钟小铃后脚就到了，她想把他堵在宿舍。陈木年看她的装束就知道她的意图了。钟小铃穿一件十分显身材的连衣裙，粉底小碎花，魏鸣最喜欢的裙子，夏天里一起出门，他总要求和这条裙子一起走。钟小铃化了淡妆，掩饰了脸上的一部分缺陷。陈木年想，都白干了，魏鸣看不见。他对钟小铃说："魏鸣出去了，钥匙在这儿。"

"他有事？"

"好像是，一大早急匆匆地出去了。"

"什么时候回来？"

"不太清楚。"

"好，你忙吧。我等等他。"

一直到中午魏鸣都没回来，钟小铃彻底灰了心，中间她打过四次魏鸣的手机，都关机。钟小铃走的时候眼圈是红的，都没和陈木年说声再见。她的包和来时没有两样，没瘪下去也没鼓起来。她把钥匙留在门上，自己的那串钥匙也留下了。她低着头出了门，粉底小碎花的裙子因为悲伤都变得不合身了。陈木年趴在窗口往下看，很长时间才见她走出楼道，陈木年想，对有些人来说，不管步子重了还是轻了，下楼都不会很快。按他对魏鸣的了解，这事基本上就到头了。

吃过晚饭魏鸣回来了，酒足饭饱地摸着凸起的肚子，看见钥匙就明白了。他问陈木年："闹了没有？"

"没有。"

"好。"

"你有点儿狠。"

"跟狠不狠没关系。"魏鸣递给陈木年一根烟，"爱情这东西，就是个乌托邦，你信，它就在；不信，它就不在。有一个人不信，乌托邦也就不成立了。”

“你在积极建设另一个乌托邦？”

“什么意思？你是说今天我和秦可出去玩的事？”

陈木年把吸了半截的烟掐灭：“她喜欢你吗？”

“秦可？”魏鸣警惕地说，“什么意思？”

38

后半夜有人敲门，砰砰砰把整栋楼都惊醒了。陈木年开始以为是做梦，后来真切地醒了，才听出来是自己宿舍的门在响。有人在门外大喊，陈木年一时没反应过来喊的是什么，但声音似曾相识，他穿着短裤就去开门。一个人蓬着头发的脑袋气喘吁吁地堵在门口，眉毛、胡子和头发长到了一块。

“提奥，提奥！”对方喊着，把陈木年挤到一边冲进来。“我不想再待在那里了，我想回家！”进了屋直接去了陈木年房间，往床上一躺，拉上毯子盖住脸。

陈木年说：“老金，你怎么回来了？”

金小异在毯子后面说：“提奥，亲兄弟，别把我往外赶，让我和你待在一起吧！”

“你是偷着跑回来的？”

“不是偷着跑，是不得不跑。我再也不愿待在那地方了。你不知道，那里的病人是疯子，那里的医生也是疯子。”

“医生知道你回学校来吗？”

金小异瘦多了，从毯子后面露出的两只眼都变大了，他嘿嘿地笑，说：“不知道。那群疯子，都是笨蛋，怎么能想到我跑到弟弟这边来呢。”然后又说，“你千万别跟他们说，别说啊！我困了，我要睡了。”头又缩进毯子里，五秒钟不到呼吸就沉起来，接着就开始打呼噜。

他的脚从毯子底下伸出来，一只光脚，一只穿鞋，穿鞋的右脚大脚趾冲出了鞋子，黑乎乎的一蹺一蹺地动。左脚的脚底磨出了好几个泡，两个破了，流出了血水。精神病院离这里差不多有三十里路，他十有八九是一路跑回来的。够他受的。陈木年抽了一张卫生纸去擦他的脚，金小异哆嗦了一下，随后就不动了。他又困又累，感觉不到疼了。陈木年端来清水给他洗了一下伤脚，洗完了又找来棉签和碘酒给他涂上。涂碘酒的时候金小异抖了几下，还是没醒。

都收拾完了，已经凌晨四点半，陈木年才意识到躺在床上的家伙是个精神病患者，从医院里逃出来的。他听金小异呼啦呼啦打着酣畅的呼噜，决定不了接下来该怎么办。四五点钟的天已经亮得开始发白，但整个家属区还是一片静寂。有几只早起的虫子在叫。魏鸣和“小日本”都没醒，或者醒了又继续睡着了。陈木年为难得抽起了烟，在屋子里走来走去。后来听见老秦的门有了响动，陈木年赶快拉开门出去，老秦正在锁门，准备下楼打扫卫生，转身看见陈木年。老秦说：“木年，起这么早？”

“不是，”陈木年说，“老金回来了。”

“哪个老金？就是刚才敲门的那个？”

“金小异，原来我楼上的金老师。”

“哦，割了耳朵被送进精神病院的那个？他怎么回来了？”

“我正愁这个。”陈木年把自己的门关上，怕金小异听见，“他是从医院里偷跑出来的，不想回去。看着让人心疼，真不知道怎么办才好。”

“有什么可犹豫的，给医院打电话啊，把他送回去。”

“可他不想回去。”

“不是他想不想回去的问题。那是个神经病！多待一分钟就多一分钟的危险，多待一分钟就多一分钟的祸害。”

“叔叔，您小点儿声。”陈木年把老秦往楼下拉了几个台阶，“如果回去，那种环境可能会毁了他。”

“医院里治病救人，怎么会毁了他？留下来他就要毁别人了。”

“我是说，他是画画的，医院里可能不太适合。宽松的环境对他更有好处。”

“木年，你怎么这么死心眼？要是没问题，他就待在学校好好画画了，干吗去精神病院？不就是头脑不好嘛。再说，不治好病，这辈子什么都不要想了，别说画画。别耽误了，打电话，走，到我家打去。”

陈木年跟着老秦进了家门。他说服不了别人，关键是说服不了自己。对他来说，这是个悖论。老秦帮他拨了“114”查到精神病院的电话，他打过去。值夜班的接线员问他什么事，陈木年半天才开口：“你们医院的金小异回来了。”

“金小异？你知道？他昨天晚上跑了，我们到处在找。你是哪里？喂，你是哪里？金小异在哪里？喂，说话呀？金小异现在在哪里？”

陈木年说：“他单位的宿舍。”说完就放下了电话。他的感觉很不好。

“这就对了。”老秦说，“别想不开。他首先是个精神病患者，然后才是你朋友。而且你想，医生都治不了，你能行？”

陈木年在老秦家里到处看，看了半天在饭桌上找到半根烟和一个打火机，一点儿都不客气就拿起来点上，抽起来。他需要一根烟。

“好了，别招惹他。”老秦说，“等医院的人来了就好了。你在这里歇会儿，省得他发病出什么事。我先下去了，把路扫一下。”

“我回去，别把小可吵醒了。”

他们出了门，下楼的时候老秦又站住了。“木年，小可是不是还生你的气？”老秦说，停了一下，又说，“她怎么想我也不清楚，女儿家大了，管不了了。事情还得你们自己去解决。”没回头就下了楼。

陈木年回到宿舍，推门看见金小异正坐在桌子前，在一张纸上不停地画，就说：“你怎么不睡了？”金小异没吭声，低头继续画。陈木年凑过去，看到一幅即将完成的画：一个裸体的大胡子瘦男人躺在床上，从肚子里拉出一条像绳索一样的东西，绳索的另一头飘浮在空气中，一个大气泡，气泡里躺着一个孩子。金小异正在画那个孩子。很快就画好了，金小异在下面加了标题：《生孩子的男人》。

陈木年又叫了他一声，还是没回答。画完了，金小异放下纸笔，两眼烟雾迷蒙地看了看，站起来回到床上，蒙上毯子呼噜声就跟着响起来。陈木年想，老金这一定是梦游了。

金小异只睡了三个多小时，八点钟的时候精神病院的车来了。加上司机一共四个人，一个女医生，两个身材魁梧的医务人员。家属区的门卫把他们带到了陈木年的楼下，司机在楼下摁喇叭，陈木年从窗口看见了几个穿白大褂的人从车里钻出来。他就盯着他们看，过了好一会儿才下楼。

“病人在哪儿？”他们问。

“在睡觉，”陈木年说，“能吃完早饭再带走吗？”

“到医院再吃，我们给他做。”

“让他再睡一会儿吧。”

“我们得赶紧回去，还有别的工作。人呢？”

陈木年只好把他们带上楼。到了门口，他让他们先站在门外，他进了屋，想给金小异找双合适的鞋穿。他试了好几双，套在金小异脚上都大，最后选了一双轻便的运动鞋，放了一双棉鞋垫，给金小异套上，系好鞋带，金小异还在呼哈地睡。医务人员进了房间，把毯子拉开，拍了六下才把金小异弄醒。金小异眼还没睁开就说：“早饭做好了？”

一个男医务人员说：“好了，起来吃。”

金小异这回睁开了眼，看见几个白大褂站在床前，吓得坐起来，一个劲儿地往后缩，大声喊：“提奥，提奥，你怎么让他们进来了？他们都是疯子！提奥！提奥！”

陈木年站在门外，本来不打算进来，听见他喊，还是进来了。他跟金小异说：“别怕，别怕，他们带你去吃早饭。”这时候医务人员已经动起来了，两个魁梧的医务人员一人抓着金小异一只胳膊往床外拽，金小异大喊大叫，喊提奥，喊高更，他说他不要去那个地方，他不吃早饭了，从此以后都不吃早饭了。但是医务人员没有丝毫的手软，把他拉到床下，金小异开始踢腿，把左脚上的鞋子踢掉了，涂过碘酒的脚又踩到了地上。司机上前按住他的腿，同时对陈木年说：“快，帮帮忙，帮帮忙！”刚说完脸上就被金小异踢了一脚。陈木年没动，甚至往后退了一步。女医生从小箱子里拿出一根针管，对陈木年说：“还愣着，快点儿呀！”

陈木年无奈，只好上来按住金小异的另外一条腿。金小异喊着：“提奥，提奥，别让我去那个地方！我不想去！”他还在乱动，女医生的针没法扎过去。

“按住了！”

“提奥！提奥！我不走！我不想去！”

“抓紧点儿！抓紧了！”

女医生的针快接近金小异时，金小异突然说：“木年，别赶我走！木年，我不想去，我想留在家里画画！”金小异的声音突然低下去，身体僵硬了一下，又硬了一下，然后就软掉了，就不反抗了，不出声了。女医生的针已经拔了出来。金小异被一剂药水成功地镇静了。

陈木年听到了金小异喊他的名字，他站起来，眼泪哗地出来了。他不知道那一瞬间金小异是不是突然清醒了。金小异安静地坐在床上看着他，满眼里都是哀求，那眼神看得陈木年心碎。金小异像个傀儡一样被安置在床上。陈木年蹲下来，把踢掉的鞋子给金小异穿上，站起来的时候说：“老金。”然后一转身出了门。他不知道什么时候能再见到金小异，但他现在不想再看他，一眼都不想再看。他去了洗手间，关上门，听他们把金小异架出门，架下了楼。一串嘈杂的脚步声终于消失。他听见拉开车门的声音，当他伸出头往楼下看的时候，只看到了金小异的屁股，屁股也是一闪，就被医务人员推进了车里。他们都钻进了车里，然后车开了，拐到了楼的另一边。陈木年坐到马桶盖上，开始在口袋里找烟，眼泪止不住往下流。

一周后从精神病院传来了金小异的死讯。刚听说时，陈木年以为是自杀，最后消息证实是他杀。另外三个精神病患者联合杀死了他。医院里说，金小异回去以后，嘴整天闲不着，手也不闲着，见人就扯住瞎叫一通，一会儿提奥，一会儿高更，一会儿木年。在厕所里也叫。厕所里当时还蹲着三个人，正好是提奥、高更、木年。先是那个被叫作“木年”的病人给弄烦了，拎着裤子就过来打他，接着“提奥”和“高更”也提着裤子加入，他们把正在大便的金小异摁到了墙上，金小异的裤子掉下来。“木年”卡着他的脖子，“提奥”和“高更”一顿拳打脚踢。他们从厕所出来时，金小异已经死了。死尸解剖的结果是，致命的还是那个“木年”，硬生生卡得他断了气。

陈木年得到消息，越发难过和自责，如果当初他不打那个电话，或者换另一种更好的处理方式，金小异可能就不会死，甚至可能从此恢复。他相信金小异在被注射镇静剂之前的那一会儿，是清醒的、正常的，他认出了自己。说不定那就是一个良好的起点。但是，谁都缺少等待金小异恢复理智的耐心，他也不例外，而他无论如何应该有那一点儿耐心的。

和金小异的遗体见最后一面时，陈木年因为难过和自责突然肠扭转，痛得他当时就捂着肚子蹲在了地上，眼泪和冷汗一起流下来，一张脸湿淋淋的。

39

学期结束的一段时间里，学校上下都在忙两件事，考试和开会。学生考试；领导和老师开会，总结会、表扬会，本学期没有完成的工作也赶在这些天里通过会议的形式过一下场。敲锣打鼓的，只要声势到了，工作就算完成了。因为会多，花房也忙，今天把花搬到这个会场，明天就得转移到另外一个会场。学校会场用花免费，下一级单位，比如各个系科，就要适当地收取费用，否则即使人忙得过来花也忙不过来。人也忙不过来，大林和二梆子早就抱怨了，就是能挣几个钱也相当不容易，你要下力气把花搬来搬去不说，还得摆放得让人家满意，哪一盆看不顺眼了就得抱回去换。各单位头头的口味不一样，摆花就很麻烦，吃不准哪一盆不入法眼，所以老周就批评手下的三个，放机灵点儿，该换就腿脚利索点儿，说到底是为自己捞外快。三个人私下里商定好了，每人负责一个会场，轮着来，轮到谁了，换花的任务就归谁，跑断腿了也得去换。

物理系开会的那天，陈木年负责摆花。一间大会议室里，主席台前摆了一列大的绿色的盆栽。这是他们系负责布置会场的团总支书记的意思。会议的内容是欢送一位退休的老教师，顺便庆祝老先生从教三十八周年。绿色代表生机盎然，青春勃发。陈木年一次性摆花成功，得到团总支书记的肯定，之后就离开了，等着他们会议结束后通知他来取花。

回到花房找个躺椅坐下，正打算趁没事眯一会儿，老周来了，说物理系的电话，要求换一盆，把中间的一盆绿的换成开红花的大盆栽。这回是系主任的意思，他在开会之前看了一圈会场，觉得少点儿东西，热烈的、绚丽的、众星捧月的那种，来点儿红的，大红，他指示团总支书记，老人家是系里也是学校里的宝贝，应该凸显出来。陈木年在花房找主任需要的大红花，转了好几圈都没找到，他记得花房是有这样的盆栽，可就是找不到。老周说，没准儿是给大林或者二梆子搬到他们谁负责的会场了。陈木年只好去找，先到大林的体育系，没有，再到二梆子的政治系，找到了。可是不能现在就拿走，他们的会议还要十来分钟才能结束，陈木年就在外面等。

一刻钟后会议结束了，陈木年抱了大红花盆栽下楼，放到三轮车上就往物理系骑。一身汗抱到会议室前，门关着，会议已经开始了。他们等不及了，还是用那盆绿叶的盆栽。陈木年不知道该怎么办，是搬回去还是等在这里，等他们中场休息的时候换。后一种概率很小，但不能说一点儿可能没有，所以他就在门外站着，死活要得到他们某个领导的一句话才行。这是老周一再交代过的，不管怎么说，最后要听人家领导的。他就倚在门外等，有一搭没一搭地听里面开会的声音。

他对物理不感兴趣，对唱赞歌也不感兴趣，但在一个领导唱赞歌的时候，一个术语让他耳朵一动。领导说，钱老师是我们系机械动力专业的元老和创始人之一。钱老师毫无疑问就是那位即将退休的老先生了，陈木年没听过，但“动力”这个词听过，他记得许老头在一九八二年就上过一门“动力学”的课。这么说，他们有可能是一伙的。这位钱老师一定知道许老头了。陈木年来了兴趣，希望从中听到某些关于许老头的信息。可惜他们一直都是针对钱老师一个人做漫长和深情的回顾，那是一个人的历史。他想算了，就等谁出来时抓着打听一下吧。他倚着墙蹲下来，掏出一根烟来。

烟抽了不到一半，门开了。出来一个五十来岁的老师，戴着眼镜，出了门就往口袋里摸。陈木年一看就明白了，这又是一个烟鬼，只有上了瘾的人才会这样六神无主地找烟，看来被憋坏了。陈木年站起来，找出烟盒抖出来一根递过去，那老师接过了，连谢谢都没说就叼到嘴上，然后把烟凑到陈木年的打火机上。第一口吸得极其深情，眼睛闭上了，脖子也伸长了，两只手都抒情一般地张开了，悠长地“啊”了一声，那样子不像抽烟倒像吸毒。吐烟的时候张大嘴，吃了辣椒一样嗞嗞啦啦地出声，烟雾散尽，陈木年看见了他满嘴的黑牙齿。连吸了三口，那老师的情绪才稳定下来，叼着烟继续到口袋里找东西，嘴也差不多腾出来了，对陈木年说：“谢谢，谢谢啊！”

他从口袋里摸出一个大烟斗和一包烟丝，烟丝揉进了烟斗里，嘴上的卷烟就不要了，踩灭后扔进了旁边的垃圾桶里。陈木年又给他点上。烟斗的味很呛，他吸得显然更过瘾，恨不得把口腔都翻出来给陈木年看。吸烟斗的时候，那老师嘴里响起了哗哗的口水声。烟斗弄得他很受用，人都懒了，也像陈木年一样倚到了墙上。

“这个好，”他说，“还是这个好。”

陈木年说：“老师，您认识许如竹老师吗？”

“许如竹？”他说，愣了一下，“你是说许老师？当然认识，原来是我们系里的老师，同事。小伙子你是？我好像在哪里见过你。”

“许老师遗体告别的时候。”

“对对，就那会儿。哦，想起来了，你是许老师的小朋友，听他们说，很仗义，一直把老许的事操办完了。你在这里干什么？”

“我给你们摆花的。”陈木年指指会议室，“老师，您知道许老师当初为什么不当老师，转做花匠了吗？”

那老师抽口烟，说：“老许啊，我都记不清是怎么回事了。二十多年了吧。那会儿他情绪好像有点儿不太对头，就向学校要求辞职，去了花房。”

“你知道原因吗？”

“你一问我倒短路了。好像是因为职称的事，人事处压着他不给评副教授，那时候他也该四十多岁了吧，老因为各种事评不上。状态也不太好，整个人有点儿拧，就主动要求去花房了。”

陈木年来了兴趣，继续追着问：“学校为什么要压他？”

“这些事，”那老师为难地说，“那时候的事，不好说。有人说是市里的问题，有人说是私人恩怨，一团糨糊。老许没跟你说？”

“没有。他不愿说。”

“老许他就这样，这辈子就吃这个亏，有什么事都藏肚子里。当时他写了一篇文章上书给市委，书生气，说市里加大运河水运建设是有问题的，应该尽快把铁路建起来，这才是发展我市经济的重要出路。现在看来老许是对的，可那会儿谁听他的？人事处处长，当时是谁？好像是沈处长，就借这个问题压下了他的副高申请材料。之前他就压过几次。”

“为什么老压？”

“谁知道。听说两人有点儿恩怨。多少年的事了，老许都死了，更说不清了。”

“那个，”陈木年小心地问，“沈处长是谁？”

“你不认识，二十多年前的事了。沈镜白。听过这名字吗？”

陈木年含含混混地说：“没听过。”

那老师说：“你还小，那会儿不知道在哪儿搓尿泥呢。”他乐呵呵地笑起来，“老许啊，老实人一个，书教得也好，可运气不济也没办法。人哪，你说不好。”那老师对着垃圾桶敲了敲烟斗，“抽两袋就舒服了。得开会了。你还等着？”

“再等一会儿。老师您忙吧。”

那老师说：“别等了，会都开得差不多了，还换什么劳什子花啊！”就进去了。

陈木年没走，等着。那场会没有中场休息，当他以为是中场休息的时候，团总支书记告诉他，已经结束了。他把大红花原样运了回去。一路上都觉得嘴里发苦，不是个味，心里沉，腿脚轻，三轮车骑得跌跌撞撞。

40

天太热，睡不着。电风扇形同虚设，出来的都是热风。蚊虫也多，同时点了两盘蚊香还是不行，蚊子们也疯了。月光从窗外照进来，落到墙壁上又大又白，一只蚊子落到墙上的月光里。陈木年盯着看，很清晰，它用长腿挠着头摸着肚子，就是不飞走。才半边的月亮就这么亮堂。陈木年看出了一身的汗，翻身时后背黏住了竹席子，席子也是烫的，像睡在炕上。

按照校历上的安排，还有五天就放假。现在大部分考试都结束了，学生就等着老师判完卷子，看分数是否低得需要补考，成绩好、胆子大的学生已经在收拾回家的行李，他们不担心考试出问题。对学校里的人来说，真正的年终不是春节，而是七月学期结束。一个学年到头了。陈木年的一年也到头了，他需要清算和清点。他希望新的一年能有不一样的生活。所以他斗起胆来给秦可写了一封漫长的信。时间上合适，听老秦说，秦可的考试都完了。他在信里详细地把所有事情交代了一遍。这封信花了他一天加一个晚上，两万多字。如果它起不到开创新局面的作用，就让它算作对过去的总结吧。他觉得这事他得做。豁出去了。

晚上九点多，他把信折好，装在沙滩短裤的兜里，上面一件T恤，趿拉着拖鞋，敲响了老秦家的门。他要把自己弄得随意点儿。开门的是秦可，秦可吃惊地说："怎么是你？"

陈木年说："是我。"

刚要进去，看见魏鸣坐在电扇底下吃西瓜。他也穿休闲短裤，T恤捋上来，露出圆滚滚凸起的白肚皮，相当有规模的将军肚。像他这样年纪，若不是当点儿小官有腐败的机会，一般只能是陈木年那样的贫下中农的肚子，吃饱了喝足了也平平塌塌。魏鸣大大咧咧地向他招呼："老陈，来，吃西瓜。我刚买的沙瓤西瓜。"

陈木年"嗯嗯"地点头，腿却往后撤。

秦可说："有事进来说，怕人呀你？"

"不怕，"陈木年笑笑，"秦叔叔不在家？"

"不在。"

"那算了，你们吃。"退到了自己的门前。秦可直直地看着他，声音陡然放大了，说："陈木年！"愤怒地摔上了门。

陈木年回到自己宿舍，连喝了两杯凉白开。凉白开也热。他又想上厕所，就拿了本书去厕所，蹲在马桶上随手乱翻，什么都没看进去。大事干完了，发现手纸没带，掏出口袋里的两万言书，想了想，就揉搓软了当了手纸。提着裤子出来时想，不管怎么样，今年终于彻底结束了。

他以为可以像空心人一样睡个好觉了，可是天热蚊子多，只能睁着眼躺在床上出汗，间或不停地拍打自己。一直折腾到十二点半，爬起来去洗手间冲冷水澡。魏鸣的门关着，“小日本”的门也关着，能听见他和那个寡妇的喘息声，他们俩在这方面堪称劳模，大热的天都不闲着。

“小日本”的好日子总算来了，那个寡妇终于在床上下了和他过日子的决心。魏鸣开玩笑说，幸亏是“小日本”，稍微衰一点儿的男人都扛不住。“小日本”很自豪，同时又有点儿后悔，没有早点儿使出“撒手锏”。

这“撒手锏”之所以这么行之有效，是因为寡妇死去的丈夫常年卧病，别说床上能有什么作为了，就是下了床拎一只煤气罐也走不了二十米。伺候了三年，她都快忘记自己是个女人了。“小日本”一次就填满了她长达三年的空旷岁月，她哪能无动于衷。

寡妇以后就不愿意离开“小日本”的那间小屋了，得空就来。他们就都熟悉了。有一回陈木年和她聊天，她说，我一个寡妇，还有什么资格不满意的，何况他身体又壮实。说后半句时她脸还是红了一点儿。陈木年觉得这女人蛮不错，是个实在人。

陈木年听到“小日本”叫了一声，知道他可能完了，赶快钻进洗手间，否则“小日本”就会跑出来用水。冷水澡也不冷，感觉六十摄氏度都不止。他冲完了，穿着裤衩走出来，湿毛巾搭在肩上，魏鸣的门及时地开了，问他：“洗好了？”

“洗好了。”

“我也冲一把，热死了。”魏鸣说，侧耳听了一下“小日本”房间里的动静，诡异地说，“唉，没法活了。”

第二天一大早，天还是热，沈师母打电话找陈木年，要他搬到他们家空调房间里住。她说，这鬼天要出人命的。陈木年拒绝了，要在过去他说不定还会过去住两天，但现在，他不想去，他没法把沈镜白和当年的人事处处长联系起来。

“过来吧，木年。”沈师母还坚持，“正好你沈老师这些日子情绪不好，你在这儿也好陪陪他。”

一听沈镜白情绪不好，陈木年还是非常担心：“沈老师身体不舒服？”

“也不是，就是心情不太好。不知道怎么回事，上次从几个追悼会上回来，状态一直有问题。问他，他就说没事，可能是太忙了累的。”

“哦。”

“搬过来吧，你沈老师昨晚睡觉时还说，也不知道木年这么热是怎么睡的。要不是时间太晚了，他就让我给你打电话了。”

陈木年握着电话，半天才说：“师母，我这边还有点儿事，要不过几天再搬过去吧。你们有空吗？我什么时候去看看您和沈老师。”

“我哪天不闲着。今天你沈老师也没事，就中午吧。我给你做香辣鸡胗。”

41

沈镜白端着茶壶从书房出来，人瘦多了，两腮凹了下去，眼袋大了，但胡子是新刮的，显得气色还算好。刚坐到饭桌前就咳嗽起来。

陈木年说："沈老师，您不舒服？要不要去医院看看？"

沈镜白摆摆手："没事。年龄大了，谁也逃不掉。"

沈师母笑呵呵地说："老沈，别在孩子面前卖老。要说年龄大，我比你还大呢，不照样心宽体胖。你是哪个地方不对头了。"

"你看看你师母，"沈镜白对陈木年说，"老疑神疑鬼的。我就是觉得对不住老许，那会儿太听上面的意见了，把他的职称给压下去了。他死了，我这心里更不安了。一辈子对不住一个人，难受。木年，这事老许跟你说过没有？"

"没有。"

"噢。"沈镜白说，"这个如竹。"

沈师母说："你沈老师，就这点不好，心重。你说又不是你的错，那是领导的决定，你负个什么罪。"

沈镜白向她摆摆手："你不懂。"然后转向陈木年，"英语看得如何了？"

沈师母打断他："我不懂。我哪里能懂。你不能等会儿再说看书的事吗？孩子刚到，菜还没吃几口你就审问。木年，别理他，吃，多吃点儿。"

那顿饭陈木年吃得多说得少。肚子里有点儿复杂。沈镜白承认了当年对许如竹的打压，而且说出了原因。到底谁说的对，他拿不准。他一度想问，四眼您认识吗？赶紧又把这个念头收回去了。他怕问，他觉得从沈镜白嘴里得到的任何一种答案都可能击毁他。陈木年不知道一种类似信仰的东西坍塌后，他该怎么办。对他来说，其危险程度相当于正在往前跑的时候突然发现路断了，前面是空荡荡的悬崖。而对他来说，沈镜白就是他的信仰。

所以他也没能在沈镜白家待很久，吃完饭，聊了一会儿就回去了。沈镜白也有点儿疲惫。陈木年向沈镜白说明暂时不搬过来的原因，自己的一点儿小私事而已，没说是什么事。沈镜白说，忙你的，也不小了，呵呵。他以为陈木年是为了女朋友。陈木年也没反对。他离开的时候，沈镜白照例嘱咐好好看书，尤其是英语，然后神情黯然地说了一句："好好珍惜。别让自己空了，人就怕空。"

陈木年一路都在琢磨这句话，什么叫"空了"？想不好。但他觉得沈老师的那种精神状态就是"空了"。是人死了才觉得"空了"，还是一个对手消失了感到"空了"？沈镜白和许如竹真的是那种关系？还是想不好。都想不好。回到宿舍，一杯水还没喝完，他就听到了那条让他目瞪口呆的消息。

消息是魏鸣带回来的。魏鸣说，办公室里都在传，一个去年考沈镜白的研究生落榜的女生在网上披露，沈镜白利用导师的职权骗取了她的身体，答应帮她，最后又让她名落孙山，她希望能讨个说法，得到社会的支持。没想到，她给本市的报纸写信打电话披露这件事，各种报纸最后都以真实性待考为由拒绝了，而据她所知，这些报纸的头头脑脑要么是沈镜白的朋友，要么是他的学生，总之都是沈帮人。学术腐败竟然从大学蔓延到了社会上，可怕、可悲，连一点儿正义之声都没法正常地发出来。如此云云。

"真的假的？"陈木年都呆掉了。

“当然是真的了。教务秘书小刘在网上看的，校园网上的BBS上，不信你自己去看。”

陈木年拿了车钥匙就下楼，骑车去离学校最近的一个网吧。他在本校的论坛上没有找到这条消息，松了一口气，出来找公用电话打给魏鸣，再次质疑消息的可靠性。魏鸣说，是不是被学校的网管删掉了？他们整天就干这个，只要出现对学校不利的言论，一概删掉。你再搜一下。陈木年又回到网吧，在百度上输入“沈镜白”“考研”等字样，出来一大串信息，他拣最新的看，第三条就让他傻眼了，就是魏鸣说的那个。他又打开其他几条，同样的消息。看来那女生不仅在本校的BBS上贴了，在其他的一些社会网站上也贴了。陈木年睁大眼浏览那个帖子，心想，可能完了。

那女生没有在文章里署上真名，但是一看到文中的记述，陈木年就知道是谁了。一个江西的女孩子，二十四五岁，大学毕业两三年了，在一家小公司里给领导当秘书，叫裴菲。陈木年见过她，正像帖子里说的，她来到这所大学以后，是通过陈木年的介绍见到沈镜白的。她之前已经打听到，尽管陈木年不是沈镜白的研究生，但因为和沈的关系胜过师生，所以才从陈木年那里下手，希望能从陈木年那里得到一些信息，甚至因为陈木年这层关系而让沈另眼相看一点儿。文章里化名为“小傅”的裴菲甚至直接写道：“那个叫陈木年的当时还是学校的临时工，不太爱说话，但说起话来好像还蛮有点儿水平。吃饭的时候，他们俩讨论了黄景仁的诗，那个临时工竟能随口背诵黄景仁的大量诗句。”

她说吃饭的地方叫“避风港”，环境幽雅，餐厅里用一棵棵巨大的假榕树做装饰。她没想到沈镜白会请她吃饭，因为之前她就打听过，沈从来不喜欢各种应酬。陈木年当时也没想到沈老师会请她吃饭。他已经和裴菲说了，沈老师一般是不见各地来的考生的，只让他们好好复习就是了，但裴菲死活缠着他，一定请陈木年帮忙，她大老远从江西跑过来不容易。陈木年提前给沈镜白打过电话，沈镜白说不见，让她回去好好复习。可那个裴菲还是不放过陈木年，陈木年经不起磨，就在快下课的时候把她带到沈老师的课堂外面。陈木年记得当时沈老师愣了一下，大概因为他竟然把那女孩带到了教室前。那个裴菲开始发挥了，她的嘴很会说，久闻大名、慕名已久之类的颂歌唱了不少。沈镜白只是“嗯嗯”答应，一边往车棚里走，要推自行车回家。当他把车锁打开的时候，突然又锁上了，说：“这样吧木年，我们一起去吃个饭，饭桌上再谈吧。”

他们就去了“避风港”，离学校最近的一个不错的饭店。

小傅在帖子里还说，第二天她又给沈镜白打电话，说是后天就要离开了，想在回江西之前回请一下老师，以表谢意。她说她当时的确是希望能够在第二次共餐的时候得到点儿和考试相关的信息，比如考题或者复习范围什么的，所以就没请那个临时工。她也没想到沈镜白能来，但沈竟然就来了。还是在“避风港”。吃饭的过程中，她就发现沈经常盯着她看，她当时心中就窃喜，觉得有门儿，但沈看归看，关于考试只是泛泛地说一些，好好复习，认真答题，基础要牢，知识面要广，要有自己的观点，等等。她有点儿失望，但没有死心。

小傅在帖子里写道：“为了考研，我打算回去就辞职。没有了工作，我想我必须得考上，不惜一切代价，我已经考了三次了。所以当时我就想，管他呢。我就装作喝醉了，站起来的时候靠在了沈的身上，然后告诉他，我晕头转向了，不知道旅馆在哪里了。沈就说，他先送我回去，我一高兴，单都忘了埋。那顿饭又成了他请的。回到旅馆，我觉得我应该更醉一点儿，就拉着沈的衣袖不让他走，说，沈老师，很多年前就崇拜您了，终于见到了，我真高兴。我歪歪扭扭地站起来倒茶给他喝，抓着他的手往他手里塞茶杯。先是我抓他的手，后来他就抓住我的手了。我们就倒在了床上。他表现得还不错，只是完事后莫名其妙地哭了，半天才找到眼镜。”

小傅在帖子里看起来自我暴露得相当彻底，她把当时的对话都回忆出来了。她说沈镜白提裤子的时候，她赤裸着上身说：“沈老师，因为崇拜您，我都这样了，您一定得帮帮我。”

沈镜白说：“你好好考，能帮的我尽量帮。”

她又说：“大约能考哪些题目？”

沈镜白说：“说不准。试题还没最后商量好。”

然后沈镜白就走了。小傅写道，我在考试之前还给沈镜白打过电话，他还是让我好好考，考完了再说。没有透露题目给我。我想他在批卷子的时候一定会想起他在我身上还有不错的表现，要知道，他都那岁数了，不错了。可是，我的专业课分数最终并不是很高，前面还有四个超过我。我英语考砸了，离国家线差四分。我就给他打电话，他说他也没办法，这个学校无权降低国家统考卷的分数。可我打听过了，只要导师肯帮忙，四分不是问题。他一定是不愿意帮，他提了裤子就不认账了。我想，即使我的英语过线了，也未必能被录取。因为他只收三个人。

小傅最后说：“也许沈镜白就是一只披着羊皮的狼，通过这种方式睡了很多女生。录取了她们，她们会感恩戴德；录取不了，她们也无话可说，因为的确是自己分数不济，不好意思开口声张。他就这样害了无数的妙龄女孩子！现在我站出来，就是为了给那些付出了高昂的代价而最后又不得不默默忍受失败的姐妹们伸张一下正义！也许你会说我很无耻，是，我无耻，可是为了让更加无耻的人不能再害人，我宁愿背负这无耻的恶名！报纸不是拒绝为我主持公道吗？好，我就通过其他媒体，广播、网络，我就不相信现在还容不得一个诚实的弱女子的真话！！我就不相信一个民主开放自由的时代，就能容忍豺狼当道、罪恶横行！！！我誓要斗争到底！！！”

帖子上越来越多的惊叹号看得陈木年鸡皮疙瘩一层一层暴起。这个裴菲胆子的确是够大的，不惜把自己提前脱光了。他看了一下，重要的网站几乎全贴了，照这个速度下去，两天的工夫就会变得举国皆知。他不清楚沈镜白和裴菲是否真发生了那种关系，但他知道，这事要传开去，沈老师麻烦就大了。

出了网吧，陈木年就在回想裴菲的长相，他有点儿记不起来了。快到校门口的时候，突然脑子里亮了一下，那个裴菲长得很像陆雨禾，眉眼、鼻子和嘴，都像。怪不得当初看到陆雨禾去花房找许老头时，就觉得她眼熟，当时他一定是想到了裴菲。这么一想，陈木年暗叫一声完了，那事十有八九是真的。

42

这两天陈木年像潜水一样憋着，不出声，耳朵却竖得长长的，听周围的动静。这种事只会越闹越大，最终能闹多大谁都说不准。外面的风声是越来越大，在食堂里吃饭都听到有人在谈论这事。所有人说得都挺开心，一脸生活终于有了乐趣的笑容。他不敢跟沈镜白说，不清楚他知不知道。沈老师不上课的时候，信息是比较闭塞的。但是知道是迟早的事，陈木年担心沈镜白听了吃不消，毕竟是有头脸和身份的人，也担心沈师母吃不消，她的脾气摸不透，好时挺好，哪点不对劲儿了，麻烦就大了。想来想去，陈木年决定赶快搬过去住，出了事既可以照顾一下沈镜白，也可以劝慰沈师母。他打电话过去，沈师母接的。

陈木年说："师母，我想今天就搬过去住，这边实在太热了。"

"等两天再说吧。"沈师母的声音有点儿哑，"木年，一个叫小傅的女孩子你知道吗？"

陈木年一惊，脱口而出："不知道。"

"真不知还是假不知？木年，你跟我说实话。"

陈木年结巴了："师母，您别听那些乱七八糟的谣言。"

"看来真有这回事了。那女孩你见过？漂亮吗？"

"还行吧。"陈木年只好认了，"师母，您别激动，事情弄清楚再说。现在有人就喜欢通过这种下三烂的方式让自己成名。"

"不是人家下三烂，是我们的沈大教授下三烂！"

"师母，您别太着急，我搬过去陪陪您和沈老师吧。"

"算了，你别搬了。我要跟他离婚！"

沈师母是今天早上在学校的小菜场听到的。两个年轻女人在她前面买肉，揪着耳朵聊出来的。他们只说是中文系的沈老师，沈什么没说。但沈师母立刻听懂了，两眼直冒金星，中文系姓沈的就沈镜白一个。她没敢反驳，怕越抹越黑，也不好反驳，人家说得实在是有鼻子有眼，连陈木年的名字都说出来了。沈师母当时恨不能一头钻到刀底下，让卖肉的剁了。不管真假这都不是好事，她菜没买就低着头回家了。多大岁数了，她气得一路就想摔菜篮子。

陈木年在电话里拼命地劝沈师母，沈师母根本不吃这一套，她一个劲儿地说气死了、丢死人了、过不下去了。陈木年就转一下问沈老师知道这事不？

“他干的他还能不知道？”沈师母火气更大了，“在书房看书呢，没事人一样！”

“沈老师怎么说？他没说这是谣言？”

“不吭声，什么都不说。”

陈木年挂了电话，犹豫要不要去沈老师家一趟，想想还是不去了，这事他解决不了，去了只会添乱，只能静观其变。晚上母亲突然打来电话，问陈木年那事是不是真的。陈木年说什么事？母亲吞吞吐吐地说：“沈老师的事。”

小城就这么大，放个响屁全城人就都听见了。普通老百姓都知道了，看来事情真的闹大了。陈木年不说话。

“不会的，我和你爸都不相信。”母亲在电话里激动地说，“沈老师不是那种人，一定是有人在想法子臭他。是不是他得罪了什么人？”

陈木年说：“不知道。”

“儿子，你别听外面那些乌七八糟的传言。沈老师是清白的。你爸说了，如果谁要存心败坏沈老师，他去跟那人拼命都不会眨巴一下眼！”

第二天陈木年去花房上班，也就是整理一下花花草草。学生们陆续回家了，校园里开始一点点儿空寂起来。大林和二梆子也提到了这事。两个人凑上来问陈木年那个女生好看不好看。陈木年说不知道。

大林说：“你怎么不知道？她说了是你在中间引的线。”

二梆子说：“不是引线，是拉皮条。”

陈木年一下子火了：“你无聊不无聊！离我远点儿！”

二梆子不生气，仍旧笑嘻嘻地说：“老陈，急个什么，是不是你还没得手就被老头提前搞上了？”

陈木年把手里的铲子对准二梆子，说：“你再说一句，我就把你的脖子铲下来，不信你试试。”

二梆子住嘴了，赶紧跑到大林的那边去。三个人低头干活儿不吭声，老周从办公楼开会回来了。二梆子又忍不住了，老远就说：“周科长，你知道那是真睡假睡？”

老周说：“二梆子，你老老实实干活儿，嘴伸那么长干什么。学校领导都知道了，张处长说，这星期全市人民关心的只有两件事，一是铁路上通了货车，第二个就是这个。”

大林也憋不住了，问：“学校打算怎么处理？”

老周说：“我怎么知道，我又不是领导。”然后看了陈木年一眼，说，“干活儿干活儿。”

下了班陈木年没去食堂吃饭，在超市里买了几袋方便面拿回宿舍煮，谁的话他也不想听了。魏鸣在厨房里洗前一顿吃完饭没洗的锅碗，准备做饭，大热天的还戴着橡胶手套。见到陈木年，他刚张嘴喊了一句“老陈”，陈木年迅速把房门关上了，宁愿被热死也不要听他说话，不用猜他也知道魏鸣要说什么。魏鸣在厨房里叮叮当当摆弄了很久，陈木年饿不过，面也不煮了，撕开方便袋干吃了下去。

学校的反应速度比陈木年预想的要快。第二天晚上八点多钟，他泡了一盆衣服刚打算洗，办公楼来电话找他。到了办公楼四楼小会议室，才知道沈镜白已经在隔壁和领导谈话了。他也是来谈话的，因为小傅的文章里提到他，算是个中间人。跟他谈话的是学校纪委副书记，上来第一句话就是，这是省教委的意思。闹大了，学校也没办法，有什么你就说什么吧，沈老师在隔壁，隐瞒是没有意义的。陈木年一听，这哪是谈话，分明是隔离审查。

陈木年没有隐瞒任何东西，有什么说什么。他没法隐瞒，也不知道在哪个环节需要隐瞒。谈话不到大半个小时就结束了，他在谈话记录上签字。签完字要走，门开了，一个领导进来叫他，说沈镜白在隔壁找他。陈木年到了隔壁房间。一共四个人，沈镜白、张校长、纪委的吴书记和一个记录员。四个人的格局不是常规的审问架势，而是大家围坐在一圈沙发上，只有记录员的面前有一张桌子。沈镜白的头发还是一丝不乱，中间的那些银白的发丝在灯光底下闪亮，镜框也亮，依然是清爽脱俗的神情。他神情自若，根本不像犯了错误的人。相反，那两个领导倒是有点儿谦恭，对着沈镜白一直微笑着脸。沈镜白让他坐在身边的沙发上，陈木年看到他眼里的血丝。他的疲惫只在眼里。房间里有凉飕飕的风，陈木年觉得这房间里的空调效果比刚才的那间好。

陈木年说："沈老师。"

沈镜白拍拍他的手，示意没什么，说："木年，这事跟你没关系。我可能要退休了。借这个机会，当着两位领导的面，有些事提前交代一下。"

张校长说："沈老师，有什么吩咐只管说。"然后对记录员挥了挥手，让他出去。

“也没什么，就是木年。这几年让各位领导费心了，承受了不少压力，我个人很感谢，我想木年迟早也会有所感激的。”

张校长说：“沈老师见外了，不过是把毕业证压几年，好在木年没有往上告。”

陈木年看看沈镜白，又看看张校长，最后还是看沈镜白。

“木年听不明白了。”沈镜白笑笑说，“现在可以跟你说了。学校一直不发毕业证和学位证给你，是我的意思。按理说你早该拿到了。”

“您的意思？”陈木年几乎要从沙发上跳起来。

“我的意思。我让张校长他们帮了个忙，扣发你的毕业证。别急，该让你明白了。我和校领导都交流过，只是想好好磨砺你一下。这话其实跟你说过很多次，艰难困苦，玉汝于成。做学问不仅需要天分，还要韧性和毅力，需要宽阔的心襟和沉潜下去的能力。古人说得好，板凳要坐十年冷，大学问家莫不如此。我早就知道，我是没有希望了，我的那帮学生也没有希望，天分不足之外，还浮躁不堪，经不起困难和打击，只会投机钻营，对学问起码的敬畏之心都没有。所以，我希望你——”

“希望我能把所有这些问题都解决？”

“没错，”张校长说，“当时你出了事，沈老师就跟我说，你是个难得的人才，才分远远高出其他人，但想成就一番大学问，还需要砥砺和磨炼。所以，我就让学校出面，扣下了你的毕业证，又把你留在学校做临时工。刚才我说幸亏你没告，是因为，如果没有立得住的理由，学校事实上是没有权力扣压学生的证件这么久的。你得感谢沈老师，刚才听沈老师说，你现在已经取得了巨大的进步。”

陈木年觉得有点儿气闷，谁的意见也没征求，就掏出了烟，想抽两口。陈木年抽烟的时候觉得嘴唇发凉，吐出了一口烟，说："所以就压？就压四年？"

"已经很快了。"沈镜白说，拿起陈木年的烟盒，要掏出一根，这时候吴书记以更快的速度递上来一根，帮着点上。沈镜白也抽上了，陈木年从来没见过他抽烟。他的动作有点儿笨，第一口就咳嗽。"说实话，我没想到你能在四年里取得这么大的成绩。刚开始我想，要想做一个各方面素质和能力都超群的学者，童子功起码得五六年，你四年就做得很好了。你发现没有，我让你看的书，都是比较杂的，考虑的问题也是超出常规的，这都是极其有效的训练。你大概不太清楚，一年前你交上来的读书笔记就已经写得非常好了，稍微整理一下，甚至都不用整理，发表在最好的学术期刊上都没问题。最近的几篇论文更加纯熟，探讨问题的方法和深度，据我所知，即使是北大古代文学的博士，也未必能写出来。"

陈木年猛烈地抽烟，他不觉得这是夸奖，他说："您不是一直说是习作吗？"

"这样说是为了你好，治治你的傲气。保送那会儿，我向周围的老师和学生了解你，他们都说你有点儿恃才傲物，这是做学问的大忌。当初压你的证，我也有点儿不忍心，后来想想，既能让你打好基础，又能锤炼你的性格，一举两得，就咬咬牙压下了。现在看你的文章，我还得说是习作。对别人来说是好东西，对你来说就是习作。你会做得更好。文章我都存着，明天你到我家拿过去，整理一下都可以发表。"

吴书记说："沈老师真是有心人啊！您这样的老师，恐怕很难找到第二个了。”

沈镜白笑笑说：“今天已经说开了，我也无所谓了。说实话，开始让你们扣压证件，主要还是出于私心。”

两位领导做出诧异的表情。吴书记又递上一根烟。

“是私心。说了领导不要见怪。我们学校，也就是个三流，对做学问来说，不是个好地方。很多年前我想过离开这里，后来因为种种问题，耽搁下来，等再想走的时候，走不了了，也走不动了。什么专家，什么名教授，都是虚的，窝在一个小地方，任你是神仙都使不上力气。我想，如果我在北京、上海，也许就完全不是现在的这副样子，无论哪方面都会比现在强，在这里，谁想得起你来？所以当时我想，我出不来了，我得让我的学生出来，这辈子我总得让一个学生扛着我的旗子走出这个小地方，让他和北京、上海甚至和世界上任何一个地方的大学者一样平等，受人尊重和崇拜。否则，我不甘心。五十五岁以后我其实就是在物色这样的人，我知道我已经到头了。我发现了木年。第一次看他的文章我就对他另眼相看，没想到这个小学校还有如此有才华的人。他就是我要找的人。我跟木年说过，本来我想培养我儿子，可他兴趣不在这里，我很失望。木年又给了我希望。”

张校长说：“沈老师说得对，我们这个小学校的确有这个问题，出不了大学问家，也留不住优秀的人才。这也是我们一直头疼的问题。”

吴书记说：“感谢沈老师为我们培养出了陈木年这样优秀的学生，等他念了研究生，假以时日，一定会成为沈老师期望的好学者的。”

“以他现在的资质和水平，只要顺利发展下去，不会有任何问题。”沈镜白说，掐掉烟，换了个舒服的姿势斜躺在沙发上。“我压他的证件，另一个考虑也是为了留住他。保送那会儿我了解到，木年曾经有过报考名高校的念头，如果证件过早给他，很可能就不是我的学生了。找一个好学生不容易啊！我想我留住了木年，等他成了我的研究生，我会让学术界大吃一惊，我的刚入学的硕士生就如此成熟，让他们知道我沈镜白窝在这个小地方，四十多年了并没有白活。”

“您一直都不甘心。”陈木年的脸色越来越不好看了，他觉得他其实在失语，表达不清内心的想法。“包括现在这件事？”

大家都知道“这件事”指的是哪件事。

“是的，在如竹死去之前，我的确是不甘心。那个裴、裴菲，资质非常一般。我想，招谁都一样，我不指望他们能干出点儿什么名堂。既然她有意思，那我就做个顺水人情。我是扶她去了宾馆，也做了荒唐事，只是没她说得那么精神，老了，不行了。你们要笑话就笑话吧，没什么好隐瞒的。已经这样了。如竹死了之后我想明白了，人这一辈子，就那么回事，玉环飞燕皆尘土，谁都逃不掉，都是浮名，都是虚利，都是虚妄之物。还有什么？”沈镜白说这些时，神情看似平淡，实则凄凉。

陈木年说：“就因为像陆雨禾？”

沈镜白面露惊讶之色，笑笑说：“这个如竹，这也告诉你了。我以为他早就看开了呢。看来都没有看开。”沈镜白长叹一声，双手抹了一把脸。“出了这种事，报应啊！”

两位领导面面相觑，他们听不懂。张校长说：“沈老师，要不你们谈，我们俩先走？”说完就要站起来。

“不，不。不说这个了，”沈镜白摆摆手，对陈木年说，

“这事我们回去再慢慢说。先说正事，张校长、吴书记，还是刚才的话题，把木年托付给你们。”

又是一个“托付”。陈木年不知道自己要如何被别人托付。他的头有点儿疼，想象力有点儿跟不上。

“沈老师吩咐就是了，只要能办到，一定尽力。”

“先谢谢了。”沈镜白习惯性地双手合十表示感谢，“帮忙给木年换个合适的工作，能保证他复习的时间的工作，还有半年就考试了。工资不是问题。”

“没问题。其他的呢？”

“再一个，就是考试的问题。我英文不太好，政治也不通，不知木年在这方面的真实水平。我的意思是，如果木年还打算考我们学校的研究生，希望学校能够对他稍微放宽一点儿政策，确保能上。”

“那当然。木年一定要考我们本校的，考沈老师的，”吴书记说，接着表情有点儿像开玩笑，“肥水不流外人田嘛。”

“不，不，我不行了。”沈镜白的疲惫蔓延到了手上，右手摇摆得缓慢，“我决定退了，出了这样的事。说真的，带不了木年大概是我后半辈子唯一的遗憾了。不过无所谓，不管考哪位老师的，不论是哪个学校，木年都能成为一个相当出色的学者。这不会有问题。”沈镜白说完了就看着陈木年笑，完全是看着自己孩子的那种眼神。在他身上，他花了四年的心血，最后不得不眼看着对方离开自己，成为别人的学生，就像看着抚养多年的孩子最后进了别人家的门。沈镜白心疼，眼泪慢慢流出来，脸上的皱纹越来越深。一辈子的事情到这里基本上就结束了，他不甘心也得甘心，不甘心也没办法。“木年，随你的便，想考哪里就考哪里，想考谁的就考谁的吧。”

张校长说：“当然考我们自己的，即使沈老师退休了，还可以继续做你的导师嘛。”

陈木年终于忍不住了，猛然站起来，将烟扔到地上，愤怒地大声喊道：“我谁的都不考！”拉开门就往外走。沈镜白在后面叫他，他也不理，穿过走道，沿楼梯跑了下来。

43

陈木年眼泪哗啦哗啦地往外出，一路狂奔到宿舍。到了宿舍心里的狂躁也没有平复下来，他坐下去又站起来，点上烟又掐掉，来来回回在房间和客厅里转圈子。天热得要死，浑身黏糊糊的，无数的蚊子在耳边吹喇叭。魏鸣的门关着。“小日本”的门也关着，里面传出热气腾腾的喘息声。小寡妇又来了，“小日本”似乎要把积压了三十年的债都还上。陈木年满脑子都是谈话的内容。

四年。他的老师。

就这样。

像做了一场大梦。

他走到洗手间里，撒了一泡尿，看到泡在盆里的一堆衣服，一点儿都不想洗，不仅不想洗，还想把它们拎出来扔到窗外去。他努力克制自己，静下来，再静下来，又点上一根烟，走到阳台上抽。月光照亮了大半个阳台，像在水里。

秦可的窗户里传来摇滚乐的节奏，声音不是很大，但还是把周围的热空气震动了，一波一波地涌到他的脸上。陈木年听到音乐里有人在说话，听不清。这个时候任何声音他都觉得不动听，都招人烦。他大声咳嗽，希望秦可能够把音乐关掉，但咳嗽了几声，一点儿效果都没有，另一首摇滚乐又开始了。鼓点更密，节奏更硬。砰！砰！砰！陈木年的心脏也跟着鼓点越跳越快。他听到秦可在音乐声里说话，说什么还是听不清。他把烟抽到了底，烟屁股烧到了手才扔掉。他不想再听下去了，准备脱衣服去洗手间冲冷水澡。T恤刚捋过了腰，听见有人叫他，停下来再听，是秦可，惊恐急躁的声音从摇滚乐里冲出来："木年！木年！快过来木年！"

陈木年赶快把衣服放下来去开大门，推秦可家的大门推不动，从里面销上了。他一边敲门一边喊秦可的名字，问她出了什么事。秦可不说，只是喊他的名字，让他快过去。

"小可，你开门！我进不去！"

秦可还是喊，门不开。陈木年想秦可屋里一定出了事，可踹门是不行的，这是铁皮做的防盗门，他想了想，决定爬窗户。但现在是晚上，他不敢确信一定能顺利爬过去，尤其是抓住窗框有困难，就跑到卫生间把魏鸣的橡胶手套戴上，从阳台上开始往秦可的窗户爬。幸好是个大月亮的晚上，陈木年各个角落看得都很清楚，从哪儿着手，从哪儿起脚，到哪儿落脚，和白天基本没有太大差别，而且还戴了橡胶手套，跳起来胆子更大了。秦可的声音在催他，他的手脚更灵活了，整个过程比探视许老头那次要快不少。

陈木年已经蹲在了秦可的窗户上。秦可的房间里没开灯，他定了定神才看见床上有个油亮的脊梁在动，是个男人，短裤已经褪到了屁股以下，两条光腿压着秦可，秦可在底下，陈木年看不见她的脸，只能听见她的叫声，她还在叫“木年木年”。秦可在反抗，两只手甩来甩去，不停地击打身上男人的后背。陈木年热血上涌，一时反应不过来，机械地左顾右盼，看到了桌上录音机旁的一把刀。刀插在吃了半边的西瓜上，月光照在刀上发出刺目诱人的光芒，像刀上的另一把刀。几秒钟后陈木年跳下窗户，一把抓过长长的水果刀，攒足了力气对着幽蓝白亮的后背扎下去，他叫了一声，那个人也叫了一声。

那人后面又发出了几声变了形的叫声，然后逐渐没了声音。这回轮到秦可叫，她摸到溅到脸上的黏稠液体就叫开了，叫声在夜晚里让人惊心。她只喊了一声，调子拖得相当地长，然后就停下了。她一侧身把身上的男人翻到床下，在月光里迅速地用被撕破的衣服包住胸前。陈木年上半身都是血，看起来诡异而且凶残，他握着刀只喘粗气。那个男人落下床，仰面朝天地躺着的时候，陈木年看到的是魏鸣的五官移位的脸。他还没死，嘴里咕噜咕噜地说着什么，嘴角流出的血，被月光映照成了紫黑色。魏鸣一点点把右手臂抬起来，抬到四十五度的时候落下了，啪地摔在水泥地上，跟着头一歪，两只脚抽搐几下，不动了。录音机的磁带到了头，响了一下自动跳了键。陈木年的刀掉下来。

“木年。”秦可哭着说，抱着胸前往后撤，“木年。”

陈木年点点头，往秦可的床边走，伸出两只胳膊。秦可犹豫着，陈木年就一直伸着，秦可终于跪着往他这边爬，一头扎进陈木年的怀里。进了陈木年的怀抱就开始打他，漫无目的地打，打得语无伦次。她说：“木年，木年，你怎么才来。”

陈木年说：“你不让我来找你。”

“你胡说！你胡说！我天天等着你来找我，你就不来！”秦可边说边哭，一口咬住了陈木年的肩膀。陈木年咬牙忍着，说："你不是一直在找魏鸣吗？"

"我就找！就找！就气死你！"

然后两个人突然都不说话，只是黏糊糊地抱在一起，越抱越紧。好像根本没有杀人这回事。抱了几分钟，秦可睁开眼，重新看见了躺在地上的魏鸣，一下子哆嗦起来，说："木年，木年，你杀了人！"

陈木年也回过神来，害怕了，把手伸到面前，看到了橡胶手套上的血，触电似的把手套脱掉了。他转过身坐到床上，又把秦可抱紧了。"魏、魏鸣，死了？"

秦可把枕头边的闹钟胆怯地投到魏鸣身上，魏鸣一动不动。秦可说："死，死了。"

陈木年朝窗外看，老三楼上只有两三个窗户亮着灯，也只有一两户人家还没有搬走了。陈木年记得刚才所有的窗户都是黑的，现在却亮了。一定是被惊动了。陈木年说："怎么办？怎么办？你爸呢？"

"打牌去了。"

"什么时候回来？"

"不知道。"

陈木年深吸一口气，慢慢镇定下来。他对秦可说："我杀了他。别怕。我杀了他。"这时候大门咔嗒响了一下，又是一下，陈木年的身体一下僵硬了。"谁？"他问秦可。

"可能是我爸，"秦可说，"是我爸。爸！"

门开了，灯亮了，老秦惊叫了一声。他看到了地上的魏鸣，看完了也就明白了。魏鸣的短裤在大腿上，那东西歪在一边。他也看到了女儿被撕坏的裙子。

“小可，你没事吧？”

秦可摇摇头，又哭了，说：“爸。”却抓着陈木年的胳膊不撒手。

老秦指着地上，又指指陈木年。

陈木年点点头。

老秦的声音突然大起来，大也是在嗓子里大，他说：“还不快走！”

陈木年茫然地看看秦可。

老秦说：“还愣着，逃命去！”

陈木年和秦可这才真正意识到了问题的严重性，秦可说：“爸，我们该怎么办？”

老秦关上窗户，放下窗帘，说：“还能怎么办，跑啊！”

陈木年站起来，“我不跑，我去自首。”

“你疯了你？”老秦说，一把将他推到门前，“找死啊你！快走！快！”

秦可跳下床，跑过去抓住陈木年的手直摇晃，她也不知道该怎么办。

“快走！现在就走，晚了就来不及了。有什么车坐什么车，能走多远就走多远。”老秦说着就把陈木年往外推。为了让陈木年走，他恨不得给他两耳光。

秦可也说：“木年，那你赶快走吧，听我爸的。”一把抱住陈木年的腰。

“那这里怎么办？”

“你就别管了，”老秦说，“有我。洗一下，再把带血的东西找个安全的地方全扔掉。记着，跑得越远越好，不让你回来别回来！”

秦可哭了，抱着陈木年不愿放手。老秦把她拽过来，说：“你想让他死啊？”秦可立马松了手。陈木年看看秦可，又看看老秦，说：“那我走了。”到地上捡了手套，再去捡刀，老秦一把将他推到门外，“快走！”

陈木年回到宿舍，直接进了洗手间，把溅了血的衣服脱下来窝成一团，开始冲澡。冲完了简单擦了一把就进房间找衣服穿。经过客厅时“小日本”说话了，“小日本”在自己的房间里问：“老陈，刚刚发生了什么事大呼小叫的？”

陈木年说：“秦可看鬼片，吓的。”

“小日本”不说话了，房间里响起了女人的笑声。

陈木年迅速穿好衣服，秦可从门外进来，说：“我爸让你把钱、存折、卡什么的都带上。还有这些钱，也带上。”秦可递给他一沓钞票。大大小小都有。陈木年接住了，把抽屉里的有用的东西都塞到一个旅行包里。轮到毕业证和学位证，陈木年装进去又拿出来，没等秦可伸手去拦，他已经开始撕了。因为外面的塑料封皮，第一下没撕开，他一把扯下封皮，将纸瓤拦腰撕成了两半，又撕两半，成了四半，摔到地上。收拾完了，出门时又回过头，从书架上抽了一本《聊斋志异》塞进包里。另一只手也拎着一个包，装着血衣服和橡胶手套。他要去和老秦告个别，秦可把他推下了楼，然后跟着下了两个台阶，抱住他，亲了一下陈木年的嘴，再次把他往下推。陈木年站在楼道的拐弯处，看着秦可，说：“我走了。”

陈木年转身下了楼。出了校门向右拐，在马路上拦到一辆出租车，上了车，师傅问他去哪里，陈木年一时语塞，他也不知道去哪里，但随即说，火车站。

陈木年是听到了火车的鸣笛声时才决定下车的。他记得在报纸上看过，有辆火车在这个点经过小城，而且从声音判断，火车的确是向这边行进的。夜火车。付了车费，他走到铁路前。旷野里的风大一点儿，也清爽一些，看不见的青蛙叫成一片。还有知了，半夜里也不肯歇着。没有一个人，月光在野外显得极其奢侈。陈木年看见了火车的灯光像两把刀插进夜里。他赶快躲到一棵大树后面，等车灯过去了才拎着包开始追赶火车。被车灯照过的月亮地是黑的，跑几步眼睛才重新适应月光，脚底下又亮起来。他用平生最快的速度追赶火车，感觉到夜风击打皮肤的疼痛。他跑得两脚生风，像在飞。先甩一个包上去，再甩一个包上去，接着是人爬上去。

一列运煤车。爬到车厢里陈木年摔了一跤，啃了一嘴的煤炭，舔了舔嘴唇，竟有一点儿辣味，他就把嘴边的煤渣卷进嘴里嚼起来。

小城越来越黑，月光淡下去。火车带着陈木年远离那个灯火阑珊的地方。几年前，他曾梦想坐着夜火车离开小城，再也不要回来，但最后还是回来了。现在，终于又坐上了夜火车，区别在于，他不得不远走了，也许想回都不能再回来了。或者永远都回不来了。看着即将在月夜里消失的小城，陈木年悲从中来，他想，应该在离开之前看一看父母的，再看一看沈镜白和沈师母，还有许老头和金小异，也该祭奠一下。陈木年站在火车上，捏煤为香，对着小城拜了三拜，直起腰时，小城不见了。

激发个人成长

多年以来，千千万万有经验的读者，都会定期查看熊猫君家的最新书目，挑选满足自己成长需求的新书。

读客图书以“激发个人成长”为使命，在以下三个方面为您精选优质图书：

1. 精神成长

熊猫君家精彩绝伦的小说文库和人文类图书，帮助你成为永远充满梦想、勇气和爱的人！

2. 知识结构成长

熊猫君家的历史类、社科类图书，帮助你了解从宇宙诞生、文明演变直至今日世界之形成的方方面面。

3. 工作技能成长

熊猫君家的经管类、家教类图书，指引你更好地工作、更有效率地生活，减少人生中的烦恼。

每一本读客图书都轻松好读，精彩绝伦，充满无穷阅读乐趣！

认准读客熊猫

读客所有图书，在书脊、腰封、封底和前后勒口都有“读客熊猫”标志。

两步帮你快速找到读客图书

1. 找读客熊猫

2. 找黑白格子